La intérprete de lo anacrónico

PATRICIA PUENTES

Para Xavi, por supuesto

ÍNDICE

Agradecimientos	i
DÍA 1	1
DÍA 2	12
DÍA 6	26
DÍA 15	30
DÍA 20	36
DÍA 23	57
DÍA 24	69
DÍA 26	78
DÍA 27	94
DÍA 28	109
DÍA 29	114
DÍA 30	131
DÍA 31	141
DÍA 33	148
DÍA 35	166
DÍA 42	177
DÍAS 43 y 44	182

AGRADECIMIENTOS

Gracias a Mireia Giró Costa, Natalia Trzenko y Sonia Fabre por vuestro tiempo, vuestros comentarios y vuestra amistad. Sois grandes beta-lectoras.

Marta Gené Camps, con quien empecé a escribir ficción de forma profesional, gracias por ser tan buena compañera creativa y hacer que me entraran ganas de seguir al teclado.

Martín Piñol, ese escritor incansable con quien siempre se puede contar para pedirle un consejo, mil favores o simplemente hablar un buen rato.

Tengo que agradecerles a mis padres, Fina y José, y mi hermana Marta que nunca le dieran demasiada importancia a mis rarezas y siempre me hayan animado a hacer lo que me apeteciera y a ser como soy.

Nada de esto hubiera sido posible sin los libros de mi tía Rosa Puentes, con ella descubrí a Jane Austen.

Y naturalmente Xavi, mi inseparable compañero de vida. Gracias por apoyarme siempre.

DÍA 1

Mientras la aeronave transbordadora que la tenía que dejar literalmente en medio de la nada aterrizaba, Ava volvió a comprobar que no hubiera imperfección alguna en el uniforme que llevaba puesto. Se arregló el pelo instintivamente para asegurarse de que ningún mechón se le hubiera escapado de la coleta que recogía su media melena y volvió a repasar mentalmente lo que había pensado decirle a su nuevo equipo. A medida que la aeronave se acercaba a su destino notó aquella sensación de cosquillas en el estómago que tanto odiaba. El nerviosismo no era algo a lo que estuviera acostumbrada o que estuviera socialmente aceptado siquiera. Mientras intentaba buscar algo con lo que entretener su mente durante esos últimos minutos de trayecto, se repitió lo que se había convertido en un mantra para ella aquellas últimas horas: "No te preocupes, tenemos un plan". El plan de Ava consistía en encajar.

El transbordador aterrizó en el ala este de la estación espacial. Un área de la nave destinada a las visitas y trayectos de corta duración. Ava no era una visita, pero su transporte sí. Un miembro de la tripulación de su embarcación la ayudó con el equipaje y la dejó en medio de un hangar semivacío. En seguida se le acercó un carrito robotizado de transporte que consiguió cargar uno a uno todos los bultos que ella llevaba y empezó a avanzar hacia la salida. Ava siguió observando todo lo que la rodeaba y comenzó a caminar arrastrando un poco los pies, las botas de su nuevo uniforme eran bastante más pesadas de lo que le habían parecido aquella mañana al ponérselas por primera vez.

Avanzaba con dificultad al ritmo ligero marcado por su guía, en medio de un hangar repleto de naves y otros carros transportadores, y en general bastante falto de toda presencia humana. Una vez fuera del hangar, el robot la guió por un entramado interminable de pasillos y escaleras en un trayecto imposible que ella sabía positivamente que nunca podría reproducir. Después de varios giros por corredores idénticos repletos de puertas a lado y lado, llegaron a un nuevo pasillo a simple vista igual a los anteriores. Su guía se plantó ante una de las puertas. Ava entendió el gesto y se situó justo delante de ella. La tarjeta de identificación que llevaba al cuello –una placa metálica y de vidrio sintético muy fina, cuadrada y de apenas cinco milímetros por costado– se comunicó con la puerta, que reconoció a Ava de inmediato y se abrió. Ella prefirió quedarse fuera mientras dejaba que el robot entrara para deshacer las maletas y bultos uno a uno. La máquina distribuyó la ropa y el resto de sus objetos personales rápidamente entre armarios, cómodas y estanterías. Se fue sin articular sonido alguno, atravesando la puerta, todavía abierta, que se cerró sólo sentir la presencia de Ava finalmente dentro de la habitación.

Ella recorrió con la mirada el espacio, su nuevo cuarto era exactamente igual que el último que había ocupado. Revisó rápidamente todo lo que había podido traer consigo para asegurarse de que estuviera colocado en el mismo lugar que en su antigua habitación. Hurgó un poco en los cajones y el armario para que la perfección de su ropa dispuesta allí por un robot no fuera tan evidente. Se aseguró de que los ejemplares que había traído de su colección literaria y musical en formato analógico no hubieran sufrido durante el viaje, acariciando el lomo de uno de sus libros preferidos. Cuando terminó pensó que lo único diferente respecto a su cuarto anterior parecía ser la vista que tenía desde la ventana. Hacía sólo unas horas que se había despedido de las cuestas calles de San Francisco y en aquellos momentos quería empezar a familiarizarse con el nuevo paisaje. Todo el mundo había insistido en que uno de los atractivos de formar parte del equipo de aquella estación espacial era precisamente el paisaje. De momento parecía no haber nada destacable, el universo se exponía ante sus ojos en forma de oscuro e inmenso vacío.

La joven se quitó la chaqueta de piel artificial y ecológica de su uniforme y la arrojó sobre la cama metálica arruinando la perfección de sus sábanas inmaculadamente blancas y lisas. En una de las mangas de la camiseta ajustada que llevaba puesta se podía leer "Gremio de Antropólogos". Mientras se remangaba el uniforme y seguía contemplando la nada que se extendía ante ella, unos golpes secos interrumpieron sus pensamientos. Ava hubiera jurado que el sonido provenía de la puerta de entrada pero era un ruido que no había visto descrito en ninguno de los protocolos que el departamento de coordinación de la nave le había enviado. Instintivamente decidió acercarse a la entrada. Ryo, su tutor de comportamiento social, siempre le había dicho que ante una situación inesperada debía actuar instintivamente. Al aproximarse a la puerta, su tarjeta de identificación proyectó una pantalla virtual delante de Ava, a unos centímetros de su rostro, que le permitió ver quién había del otro lado. Ava hizo el reconocimiento de rigor: pies grandes, espalda ancha, uñas cortas, pelo oscuro, mirada segura, altura superior a la media, peso medio, complexión robusta, varón, edad inferior a la treintena, atractivo superior a la media. Antes de poder llegar a observar todas las variables que le gustaba recoger en una primera toma de contacto, Ava notó los rápidos cambios fisiológicos que se producían en su cuerpo: pupilas dilatadas, piel de gallina, aceleración del ritmo cardíaco.

Basándose en aquella reacción involuntaria, el espécimen que se encontraba del otro lado de la puerta de Ava había llamado la atención no sólo de la antropóloga que había en ella, sino también de la hembra de preferencia heterosexual que la definía en otros aspectos de su vida. Ava lo atribuyó enseguida a la belleza del varón del otro lado de su habitación. Por suerte ante todo ella era una humana racional y perfectamente familiarizada con ciertas respuestas fisiológicas, respiró profundamente tres veces para recuperar su variabilidad cardíaca en estado de relax, que para ella eran 59 pulsaciones por minuto, y abrió la puerta.

Las primera interacciones solían ser raras y difíciles para los humanos de finales del siglo XXI y Ava las temía pese a los cursos avanzados que Ryo había impartido en la materia. Pero el hombre de delante de su puerta parecía no compartir los temores de ella. Le dirigió una mirada segura y confiada, directa a los ojos y le alargó la mano. Ava notó ese color involuntario que le surgía a veces en las mejillas y temió que acabara también con las orejas de color escarlata. Quería ser educada y devolverle al hombre que se alzaba imponentemente delante de ella aquella mirada franca y segura, pero le costó mirarlo fijamente a los ojos. No acabó de entender lo que le estaba pasando porque siempre había sacado las mejores puntuaciones en las clases de interacción personal. Mirar a los ojos, pese a su timidez, era algo con lo que Ryo siempre había destacado que la joven se desenvolvía con casi completa naturalidad. Sin duda su maestra se hubiera decepcionado un poco si la hubiera visto en aquel momento. Ava dudó unos instantes con los ojos fijados en el suelo y finalmente alargó también su mano para saludar a su visitante. Había logrado recordar el apretón de manos como forma habitual de saludo en la sociedad occidental de finales del siglo XX y principios del presente. Un dato tan evidente, objeto de sus largos años de estudio, y que por un instante parecía habérsele escapado por completo de la cabeza.

—Soy Sam. Bienvenida a bordo. Sígueme. Te están esperando —él articuló esas palabras en un suspiro y sin sonreír.

Sin darle tiempo a decir nada, él se giró y comenzó a avanzar a paso rápido por el pasillo. Ella apenas tuvo tiempo de estirar de nuevo las mangas de la camiseta de su uniforme, palpar la tarjeta de identificación asegurándose de llevarla puesta y empezar a seguir los pasos de Sam en un nuevo laberinto interminable de pasillos, escaleras y pasarelas.

Finalmente él se paró delante de una puerta corrediza y minúscula que Ava no podía imaginar cómo alguien de su tamaño podría cruzar. Juntó los dedos de su mano derecha en un puño cerrado y golpeó la puerta con los nudillos, haciendo el mismo ruido que instantes antes en la puerta de Ava. Ella lo contempló con una mezcla de curiosidad profesional y fascinación absoluta. Sus gestos eran casi más propios de principios del nuevo milenio que de la era contemporánea.

Sam se giró levemente, señalándole la puerta a Ava y se fue. Ella no tuvo tiempo de ver cómo se alejaba, la puerta minúscula se había abierto y la esperaban dentro.

Sentado tras una enorme mesa de metacrilato, un varón pequeño y arrugado interactuaba incansablemente con la pantalla virtual táctil desplegada delante de sus ojos. Un examen rápido le dio a Ava algunos de los datos que recogía en una toma de contacto inicial: pies pequeños, cuerpo menudo, pelo grisáceo, altura inferior a la media, peso inferior a la media, edad superior a la cincuentena.

Al ver entrar a Ava, él se levantó y procedió a realizar el tipo de presentación que todo humano corriente utilizaba en una primera interacción desde la Revuelta.

—Sebastian, coordinador de comunicaciones de la nave —él la miró muy levemente a los ojos para indicarle que era su turno.

—Ava, jefa de investigación antropológica.

Mientras ella hablaba, Sebastian asintió complacido y se le acercó con admiración.

—Es un placer contar con tu presencia a bordo. Estoy seguro de que tu trabajo nos ayudará a resolver muchas de las dudas que todavía tenemos. No ha pasado mucho más de medio siglo desde la Revuelta y sin embargo comprender por completo todo aquello que llevó a ella a veces sigue siendo un enigma para nosotros —dijo Sebastian con un tono más distendido una vez que la presentación formal ya se había realizado—. Tu padre me ha pedido personalmente que te atienda en todo lo que puedas necesitar. Por favor no dudes en decírmelo en caso de querer algo, estaré encantado de ayudarte. La vida a bordo de embarcaciones como ésta a menudo puede ser demasiado frugal para alguien recién doctorado y proveniente de la Tierra.

—Gracias —Ava respondió un poco incómoda, como siempre que tenía la sensación de que la posición de su padre en la junta de dirección de los gremios podía beneficiarla de algún modo—, mi padre no tenía ninguna necesidad de molestarte con algo así, pero gracias igualmente. Estoy segura de que aquí encontraré todo lo que necesito y podré aplicar mi investigación.

Sebastian asintió y Ava intuyó amabilidad y sinceridad en sus ojos. Él le hizo un gesto, señalando la puerta de salida de su despacho y ella supo que había llegado el momento que tanto llevaba temiendo.

Sebastian abrió la puerta de la pequeña oficina, asomando su cabeza al interior como para asegurarse de que todo el mundo estuviera dentro. Hizo un leve movimiento con la cabeza para saludar y le indicó a Ava que entrara en la habitación.

–Equipo B-8416, aquí está vuestra nueva jefa de investigación antropológica, Ava –dijo el coordinador de comunicaciones cuando la joven hubo entrado en la que sería la oficina que a partir de entonces compartiría con su equipo–. Y ahora deja que te los presente.

A Ava le sorprendió el ofrecimiento de Sebastian. Por mucho que ella temiera un poco el momento de las presentaciones con el resto de su equipo, podía valerse por sí misma para hacerlo y estaba segura de que el coordinador de comunicaciones tendría cosas mejores que hacer. A pesar de ello Sebastian se mantuvo fiel a su palabra, avanzó decidido hacia la mesa circular alrededor de la cual estaba sentado el nuevo equipo de Ava, situándose primero frente a una chica menuda y pelirroja, de cara vivaz y simpática. Tenía pies pequeños, piel de alabastro, una sonrisa en los labios, flequillo, altura inferior a la media, peso inferior a la media, edad inferior a la treintena y belleza acorde al canon vigente.

–Ésta es Keeley, la jefa técnica.

Ava asintió con la cabeza y miró levemente a Keeley para confirmar su presentación. La pelirroja le devolvió una sonrisa generosa y Ava habría podido jurar que dedicó mucho más tiempo del establecido protocolariamente en observar su apariencia física. Era evidente que las primeras tomas de contacto eran un poco diferentes en Deckard de aquello a lo que ella estaba acostumbrada.

–Estos son Dupont y Thompson, los técnicos del equipo – Sebastian estaba señalando a dos chicos jóvenes, de aspecto casi descuidado y extrañamente parecidos el uno al otro pese a su prácticamente segura falta de parentesco genético. Ava apenas tuvo tiempo de registrar unos pocos detalles. Pies de tamaño medio (ambos), uñas mordidas (Dupont), pelo castaño oscuro (Dupont), pelo castaño claro (Thompson), piel blanquecina (ambos), edad rozando la veintena (ambos), mirada cohibida e indirecta (ambos).

Sin apartar los ojos por un segundo de las pantallas virtuales táctiles desplegadas frente a ellos gracias a sus tarjetas de identificación, Dupont y Thompson teclearon unos pocos símbolos ante sí. Instantáneamente la tarjeta de Ava recibió una notificación de recepción de mensajes. Ella dio un doble toque sobre su tarjeta de identificación con sus dedos índice y cordial estirados, aceptando de ese modo los mensajes. Estos aparecieron proyectados al desplegarse su pantalla virtual: "Dupont dice: Bienvenida a bordo de Deckard", "Thompson dice: Bienvenida a bordo de Deckard".

Ava aprovechó para enviar a ambos técnicos un "Gracias", usando el teclado virtual de su pantalla desplegada. No era extraño que los chicos hubieran escogido aquella forma de comunicación. Era una tendencia entre los más jóvenes de su generación, que preferían prescindir de las palabras y el lenguaje elemental estándar para desarrollar formas de comunicación nuevas.

Quedaba una sola persona sentada a la mesa. Sebastian se dirigió hacia él.

—Y naturalmente ya has podido conocer a Sam. Jefe de investigación antropológica adjunto y, espero, tu mano derecha en todo lo que necesites a partir de ahora.

Una especie de hormigueo incómodo le recorrió el estómago cuando la joven contempló la posibilidad de que aquel hombre se fuera a convertir en su mano derecha. No recordaba que Sam se hubiera presentado antes como su ayudante de investigación. Estaba segura de que una información así no se le hubiera pasado por alto. Ava quiso intentar devolverle entonces la mirada franca y segura que él le había ofrecido cuando se conocieron por primera vez hacía un rato y que se hacía un poco más sencillo para ella en esa segunda toma de contacto. Sam sentado resultaba un poco menos imponente que alzado en todo su esplendor frente a ella bajo el marco de la puerta de su habitación.

Ella se acercó un poco más a él y lo miró con la intención de encontrarse con sus ojos. Pero Sam no la correspondió. El joven tenía la mirada perdida en el horizonte. Ava volvió a sentir aquella sensación de sonrojo apoderándose de su tez. Pensaba en lo vejatorio que debía haber sido para Sam que ella no hubiera podido devolverle la mirada hacía unos minutos cuando se habían conocido, tanto como lo estaba siendo en ese momento para ella que él hubiera decidido no volver a honrarla con sus ojos cálidos y profundos.

Convencida de que todo el mundo debía estar dándose cuenta del elevado tono de sus mejillas, Ava intentó recomponerse. Irguió la figura, se estiró casi imperceptiblemente la camiseta del uniforme y miró al resto de los presentes en la habitación con la mejor sonrisa que supo articular. Incontables habían sido los estudios que había leído acerca de la importancia de aquel gesto para provocar sentimientos de aceptación, simpatía e incluso bienestar entre los otros. Sebastian pareció darse cuenta de las intenciones de ella y la correspondió con una sonrisa no del todo natural. El arte de sonreír era uno de los retos más difíciles al que los humanos contemporáneos tenían que enfrentarse.

—Estoy seguro de que tenéis muchas cosas de las que hablar. Os dejo con Ava. Por favor haced que se sienta como en casa —le dijo el coordinador de comunicación al equipo de Ava mientras dejaba el despacho

B-8416. Y, si no fuera porque en realidad casi no había tenido tiempo para reparar en ello, Ava hubiera jurado que antes de salir Sebastian le dirigía una mirada a Sam.

Ava seguía de pie en medio de la habitación, el resto de su equipo estaba sentado todavía alrededor de la mesa en la que ella los había conocido. Había llegado el momento de causar la mejor de las primeras impresiones, de encajar. La joven tosió nerviosamente y se dispuso a hablar.

—Supongo que todos debéis estar tan sorprendidos como yo por este cambio —empezó a decir. Estaba segura de que aquellas no eran sus primeras palabras en el discurso mental que había escrito aquella mañana de camino a la estación espacial, pero por algún motivo había sido incapaz de dar con ellas en la inmensidad de su cerebro, algo que sólo logró acrecentar su inseguridad—. Supongo también que debéis saber ya que a partir de ahora las cosas van a ser un poco diferentes. Estoy segura de que Sebastian os debe haber comunicado que mi línea... nuestra línea de investigación va a cambiar. Sé que estabais haciendo cosas muy diferentes y bastante increíbles...

—Simulación y proyección bélica —la interrumpió Sam.

—¿Perdón? —respondió Ava sin acabar de entender lo que estaba pasando. El tono seco y casi se atrevería a calificar de malhumorado de él no era algo a lo que Ava hubiera estado demasiado expuesta en el pasado. Tampoco estaba acostumbrada a que la interrumpieran antes de que hubiera terminado de hablar. Afortunadamente las malas maneras se habían convertido en un comportamiento completamente inaceptable desde la Revuelta.

—Estudios de campo en simulaciones bélicas de conflictos pasados y proyección bélica para evitar conflictos futuros. Ésas son las cosas diferentes y bastante increíbles a las que nos dedicamos.

—Sé exactamente aquello que estabais haciendo —respondió ella más consciente de las palabras que usaba y todavía sorprendida por el tono poco conciliador de él, evitando mirarlo directamente en todo momento—. Creo que esa línea de investigación es extremadamente importante, por supuesto. Afortunadamente el vuestro no es el único equipo antropológico que el gremio ha dedicado a ese fin. Y desafortunadamente para vosotros, parece, mi línea de investigación dista bastante de ello. Tal vez podamos aprovechar para familiarizarnos un poco más con ella y para hablar de nuestro trabajo futuro y nuestra investigación como equipo.

Sam se levantó de la mesa, mirándola a los ojos de nuevo como durante su primer encuentro, pero con un atisbo de desafío que hasta el momento Ava no le había adivinado a su nuevo ayudante.

—Sé que deben haberte dicho que tenías que darnos la charla, pero no te preocupes. Es tarde y debes estar cansada después de tu viaje. Para nosotros también ha sido un día bastante largo y lleno de sorpresas. No te preocupes por nosotros. ¿Por qué no descansas un poco? Podemos hablar de todo por la mañana —dijo él con tono decidido aunque conciliador.

Ava intentó procesar aquello que estaba sucediendo. Era cierto que la mirada de Sam parecía desarmarla por motivos que ella prefería atribuir al cansancio acumulado en un día que había empezado demasiado pronto, pero ¿era posible que su subordinado estuviera llevándole la contraria delante de su nuevo equipo? La joven no tuvo tiempo a reaccionar antes de que Sam reanudara su discurso.

—Chicos, vamos a dejar que Ava descanse un poco, ¿de acuerdo? Nos volveremos a reunir aquí mañana a las nueve de la mañana.

Sam fue el primero en salir de la habitación, sin hacer siquiera un amago por despedirse. Dupont y Thompson lo siguieron, no sin antes enviar un "Dupont y Thompson dicen: Hasta mañana. Encantados nuevamente de conocerte" a la pantalla virtual de Ava. Keeley fue la última en dejar la habitación, mirando a su nueva jefa con una sonrisa cálida y amable antes de salir. Si había una humana posterior a la Revuelta capaz de dominar el arte de la sonrisa parecía ser Keeley.

Ava se quedó plantada en medio de la habitación, desde allí se veía la Luna suspendida del otro lado de la pared de cristal del despacho. Era casi la misma vista del vacío infinito y oscuro que tenía en su cuarto pero intensificada por una perspectiva muy hermosa del mar de la Tranquilidad lunar. Ava contempló aquella imagen mientras reflexionaba. Llevaba unas pocas horas en aquella estación espacial y lo único que parecía haber conseguido por el momento era sonrojarse y ponerse nerviosa.

Un pitido continuado hizo que Ava despertara de la hipnosis causada por el paisaje espacial. Un mensaje recibido en su tarjeta de identificación y desplegado en su pantalla virtual la informaba de que había llegado la hora de cenar.

*

Ava se limitó a seguir al resto de tripulantes de Deckard que se habían echado a los pasillos de la nave con un aparente único destino en mente. Si algo le habían enseñado sus años en internados e instituciones educativas a la investigadora era que no había nada más fácil de encontrar en un sitio nuevo y desconocido como un comedor comunitario en hora punta. En pocos minutos Ava estaba en la cola de la cafetería sopesando las opciones del menú: revoltijo de grillos y sucedáneo de huevo con ensalada de espinacas y tomates de cultivo hidropónico o el siempre recurrente batido a base de un compuesto nutritivo hidratado con agua potabilizada.

Ava optó por la opción menos aburrida para ver hasta qué punto uno podía dejarse deleitar o no por la oferta culinaria de Deckard. Era consciente de que los recursos en la nave eran más limitados que en la

Tierra pero, al menos a simple vista, los alimentos en Deckard parecían bastante comestibles e incluso apetitosos. Cogió una bandeja para cargar con la cena y recorrió el comedor con la mirada, buscando un sitio donde sentarse. Enseguida vio a Sebastian en una de las mesas más cercanas. Él le hizo una señal con la mano para que se acercara y Ava no pudo ignorar la invitación. Hubiera preferido disfrutar de un primer ágape a bordo en perfecta soledad y acompañada por un poco de lectura, pero Ava recordó que su objetivo era encajar cuanto antes y para ello debía relacionarse con los miembros de aquella nave.

Aunque, mientras avanzaba con cuidado hacia la mesa de Sebastian, pensó que difícilmente podría integrarse si se limitaba a comer con el coordinador de comunicaciones y sus acompañantes, que a simple vista parecían oficiales de rango superior en la jerarquía de Deckard. Ava prefirió no sacar conclusiones precipitadas para las que carecía de suficientes datos y se repitió a sí misma que tenía tiempo de sobras para encajar. Al fin y al cabo sólo era el primer día. Mientras se sentaba a la mesa junto a Sebastian, intentando producir su mejor sonrisa, se preguntó por qué debía haber desarrollado aquella fastidiosa costumbre de juzgarse a sí misma con demasiada rigidez en todo momento.

Fingía, tan bien como podía y de acuerdo al código social imperante, estar interesada por la conversación de las dos jefas de investigación sentadas a su lado, especializadas en preservación y restauración de arte prerrevolucionario prehistórico. Aunque en realidad Ava estaba más pendiente de la conversación entre dos miembros de su equipo sentados unas mesas más adelante. Keeley y Sam estaban en uno de los largos bancos comunitarios sin respaldo del comedor, uno junto al otro y de espaldas a Ava. La jefa los había reconocido al instante por el color inconfundible y singular del pelo de ella y la robusta espalda de él, cuya forma triangular había podido memorizar aquella tarde mientras seguía sus pasos rápidos por los pasillos de Deckard.

Por lo poco que había observado de ellos, Ava casi se atrevería a asegurar que Dupont y Thompson probablemente preferirían consumir el batido nutritivo liofilizado de la cena en la intimidad de sus cuartos, inmersos tal vez en un ambiente de realidad recreada. No parecía que Sam y Keeley los echaran mucho de menos, todo indicaba que los dos técnicos no debían ser precisamente buenos conversadores. Sam tampoco daba muestras de mucha capacidad comunicativa. Keeley era quien estaba encargándose de hablar la mayor parte del tiempo y él la escuchaba con atención, mirándola fijamente a los ojos desde la corta distancia que los separaba. Haciendo una pausa en su discurso, Keeley miró a Sam con una de sus sonrisas y deslizó su plato de revoltijo de proteínas a medio terminar en su dirección. Él lo recibió con gusto y empezó a picar su contenido de inmediato con los palillos de madera que usaba a modo de utensilios de mesa. Ava casi se atragantó del susto al ver semejante práctica de falta de prevención en el contagio de bacterias patógenas ejercida con total impunidad y a la vista de todo el mundo. El resto de la cena prefirió prestar más atención a la conversación de sus colegas, que seguían sopesando las ventajas e inconvenientes en la restauración y conservación de arte prerrevolucionario teniendo en cuenta su elevado coste en materia de recursos de mantenimiento y protección.

*

La puerta de su cuarto se abrió y Ava se desplomó sobre la cama. Debía reconocer que Sam había tenido razón en una cosa al deshacerse prematuramente de ella aquella tarde: estaba cansada, tal vez incluso muy cansada. No acababa de entender exactamente por qué hasta que empezó a repasar los acontecimientos ocurridos, o más bien precipitados, durante las últimas horas. Primero la repentina recepción de un mensaje que la había despertado de madrugada, informándola de que le habían encontrado una posición permanente como jefa de un equipo de investigación antropológica en la prestigiosa estación espacial de investigación Deckard, donde había solicitado una plaza algunos meses antes. A la sorpresa y emoción iniciales por poder empezar a desarrollar finalmente su nueva etapa profesional, las siguió la notificación de que debía incorporarse a su nuevo puesto de inmediato puesto que la actual jefa de investigación de su equipo había partido hacía unos días para ocupar un nuevo cargo. Apenas tuvo tiempo de hacer la maleta y empaquetar un par de cajas antes de que su transporte para Deckard viniera a recogerla. Se despidió de sus compañeros y dejó a Luka encargado de supervisar el embalaje del resto de sus preciadas posesiones. En tan solo unas pocas horas estaba contemplando el vacío infinito desde la ventana de su habitación.

Y fue ahí, en ese momento, cuando por primera vez en mucho tiempo percibió una sensación de vacío o añoranza difícil de describir y que intuía que podía calificar de soledad. Había leído mucho acerca de ella, los humanos de finales del siglo XX parecían aborrecerla y temerla en igual medida. A Ava lo de estar sola nunca le había parecido ningún inconveniente. Ella misma había desarrollado una vida bastante independiente y a menudo solitaria. Hacía muchos años, desde que ingresó en el primer internado de formación, que no residía en una vivienda familiar. Para ella su cuarto siempre había sido su hogar. Ava miró a su alrededor y en una de las estanterías de su nueva habitación encontró una de las primeras cosas que había metido en el equipaje aquella mañana. Una edición de 1920 de *La edad de la inocencia*, de Edith Wharton, que hacía años se había convertido en una especie de amuleto y la había inspirado en su profesión. Releyó el pasaje en el que su protagonista masculino, el aristócrata neoyorquino Newland Archer, visita por primera vez la nueva casa de la misteriosa y sensual Ellen Olenska:

–Es delicioso... lo que has hecho aquí –repitió él.

–Me gusta la casita –reconoció ella–. Aunque supongo que lo que me gusta es la bendición de que esté aquí, en mi propio país y mi propia ciudad; y también poder estar sola en ella.

Habló tan bajo que él apenas pudo oír esa última frase, pero se refirió a ella con torpeza.

–¿Tanto te gusta estar sola?

–Sí; siempre que mis amigos impidan que me sienta solitaria.

Era como si, a pesar de haber leído y releído aquel libro en más ocasiones de las que estaba dispuesta a reconocer, Ava entendiera el significado de aquellas palabras por primera vez. Se puso la chaqueta del uniforme todavía tirada sobre su cama. Hacía frío y aquella habitación aún no se había convertido en su hogar. Todo intento por encajar en Deckard había sido en vano.

DÍA 2

Ava caminaba en tensión por los pasillos de la estación espacial. Segundo día en Deckard, segundo día de inexplicable nerviosismo para la joven. Esperaba que aquello no se convirtiera en una costumbre. Era un comportamiento completamente impropio de ella, de cualquier humano contemporáneo en realidad y de lo más inaceptable y desdeñable para alguien con un cargo de su importancia.

Después de girar en dos ocasiones por los pasillos de Deckard sin estar demasiado segura de lo que estaba haciendo, Ava se vio obligada a aceptar algo que hacía un rato que sospechaba: se había perdido. La chica dio un pequeño golpe con dos dedos de su mano derecha sobre la placa de identificación que llevaba colgada del cuello y que, a ojos inexpertos, casi podría parecer un ornamento. El gesto provocó que se desplegara ante ella una pantalla virtual con el mapa de aquel laberinto. La antropóloga se tomó un momento para situarse en la nave y localizar su destino antes de volver a empezar a caminar, esa vez con paso seguro. Podría utilizar el sistema de posicionamiento global con voz de su tarjeta de identificación o incluso seguir con el mapa iluminado ante sí pero, como su propósito era encajar lo antes posible, no quiso que pudieran verla de aquel modo. Se le antojaba que aquello debía ser el equivalente a ser un visitante de finales del siglo XX que desplegara un enorme mapa de papel en una ciudad desconocida. Algo que sólo los turistas hacían, no los viajeros experimentados. Y estaba claro que ella no era ninguna turista.

Cuando llegó al pasillo que estaba buscando, Ava se paró delante de un área de la pared, vacía a simple vista. Empezaba a temer que no había sabido interpretar el mapa virtual correctamente, por difícil que eso pudiera ser, cuando del blanco inmaculado de aquel muro empezaron a surgir otros colores. La pared fue haciéndose cada vez más transparente hasta dejar ver un mostrador sobre el cual había situada una pantalla virtual con la palabra

"Suministros".

Un varón del otro lado del mostrador hizo girar la silla provista de ruedas sobre la que estaba sentado para darle la cara a Ava. Como parte de su cuerpo quedaba oculto por el mobiliario, Ava pudo recoger sólo unos pocos datos. Pies fuera del campo de visión, pelo inexistente, ademán adusto, peso superior a la media, edad superior a la cuarentena.

—Ava, jefa de investigación antropológica del equipo B-8416 —dijo ella en forma de saludo.

—Gaff, coordinador de suministros. Aunque naturalmente se trata de una información completamente retórica e innecesaria teniendo en cuenta que has decidido venir a verme. ¿Qué quieres? —respondió él.

—¡Gaff pórtate bien con ella, es nuestra nueva jefa!

Ava se giró al oír aquella voz femenina y vio a Keeley y Sam avanzando por el pasillo en su dirección. Keeley la saludó con una sonrisa.

—¿Llego tarde a nuestra reunión? —les preguntó Ava. Su ritmo cardíaco parecía haberse acelerado y había espetado la pregunta sin pensar demasiado en lo que estaba diciendo.

Sam pasó junto a ella haciendo un casi imperceptible movimiento de cabeza en forma de saludo, pero Keeley se paró junto a Ava mientras él seguía caminando.

—No, todavía quedan diez minutos —respondió la pelirroja, haciéndole una señal a Ava para que se acercara más a ella y hablándole en un susurro—. No pierdas el tiempo con Gaff. Es famoso por ser un suministrador nefasto. Si necesitas algo podemos ayudarte a conseguirlo por otras vías.

—Gracias pero tendré que lidiar con él igualmente. La mayoría de mis cosas se quedaron en San Francisco y las necesito —respondió Ava, no sin cierta curiosidad por saber cuáles serían las vías alternativas a las que Keeley se refería y sorprendida de que la chica le hubiera ofrecido tan abiertamente una ayuda que bien podía implicar medios no del todo aprobados o permitidos por el gremio.

Ava se giró nuevamente hacia el mostrador de Gaff y le dijo de forma segura y autoritaria:

—La celeridad con la que se produjo mi traslado evitó que pudiera traer todos mis instrumentos de investigación conmigo. Me he tomado la libertad de confeccionar un listado detallado con todo lo que necesito y que he dejado en San Francisco. Mis colegas allí se han encargado de que fuera empaquetado debidamente. Lo único que necesito es el traslado seguro y rápido de todas mis pertenencias —Ava lo dijo todo en un suspiro y, antes de permitir una queja de Gaff, prosiguió—. Según el código del Gremio de Antropólogos, la urgencia de mi traslado y mi cargo me garantizan suministros prácticamente infinitos de material, siempre que éste esté relacionado con mi investigación. Y todo lo que dejé allí es vital para seguir con ella. Lo necesito todo el viernes como muy tarde. No aceptaré ningún tipo de excusa.

—¡*Wow*! —exclamó Keeley sorprendida—. Te avanzo que si tienes realmente éxito con Gaff a partir de ahora te vas a encargar tú de hacer mis pedidos.

A Ava le sorprendió el comentario de Keeley, al fin y al cabo ella era su superior y no podía imaginarse ningún tipo de situación en la que acabara teniendo que hacer los pedidos de los miembros de su equipo. Pero la sonrisa que la chica le había dedicado al final de sus palabras le hacía intuir que Keeley estaba intentando hacer algún tipo de broma. Ava le devolvió la mejor sonrisa que supo ejecutar sin acabar de saber qué decir.

—Ya me contarás. Y ahora te dejo antes de que se enfade más conmigo —dijo Keeley en lo que a Ava le pareció una referencia a Sam y sin que acabara de entender cuál debía ser la fuente de su supuesto enfado.

Sam había estado esperando a Keeley un poco más adelante y Ava vio cómo él y la pelirroja se reencontraban y ambos se alejaban por el pasillo enfrascados en lo que parecía una conversación distendida, no había ni rastro del enojo de él. De hecho juraría que aquella era la primera vez que veía a Sam sonriendo. Aunque sabía que no era asunto suyo y que debería reprimir aquella naturaleza curiosa y completamente reprochable que se apoderaba de ella a veces, no pudo evitar preguntarse si la relación entre Sam y Keeley iba más allá de lo profesional. Parecían avenirse y se atrevía a adivinar entre ellos una química propia de una relación que no se limitaba a la compartida por dos compañeros de trabajo. Ava no había recogido todavía suficientes datos como para avalar su hipótesis pero había visto cómo Keeley tocaba el brazo de él con familiaridad cuando se reencontraron en el pasillo, un gesto absolutamente inadecuado en un contexto profesional. Además la noche anterior había observado cómo ambos disfrutaban de la compañía del otro favoreciendo la proximidad física en todo momento y llegando incluso a compartir el mismo plato de comida. Era innegable que hacían buen pareja. Aunque las relaciones interpersonales entre colegas profesionales de rango similar estaban completamente desaconsejadas por el gremio, Ava era consciente de que era una práctica común, sobre todo en confines aislados y alejados del resto de la civilización como aquella estación espacial. Al hacer aquellas reflexiones, Ava sintió una especie de punzada en el estómago que atribuyó a las dificultades que sin duda estaba experimentando su organismo para adaptarse a las condiciones de vida en un entorno con fuerza de gravedad simulada y a lo impropio que era dedicarse a especular sobre la vida personal de otras personas.

*

A pesar de que Keeley le había asegurado que aún quedaba tiempo para su reunión y pese a que faltaban un par de minutos para las nueve, cuando Ava entró en el despacho tuvo la sensación de que estaba haciendo tarde. Los cuatro miembros de su equipo estaban sentados alrededor de aquella mesa redonda en la que los había conocido el día anterior y con una actitud que bien podía denotar espera o impaciencia.

La jefa estuvo a punto de disculparse por la tardanza pero decidió no hacerlo. Cogió una silla, encontró un hueco para ella entre Keeley y Dupont —que adivinó lo suficientemente seguro— y se sentó allí.

—Si queréis podemos acabar la conversación que empezamos ayer —dijo, y una vez más tuvo la sensación de no estar empezando de la forma como había previsto hacerlo aquella mañana, cuando pensó sobre lo que decir mientras se enjabonaba el pelo en la ducha. A pesar de ello prosiguió—. Me he tomado la libertad de subir a vuestras pantallas virtuales un extracto de mi investigación. Podéis echarle un vistazo cuando tengáis un momento y haceros una idea más aproximada de lo que he estado haciendo estos años y por qué he acabado aquí. Como sabéis, desde la Revuelta han cambiado muchas cosas para todos nosotros. Pese a que han sido sólo unas pocas décadas, algunos cambios han sido tan drásticos que no acabamos de entender cómo eran las cosas antes de que los gremios empezaran a organizarlo todo de forma equitativa.

Ava empezaba a estar más segura de sus palabras, convencida de haber encontrado la línea de discurso que tan adecuada le había parecido aquella mañana. Hizo una pausa breve para observar mejor a su equipo y lo que vio la contrarió un poco. Parecían sedados y, si no fuera porque bostezar en público se había convertido en una práctica completamente inaceptable en la sociedad contemporánea, hubiera jurado que había visto a Sam haciéndolo.

—Básicamente lo que hago, lo que todos haremos —prosiguió Ava con cautela—... será seguir mi línea de investigación centrada en estudiar cómo eran las relaciones interpersonales entre humanos en las décadas inmediatamente anteriores a la Revuelta. Algo que nos permitirá seguir proporcionándole información valiosa al Gremio de Antropólogos y que además...

—He leído lo que has subido al sistema y he de decir que me gusta tu línea de investigación, bastante más de lo que me esperaba cuando empecé a leer —Sam había decidido volver a ignorar el protocolo de buena educación interrumpiendo a Ava por segundo día consecutivo—. Estoy seguro de que el gremio debe estar muy contento con tu investigación. Documentas *hobbies*, hábitos, costumbres, relaciones de pareja, la forma como la sociedad anterior a la Revuelta se relacionaba entre sí. Pero he encontrado una falta evidente en tus estudios...

Sam se interrumpió brevemente, algo que Ava quiso atribuir a la cara de estupefacción y absoluta incredulidad que ella había sido incapaz de contener ante las palabras de él.

—Lo que quiero decir, y no creas que estoy subestimando todo el trabajo que has realizado hasta ahora, es que ni una sola vez en tu investigación has recurrido a las realidades simuladas —prosiguió Sam.

—Mi investigación se basa en el estudio y análisis de amplias bases de datos... —se defendió Ava intentando sonar lo más calmada posible.

—Las mismas bases de datos que nos permiten reconstruir ese pasado y que te permiten transportarte a él y poder realizar un estudio mucho más profundo porque puedes vivirlo virtualmente en primera persona ¿No crees que vendría siendo hora de aprovechar al máximo los recursos que te ofrece Deckard?

—¿Qué quieres decir?

—Estás a cargo de un equipo con mucha experiencia en la simulación de entornos y situaciones virtuales. No estoy seguro de la cantidad de preparación necesaria para una misión que recree un contexto para este tipo de investigación pero el equipo se puede poner a ello bastante fácilmente. Podemos empezar con algo fácil y ver qué tal trabajamos todos juntos. Sería una buena forma de conocernos.

Ava dudó durante un instante, sabía que el hecho de que la hubieran puesto a cargo de un equipo como aquel implicaría un estudio mucho más profundo y la participación en misiones de realidad virtual. Lo que la parte más previsora, analítica y organizada en ella no había podido llegar a anticipar era que algo así fuera a pasar ya durante su segundo día a bordo.

—No estoy segura. El equipo necesita prepararse y más tiempo para poder llevar a cabo algo así —dijo autoritariamente y para zanjar el tema.

—Nos dedicamos al trabajo de campo, a la investigación empírica. Si te digo la verdad nos aburre bastante todo lo que no sea eso —argumentó Sam—. Deja que podamos hacer nuestro trabajo, verás que para ti también resulta mucho más útil y satisfactorio. Incluso si todo lo que acabamos haciendo en esta primera misión simulada es ver cómo hervían arroz en la década de los ochenta del siglo XX.

—No me dedico a la ebullición —le reprochó ella.

—¿Cómo?

—No me dedico a la ebullición, ni a la cocción, ni a los guisos, ni a ningún tipo de estudio que tenga que ver con los procesos químicos necesarios para la configuración de la gastronomía. Estoy diciendo esto porque al parecer has leído ya el material relacionado con mi investigación así que, por si acaso lo has malentendido, quiero aclarar que no me dedico a la ebullición —Ava estaba segura de estar completamente roja para entonces, notaba el punto de ebullición al que sí había llegado su sangre y empezaba a dudar de que el tono de sus palabras pudiera seguir siendo calificado con las etiquetas de "cordial y articulado" con las que le gustaba enunciar todos sus discursos—. Estudio la forma en la que la gente se relacionaba, cómo hablaban los unos con los otros, cómo se organizaban las unidades familiares, cómo se socializaban. Nada de ebullición.

—Lo sé y siento haber escogido mal las palabras. No quería que pareciera que estaba subestimando nuestra nueva línea de investigación. Sólo quería darte un ejemplo. Y, naturalmente, si sientes que no estamos preparados para una misión ahora, no hay ninguna necesidad de acelerar las cosas. Sólo quería decirte que estamos a tu disposición.

Sam seguía usando un tono de lo más conciliador, que Ava hubiera catalogado en la categoría de "seductor" si él fuera uno de los sujetos de sus estudios antropológicos.

—¿Crees que podríamos preparar una misión fácilmente? —dijo la jefa dirigiéndose a Keeley y con su voz más severa.

No era tanto que el tono seductor de Sam estuviera surtiendo efecto en Ava, que siempre se había mostrado bastante inmune a ese tipo de tácticas. A la joven la asustaba estar pecando una vez más de demasiada cautela, una característica que Ryo había destacado en ella con el calificativo de defecto. Antes de su llegada a Deckard, Ava había decidido que la cautela no se interpusiera entre ella y su profesión. El miedo a lo desconocido tenía que dejar de ser algo determinante en su vida y, sobre todo, su carrera.

—Algo como lo que Sam debe tener en mente nos puede llevar un par de horas de preparación —respondió la pelirroja.

Ava dirigió una mirada fría y segura a Sam esta vez, sin relajar en ningún momento su gesto riguroso y de mando.

—Sam, ¿qué es exactamente lo que tienes en mente?

*

—Parece que todavía necesitan un rato antes de tener la simulación lista —le avanzó Ava a Sam.

Ambos esperaban a que el equipo técnico terminara de preparar la primera misión a una realidad virtual en la que participarían juntos. Aguardaban en la sala destinada a la conexión para misiones simuladas: una habitación contigua a la oficina B-8416. Sam había querido mostrársela antes de empezar, pero no tenía nada que Ava no hubiera visto antes. En ella había dispuestas cuatro cómodas butacas donde reposar mientras los sujetos experimentaban ilusiones en primera persona, además de una variedad de aparatos de conexión craneal para conseguir dicha experimentación.

Ella decidió entablar una conversación con él confiando que aquello la ayudara a calmarse un poco. Al fin y al cabo era la primera vez que se disponía a transportarse a una realidad virtual por motivos profesionales y no simplemente recreativos.

—Mientras esperamos me puedes explicar alguna otra cosa sobre el equipo. No acabo de tener muy claro qué es lo que se supone que ya debería saber —empezó ella torpemente.

—En realidad no demasiado —respondió él con aquel tono seco al que Ava temía que le iba a costar bastante acostumbrarse—. Yo soy tu mano derecha en toda misión simulada y trabajo de campo. Keeley se encarga de las simulaciones y todos los detalles técnicos en nuestras misiones, asegurándose de que no haya nada inesperado. Y los gemelos la ayudan, mientras prosiguen con su formación para convertirse en jefes técnicos en unos años.

El término "mano derecha" con el que Sam se había descrito no logró el mismo efecto que había tenido el día anterior. Ava se preguntaba cómo conseguiría convertirse él en su mano derecha teniendo en cuenta lo contrariado que le había parecido cada vez que se encontraba frente a ella y los muchos problemas que ambos tenían para comunicarse de una forma fluida. Pero Ava prefirió evitar el conflicto y proseguir con una conversación lo más placentera posible, siempre que a Sam le apeteciera claro.

—¿Llamas a Dupont y Thompson los gemelos? —preguntó ella, sin acabar de estar segura de que aquel sobrenombre que él había usado fuera todo lo políticamente correcto que se podía esperar en un entorno profesional y riguroso como Deckard.

—No sólo yo... —Sam se interrumpió un momento—, la antigua jefa de investigación y yo solíamos hacerlo sí.

—Alina, ¿verdad?

—Ajá —se limitó a musitar él.

Ava hubiera querido proseguir hablando sobre su predecesora, cuya carrera era un ejemplo envidiable para alguien como ella y que acababa de dejar Deckard para ocupar un cargo de mayor responsabilidad. Pero tenía la sensación de que a Sam no le apetecía hablar sobre el tema. A pesar de no estar precisamente muy bien equipada para interpretar las intuiciones, siendo como era alguien básicamente racional y analítico, y teniendo en cuenta los muchos errores que había cometido en sus clases de comportamiento social cada vez que había tratado de seguir una corazonada, Ava prefirió abandonar el tema aún a riesgo de estar malinterpretando por completo las señales que le enviaba su interlocutor.

—¿Alguna otra cosa que puedas contarme? ¿Alguna habladuría que debería saber y sobre la que evidentemente no voy a leer en los informes y fichas técnicas que Sebastian ha tenido la generosidad de hacerme llegar...? —preguntó ella.

La única intención de Ava con aquellas palabras era seguir

haciendo tiempo e intentar relajar un poco las cosas con Sam, pero las conversaciones triviales nunca se le habían dado bien. Por un momento le pareció que había agraviado a su ayudante porque él le devolvió una mirada directa, fría y casi desafiante. Ava dudó sobre lo que podría haber causado tal reacción cuando se dio cuenta de que Sam podía haberse ofendido creyendo que ella había tenido la osadía de preguntarle por su relación con Keeley. ¿Cómo había podido ser tan indiscreta? Convencida, como lo estaba, de que había dicho algo completamente inoportuno y equivocado la respuesta de él la agarró desprevenida.

—No hay muchas habladurías. Lo normal. Keeley es una seductora y los gemelos son los típicos *nerds* de finales de siglo. No hablan nunca y la mayoría de sus interacciones suelen ser siempre virtuales.

—¿Keeley es una seductora? —repitió Ava, extrañada por el hecho de que él estuviera admitiendo con tanta franqueza, ante su superior, que se hubiera dejado seducir por una colega profesional.

—Hay pocas mujeres que se resistan a sus encantos —explicó Sam.

—¿Mujeres? —dijo Ava, cada vez más confundida por aquella conversación.

—Sí —respondió él con su tono seco habitual—. ¿Algún problema?

—No, no —se apresuró Ava, por supuesto que no tenía ningún problema con las preferencias sexuales del resto de su equipo—. Tenía la sensación de que ella, de que tú, de que tú y ella... —Ava no se podía creer que estuviera diciendo esas palabras en voz alta y decidió callarse antes de que fuera demasiado tarde y sintiera hervir sus orejas por la vergüenza.

Pese a la falta de elocuencia de ella, Sam pareció entender al instante lo que Ava estaba sugiriendo y la miró con una media sonrisa burlona y sexy a la vez, sin rastro de la ira que ella había creído adivinar instantes antes.

—Tengo la certeza de que no soy su tipo. Tú sin embargo... —le dijo observándola de arriba abajo hasta hacerla sentir incómoda—, estoy prácticamente seguro de que sí que lo eres.

—Lo tendré en cuenta —soltó Ava sin volver a creer lo que estaba diciendo y decidiendo que el resto de la espera sería preferible realizarla en perfecto silencio.

*

Corriente de aire. Eso fue lo primero en llamarle la atención a Ava en su primera misión simulada de tipo profesional. Lo último que la chica recordaba era cómo Keeley le había conectado los electrodos para hacer posible esa recreación virtual y su primera reacción era cierto frío en el estómago. Ava dirigió su mirada hacia su barriga y enseguida lo entendió: su camiseta acababa mucho antes de lo que empezaban los pantalones acampanados y de cintura baja que llevaba puestos. Instintivamente se llevó las manos a la barriga e intentó estirar la ropa de su camiseta para alargarla tanto como pudo. Enseguida vio a Sam a su lado, con sus ojos oscuros y su mirada franca. Fue esa mirada la que hizo que lo reconociera sin vacilación alguna, pese al pelo largo y los diez años que la realidad virtual parecía haberle quitado de encima.

—Estás diferente. Más joven —le dijo ella.

—Tú también —Sam le hizo un gesto para que la siguiera, cogiéndola de la mano y guiándola entre un mar de gente que Ava empezaba a percibir a su alrededor. El contacto con la piel de él hizo que ella notara lo que hubiera descrito en una de sus libretas de laboratorio como una especie de cosquilleo agradable, hasta recordar que en realidad no se encontraban más que dentro de una situación de realidad virtual. Todo, incluso aquel hormigueo cálido provocado por la mano de Sam en contacto con la suya, era falso aunque generado para convencer a su cerebro de lo contrario.

Sam los guió con paso seguro por aquel espacio cerrado lleno de humo y ruido. Hacía camino para ambos entre un tropel de humanos en edad adolescente o postadolescente ataviados con pantalones de pitillo de cintura alta, camisas de cuadros de talle ancho, botas de cordones con suelas de goma y camisetas de algodón superpuestas una sobre la otra. Finalmente se paró delante de un espejo escondido en una de las paredes del local. Ava nunca lo hubiera podido encontrar sola o reparar en él a simple vista y se preguntaba cómo lo habría hecho Sam. Frente al espejo, ella reconoció al instante su melena de pelo castaño, sus rasgos anodinos y su figura delgada y menuda. Pero, igual que en el caso de Sam, había algo en su cara que era distinto. Diez años de preocupaciones y largas sesiones de estudio parecían haberse borrado de su rostro de repente. Pese a que en realidad todavía le quedaban unos años para la treintena, era como si hasta aquel momento Ava no se hubiera dado cuenta por completo que de hecho llevaba tiempo envejeciendo. Muy levemente, gracias a los muchos avances técnicos de su generación, pero envejeciendo a pesar de todo.

—¿Es raro verse así, verdad? —le preguntó él, como si pudiera leer sus pensamientos.

Ava asintió y él volvió a cogerla de la mano. Esa vez ella casi ni se inmutó, consciente de la artificialidad de la situación. Ambos entraron a una segunda habitación oscura, igualmente cargada de humo y llena de jóvenes innegablemente *hip* que bailaban o intentaban mantener conversaciones basadas en el intercambio de gritos en el oído de sus interlocutores. El lugar estaba envuelto por un sonido atronador que Ava pudo etiquetar al instante. Artista: Radiohead, tema: Creep.

—Es igual que lo recordaba —dijo Sam sólo entrar.

—¿Cuándo has estado aquí antes?

—Hace dos años, aunque entonces era sólo 1990 y ahora estamos a finales de esa misma década. Estuvimos durante meses trabajando en una recreación simulada en Kuwait, durante la ocupación iraquí. Estudiamos la forma como los medios de comunicación documentaron la guerra. Alina y yo nos caracterizamos de corresponsales de guerra durante toda la misión.

—¿Pero estabais en Kuwait? Esto es una recreación de un club parisino... —dijo Ava sin acabar de entender lo que le estaba explicando Sam.

—Durante la misión nos tomamos unas vacaciones virtuales en París y acabamos viniendo aquí bastante a menudo.

—No tenía idea de que se pudiera ir de vacaciones estando en una misión —dijo Ava, todavía sin acabar de entender aquella conversación.

—Si sigues el manual de los antropólogos al pie de la letra, no se puede. Pero hay formas de hacerlo —dijo él en un tono en el que Ava notó cierta arrogancia. Nuevamente había percibido en su ayudante una cualidad completamente inaceptable en un humano post Revuelta.

—Sólo espero que nuestra misión sea un poco más corta. No creo que pudiera llevar esto puesto durante meses —dijo la chica volviendo a estirar su camiseta con incomodidad.

—No te preocupes por eso, estás fantástica —dijo él en lo que Ava interpretó como una manifestación sincera que debería halagarla pero en realidad consiguió incomodarla. Los halagos eran una forma de expresión impropia en un contexto laboral como aquel y ella no había recibido formación para aceptarlos de la forma adecuada. Nunca le pareció que fuera a ser necesaria. De modo que prefirió hacer lo que hacía siempre en las raras ocasiones en las que desconocía el código social a seguir en una situación determinada: hacer ver que no había pasado.

Sam volvió a guiarlos por entre la gente, hasta llegar al mostrador donde servían las bebidas. Mientras él intentaba llamar la atención del barman, Ava no pudo evitar apreciar lo fiel a la realidad que era aquella representación virtual del Sam que conocía. Su ayudante iba vestido con unos pantalones elásticos ajustados y al menos un par de camisetas de mangas de diferentes longitudes y distintos colores, una sobre la otra. La versión no real de Sam llevaba la barba completamente afeitada y mechones de su media melena morena y descuidada le caían sobre la cara. A pesar de las diferencias con el Sam contemporáneo, su avatar virtual parecía conservar todas las características que hacían de él alguien atractivo y hermoso: facciones simétricas, mandíbula ancha, labios carnosos, nariz recta... Por miedo a que algunos de los estímulos visuales apreciados por ella fueran recogidos por su equipo de técnicos, Ava prefirió apartar la mirada de su sugerente ayudante y terminar ahí con su relación de atributos. Aquello la hizo recordar que tenía una duda que necesitaba aclarar cuanto antes.

—Tienes que explicarme cuál es el protocolo de recogida de datos —dijo ella con la mayor naturalidad que pudo. Sam la interrogó con la mirada sin acabar de entender lo que le estaba diciendo. Ella continuaba teniendo problemas para seguir una conversación manteniendo el contacto visual continuado, un problema que sólo parecía aguzado si los ojos en cuestión eran los de Sam. Demasiado oscuros y demasiado directos, incluso en aquel entorno ficticio—. No sabía que hoy empezaríamos con el trabajo de campo y no he leído todavía la documentación referida a la recogida de datos en simulaciones virtuales. De nada sirve que saque una libreta y me ponga a tomar notas de lo que observo, porque esa libreta es sólo fruto de un sofisticado programa de realidad virtual. Naturalmente mi tarjeta de identificación tampoco funciona. ¿Qué método usáis normalmente? Tal vez debo dictar aquello que observo para que Keeley, Dupont y Thompson lo registren y luego yo pueda revisar mis notas. ¿Tienen acceso directo a todo lo que pienso?

—No hace ni cinco minutos que has aterrizado en tu primera misión virtual —replicó él al instante—. Es imposible que hayas observado nada que puedas necesitar registrar. Mucho menos teniendo en cuenta que todo el tiempo has estado conmigo aquí plantada.

—¿Qué quieres decir? —preguntó Ava sin entender lo que estaba pasando puesto que la pregunta que ella había planteado le parecía de lo más relevante. Sobre todo en lo referente a la intimidad y privacidad, o falta de ella, de sus pensamientos. Una respuesta que empezaba a necesitar con urgencia.

—Relájate. Disfruta. El alcohol, pese a ser virtual, emborracha igual. Aprovecha para tener un par de horas de pura diversión y desinhibición de finales del siglo XX. Te aseguro que los humanos no hemos vuelto a sabernos divertir así desde entonces —respondió Sam mientras le daba un trago a la botella de cerveza que tenía delante.

—Cuando vamos a un sitio, en una misión profesional, nos mezclamos entre la multitud y observamos. Ese es el lema del Gremio de Antropólogos. No participamos, no actuamos, no manipulamos ni cambiamos las realidades a las que viajamos y que recreamos. Y desde luego no consumimos sustancias estimulantes, ni esperamos pasarlo bien. Observamos y documentamos —replicó ella, perpleja por las palabras de él.

—¿Y no quieres probar a hacer las cosas a mi manera ni una sola vez, verdad? Estoy seguro de que con toda tu formación ya debes saber que un club como éste es el lugar perfecto para poner en práctica las técnicas de seducción de finales de milenio. Piénsalo, te podría venir muy bien para tus artículos científicos tener alguna experiencia en primera persona —dijo Sam con una sonrisa de lo más sugestiva.

Ava no supo qué responder. A decir verdad entendía a la perfección lo que Sam estaba insinuando pero no se podía creer que estuviera insinuándolo realmente. No era que ella fuera una puritana, no se llegaba a jefa de un equipo de investigación antropológica especializado en relaciones interpersonales siendo una puritana. Había estudiado, observado, descrito, clasificado y etiquetado todo tipo de relaciones entre humanos. Los rituales de apareamiento y las diferentes formas de cortejo que se practicaban en la sociedad occidental a finales del siglo XX y comienzo del nuevo milenio eran una de las especialidades de Ava y había pocos secretos para ella en esa materia. Era sólo que las cosas habían cambiado mucho desde entonces y Ava se había acostumbrado a las relaciones asépticas e indoloras de la época contemporánea. Además, y por muy recreada virtualmente que fuera aquella realidad en la que se encontraba, no tenía la más mínima intención de participar en según qué tipo de situaciones delante de sus subordinados. Lo de la seducción virtual se lo reservaba Ava para la intimidad de su cerebro.

*

Dos horas más tarde Keeley retiraba los electrodos que permitían la recreación virtual en la mente de Ava. La primera reacción de ella fue de sorpresa. Pese a ser consciente en todo momento de la artificialidad del entorno donde se había encontrado, para su cerebro había sido real. La sorprendió verse de repente en la sala de conexión virtual del equipo B-8416, en el asiento donde había estado reposando cómodamente mientras su mente viajaba a un lugar lejano y ya inexistente. Era la misma sensación de extrañeza que tenía siempre después de una sesión de realidad virtual en sus experiencias recreativas. Sentado a su lado, con el pelo corto revuelto y las tímidas líneas de expresión que se formaban bajo sus ojos, Sam estaba todavía conectado a la realidad virtual que ambos habían estado viviendo. Ava pudo echarle una ojeada furtiva a su ayudante, que parecía dormido. Se podía decir objetivamente que los años le sentaban bien a Sam.

—Creo que podrías haber aprovechado mucho más la situación –le dijo él en tono casi de reproche en cuanto también estuvo desconectado.

—No puedo creer que sigas insistiendo sobre este tema. No habría forma de usar ningún dato que hubiera obtenido conmigo, o contigo, como parte activa en una interacción –replicó ella al instante, dándose cuenta de que lo que también le sentaba bien a su ayudante era estar callado.

—Creo que tienes una perspectiva muy limitada de lo que se supone que deberíamos hacer en una misión de campo –dijo él en aquel tono malhumorado al que Ava estaba empezando a acostumbrarse o, al menos, aprendiendo a tolerar.

—Sigo las reglas. Creo que eres tú quien no acaba de entender aquello en lo que consiste una misión de campo. Recreamos una situación sólo bajo la asunción de que no la adulteraremos.

—No hay nada que adulterar. ¿Realmente crees que estábamos en París a finales de los noventa? –Sam señaló a Keeley y los técnicos–. Ellos lo han hecho posible.

—Lo sé. También creo que aquello que se esperaba de ti como antropólogo en tus misiones anteriores era muy distinto. Tú mismo me contabas antes de empezar que en una de vuestras misiones estuvisteis meses yendo y viniendo a un mismo lugar de realidad recreada. La interacción así es complicada de evitar y me atrevería a decir que es necesaria. Pero difícilmente puedo pensar en una situación donde eso vaya a ser posible a partir de ahora.

—Yo tampoco. Pero mejor dejar esta conversación para otro momento.

Sam se levantó y, haciendo un imperceptible movimiento de hombros a modo de despido, salió del despacho.

—¿A dónde ha ido? —preguntó Ava al resto de su equipo sin poder creerse que su ayudante se hubiera marchado realmente.

Ava recibió al instante un mensaje en su pantalla virtual con las palabras "Dupont dice: No nos lo ha dicho".

La jefa se dio cuenta de la absurdidad de su pregunta. Era evidente que Sam se había ido sin decirle a nadie dónde. Con la ayuda de su teclado virtual, la joven escribió el mensaje: "Tienes razón. Siento la pregunta retórica" y lo envío a la pantalla de Dupont. Él le respondió con un: "Ninguna pregunta es retórica". Ava asintió. A pesar de que Dupont tuviera razón, eso no hacía que la joven se sintiera mejor por ello. Notaba una especie de sudor frío y su ritmo cardíaco estaba acelerado de nuevo, pero en aquella ocasión no precisamente por el efecto que el atractivo de Sam pudiera causar en sus hormonas. Todo ello le pareció un indicio de que debía estar ligeramente alterada. Algo a lo que no estaba acostumbrada en absoluto. Tampoco a aquella extraña sensación de sentirse un poco necia.

—Es fascinante lo poco que sabe controlar su temperamento —empezó a decir la joven, sin saber exactamente por qué y en lo que luego se daría cuenta de que había sido una manifestación en voz alta de sus emociones completamente inapropiada e impropia de ella. Una especie de vocalización de la frustración que aquello le estaba provocando—. Llevo dos horas intentando sacar algo de provecho en una misión sugerida por él. Y tengo la sensación de que podría sacar mucha más información útil estudiando cómo alguien nacido a mediados del siglo XXI puede tener tantas cualidades que de entrada calificaría de primitivas.

—A lo mejor algún día consigues que él te cuente por qué. Por el momento te diré que no eres la primera persona atraída por la idea de estudiarlo —dijo Keeley en lo que a Ava le había parecido un tono de lo más mordaz—. Mientras tanto si quieres podemos reproducir para ti algunas partes de la misión que hemos grabado. Estoy segura de que con un poco de perspectiva podrás verle algunas cosas positivas y de provecho a esta primera toma de contacto con la investigación de campo.

Ava dudaba de que las últimas dos horas de su vida no hubieran sido una pérdida de tiempo y un gasto indiscriminado e injustificable de recursos, pero asintió. Al fin y al cabo Keeley tenía más experiencia que ella cuando de realidad virtual se trataba. Además a la jefa no se le ocurría ninguna situación en la que el trabajo y estudio, al menos tal y como ella los había realizado hasta el momento, no le hubieran supuesto una fuente de sosiego y satisfacción.

DÍA 6

—¿Algún otro progreso? —le preguntó Ryo.

Ava estaba en su habitación, sentada delante del escritorio de metal y con la pantalla virtual desplegada frente a sus ojos. En ella se veía a Ryo, un humano intergénero de mediana edad con quien la joven conversaba.

—Me atrevería a decir que estoy haciendo progresos en mi integración dentro del B-8416. Mis compañeros de equipo parecen respetarme —dijo la joven con seguridad y cierto orgullo por sus avances.

—El respeto es una cualidad imprescindible en un jefe de investigación. Sigue practicando técnicas de integración. Sonríe siempre que puedas y muéstrales a tus compañeros que los escuchas y que comprendes sus necesidades. Tengo la certeza de que dentro de poco te habrás integrado por completo.

Ava se mantuvo en silencio.

—Me atrevería a decir que presiento un poco de indecisión por tu parte. Espero que no te moleste mi presunción, pero hemos hablado repetidamente sobre la indecisión. No es una cualidad nada aconsejable para la líder de un equipo. ¿Hay algo más que necesites compartir conmigo? —le preguntó Ryo a la joven.

—Es sólo mi ayudante de investigación... —intentó explicarse ella.

—¿Sam me has dicho que se llama?

—Sam sí. Estoy teniendo más problemas de los habituales para leerlo.

—Yo no me preocuparía demasiado por ello. Posees muchas cualidades positivas, pero siempre hemos sido conscientes de que las relaciones personales no son algo natural para ti.

—Y sin embargo me dedico a estudiarlas —dijo Ava con un poco de frustración—. Precisamente porque mi trabajo consiste en estudiar a personas, me atrevería a decir que hay algo diferente, casi fascinante en él.

Además no estoy segura de que él sienta el mismo respeto por mí que el resto del equipo.

—Eso último es algo en lo que sí debes trabajar. Date tiempo, nada es inmediato. Te aconsejaría unos ejercicios de sonrisa delante del espejo pero sé cuánto te disgusta. ¿Sigues leyendo?

—Tanto como puedo. Siempre que me queda tiempo sí —explicó la joven, orgullosa de poder dar muestras de seguir trabajando al máximo para su mejora personal y profesional.

—Bien —dijo Ryo complacida por la eficiencia de Ava, aunque en realidad ambas supieran que al realizar aquella pregunta estaba ya segura de cuál iba a ser la respuesta de su discípula—. Profundizar en la obra de otros te ayudará a entender mejor la psique de aquellos que te rodean. Recuerda que no somos tan distintos de los humanos a los que estudias a diario.

Ava asintió.

—Deckard parece estar empezando a obrar milagros contigo —dijo Ryo, que sonaba genuinamente sorprendido, a la vez que satisfecho, por la concesión de ella—. Hace sólo unos días no hubieras estado de acuerdo conmigo en algo así. Pero mi tiempo se acaba y debo hablar con otro de mis discípulos. Me despido hasta la semana que viene.

—Hablamos la semana que viene.

Ava golpeó con dos dedos la tarjeta que llevaba colgada del cuello y con ello desapareció la proyección de la pantalla virtual y su comunicación con Ryo. La chica se quedó sentada frente a su escritorio durante unos instantes, hasta que decidió que no le vendría mal un poco de ejercicio.

Se cambió y minutos más tarde conseguía llegar, casi sin perderse por el laberíntico entramado de pasillos de la nave, a la Grande Promenade. Todo en ella estaba diseñado para poder ser manipulado y alterado con la ayuda de la tarjeta de identificación que los pasajeros de la nave llevaban siempre encima. Con la simple introducción de unos datos en su tarjeta, Ava alteró la apariencia de aquella sala compuesta por suelo, techo y paredes envolventes. Un lugar que conseguía trasladar a sus visitantes a un entorno casi virtual, pero sin la necesidad de la conexión de electrodos craneales y permitiendo la total libertad de movimientos de los usuarios si se mantenían en su interior.

Frente a Ava fue formándose el paisaje urbano de la ciudad de Nueva York de principios del siglo XXI. La joven hizo su selección musical. Artista: Yeah, Yeah, Yeahs, tema: Heads Will Roll. La canción empezó a sonar a gran volumen al tiempo que Ava comenzaba a correr por las calles virtuales de la ciudad, esquivando a la multitud de habitantes no reales y con prisa que se cruzaban en su camino.

Estuvo así durante unos minutos, corriendo por entre calles repletas de gente, encontrando siempre el hueco para pasar entre dos peatones, seguir adelante y no parar, acompañada del ritmo de la música.

Era increíble cómo el caos y la multitud la relajaban tanto cuando los combinaba con una buena sesión de ejercicio. Ava empezaba a sentir el bienestar provocado por el esfuerzo físico y las endorfinas apoderándose de ella. Sus preocupaciones por encajar en la nave o hacerse un hueco en su equipo empezaron a parecerle nimiedades de fácil solución, sólo necesitaba un poco más de tiempo. Analizó sus últimos días a bordo de aquella nave y tuvo la sensación de que las cosas iban bien. Tal vez todavía no había acabado de integrarse del todo, pero estaba segura de que lo haría y de que su carrera se encontraba en un momento álgido, al principio de una etapa que llevaba años anhelando y para la que se había preparado incansablemente.

Estaba inmersa en sus pensamientos y sus planes laborales de futuro cuando de repente el paisaje urbano que la rodeaba empezó a desaparecer para hacerle lugar a un bosque de árboles altos y vegetación tan densa que no se alcanzaba a ver la luz del sol. La música cedió al silencio de aquel sitio cargado de paz. Ava no acababa de entender qué estaba pasando, sin duda debía ser algún error porque ella nunca había cargado aquel lugar entre sus paisajes predefinidos. Entonces vio a la fuente del problema. Corriendo por entre los troncos rojizos se acercaba hacia ella Sam, también sorprendido por ver su apacible realidad interrumpida por el ruido y la multitud de la de ella.

—No pensé que los entornos de dos usuarios pudieran mezclarse – empezó Ava en tono de disculpa. Estaba casi sin aliento por el esfuerzo del ejercicio y dejó de correr por completo al verlo—. Sólo escojo entornos urbanos prerrevolucionarios cuando estoy sola. Sé que a la gente no le gustan.

—No hay problema. Seguiré por ahí y ya está —dijo Sam sin apenas aflojar el ritmo y dispuesto a seguir con su sesión de entrenamiento y deshacerse de ella cuanto antes.

—Espera. Si quieres podemos aprovechar para hablar un poco —Ava no acababa de estar segura de por qué había dicho aquellas palabras. La cháchara no se le daba bien pero sentía que debía intentar algo para hacer las cosas un poco más fluidas con su compañero, siguiendo así los consejos siempre sabios de Ryo.

—No creo que haya nada de lo que hablar. Simplemente vemos las cosas distintas —dijo él, y pese a que su media sonrisa parecía indicar que todo estaba bien entre ambos, Ava no pudo evitar cierta sensación de absurdidad, allí parada en medio de la nada mientras él se alejaba.

Ella se quedó en esa posición durante unos instantes, viéndolo marcharse. Los músculos de su espalda ancha parecían moverse perfectamente al unísono de la música de Ava, que había vuelto a sonar. Artista: Primal Scream, tema: Some Velvet Morning. Ni siquiera el sudor segregado por su piel a causa del ejercicio parecía poder restarle atractivo a

Sam, ella casi se atrevería a decir que todo lo contrario. Su ropa empapada se pegaba a sus hombros, su lomo y sus glúteos, perfilando su físico con cada uno de los movimientos de su cuerpo simétrico. Ava siempre había considerado el fluido sudoríparo algo absolutamente desagradable, hasta aquel momento. Finalmente decidió seguir corriendo en su frenesí urbano y no darle más importancia a los arrebatos de mal humor de su ayudante. Aunque agradeció que el espléndido físico de él hubiera conseguido apaciguar la sensación de absurdidad que tenía cada vez que terminaba una conversación con Sam.

DÍA 15

Llevaba la camiseta gris del uniforme remangada. Con la mano derecha se metía la parte sobrante de la manga izquierda hacia dentro, enrollando obsesivamente la ropa en la parte interior del brazo, a la altura del codo. Lo hacía mientras hablaba pero Ava prestaba casi más atención a aquel gesto que a sus palabras. La jefa y el resto de su equipo estaban sentados alrededor de la mesa circular de su oficina y Sam exponía los detalles de su nueva encomienda, sin dejar de jugar con las mangas de su indumentaria. Ava tomaba notas, pero no sólo de los detalles de la misión que estaba relatando su ayudante. Casi sin querer había empezado a apuntar aquel y algún otro de los gestos de Sam. Ava no solía detallar por escrito las características de los sujetos que no estaba estudiando, pero había empezado a hacerlo con Sam de forma impulsiva, sin darse cuenta. Había advertido que era una buena manera de evitar su mirada cuando él se dirigía directamente a ella. De ese modo sólo debía aguantar sus ojos penetrantes durante unos segundos antes de apartar la vista y ponerse a tomar notas. La ayudaba a mantener la concentración, no sonrojarse, no acalorarse y no acabar con un ritmo cardíaco completamente injustificado en situación de reposo. Además, naturalmente, Sam no sabía que en realidad las notas de Ava no tenían tanto que ver con su próxima misión, como con el hecho de que él hablara más o menos con las manos o que a veces se tocara la barbilla cuando escuchaba a otra persona.

También estaba el hecho de que Ava estuviera muy orgullosa de su capacidad de escribir a mano. En una era absolutamente dependiente de la digitalización, manuscribir se había convertido en una muestra de educación y sofisticación. Algo por lo que a ella siempre le había gustado distinguirse y de lo que a veces se permitía alardear tímidamente.

—¿Estamos seguros de que éste es el mejor contexto que podemos recrear? —la jefa apenas alzó la voz al hacer su pregunta, lo suficiente como para que Sam interrumpiera su discurso y la escuchara. Ella había empezado su cuestión con la vista todavía fija en su cuaderno, acabando de hacer una última anotación, pero alzó la mirada para encontrarse con los ojos de él.

—Completamente —le aseguró Sam.

Ava asintió. Era evidente que Sam no tenía los mismos estándares de certidumbre que ella. Eso o para él "completamente" significaba algo un poco diferente que para ella. Siempre la había asombrado la gente que podía estar tan segura de sí misma. Al principio de sus estudios y cuando empezó en su carrera admiraba a aquel tipo de personas por creerlas poseedoras de unos conocimientos de los que ella carecía. Los años le habían demostrado que, mayor seguridad, no necesariamente significaba más certeza de la que ella podía tener ante la misma situación, sino simplemente mayor convicción en uno mismo y, a menudo, menor conocimiento de todas las variables involucradas en una situación. A pesar de ello prefirió no volver a llevarle la contraria a su ayudante.

Llevaban días argumentando, casi se podría decir que discutiendo, sobre cuál sería el mejor objetivo para su nueva misión simulada y parecía que por fin habían llegado a una decisión mínimamente consensuada entre todos los miembros de su equipo. Ella era consciente de que, en cualquier momento si así lo veía necesario, podía ejercer su superioridad de rango y dar una orden que el resto tendría que acatar. Pero tenía la sensación de que, al menos durante las primeras semanas, una actitud más colaboradora la ayudaría a integrarse mejor. Hacerles ver a sus compañeros que valoraba sus opiniones podía ayudarla un poco más a hacerse el hueco que tan difícil le parecía que pudiera lograr en el núcleo del equipo. Además Ava valoraba genuinamente la experiencia de Keeley, Sam, Dupont y Thompson en simulación de entornos de realidad virtual y creía que sus consejos podían serle de mucha utilidad a alguien inexperto como ella en aquel campo. Teniendo todo aquello en cuenta, Ava también había querido asegurarse de que aquella vez ella pudiera controlarlo todo mucho más para asegurarse de que no se convirtiera en un fiasco cuyo presupuesto de producción era de difícil justificación ante el gremio, como había ocurrido con su misión anterior.

*

Lo último que recordaba eran las manos frías de Keeley en su nuca y sienes, conectándole los electrodos. Siempre era un poco difícil orientarse en un primer momento en una situación de realidad virtual. Se dio cuenta de que estaba de pie. Su mano derecha se agarraba a una barra metálica que iba del techo al suelo del vagón en movimiento en el que tenía la ilusión de encontrarse. Su mano izquierda sostenía un pesado bolso en el interior del cual había papeles y lo que parecía ser una herramienta electrónica digital prerrevolucionaria usada para trabajar. Ava no pudo evitar el disgusto al darse cuenta de que el bolso estaba fabricado con lo que en algún otro momento debió ser la piel de un ser vivo, posiblemente un mamífero bovino. La joven recordó que aquello no era más que una situación no real y procuró que las excentricidades de sus antepasados no la trastornaran. El mismo argumento de hallarse en un entorno simulado y no real le sirvió para continuar agarrada a una barra que, de ser auténtica, hubiera estado plagada de gérmenes, bacterias y todo tipo de organismos contagiosos y potencialmente peligrosos.

Miró a su alrededor y empezó a darse cuenta de la alta densidad de población dentro del vagón de metro en el que viajaba. Toda aquella información era familiar y acorde a lo decidido junto a su equipo, excepto tal vez por lo de la bolsa de piel. Nunca lo hubiera aprobado si le hubieran consultado.

Los miembros del B-8416 habían escogido un vagón de metro en hora punta para su misión. Ella había insistido que fuera en la ciudad de Nueva York porque estaba acostumbrada sólo a ver las calles de la urbe en sus sesiones de ejercicio, y tenía curiosidad por su transporte público. Y a Sam le había parecido una buena alternativa, aunque en principio él hubiera propuesto París.

Al pensar en él, Ava lo buscó entre la multitud del vagón. No podía estar demasiado lejos y lo vio unos metros más allá. Su cabeza se alzaba por encima de una muchedumbre entre la que intentaba avanzar con dificultad para llegar hasta donde estaba ella. Un movimiento del metro hizo que todos los pasajeros se tambalearan bruscamente, Ava se agarró con fuerza a la barra y sintió que tal vez Sam, que no parecía sostenerse en nada, no podría aguantar la sacudida. Pero su ayudante hizo una muestra de un equilibrio envidiable sin prácticamente despeinarse.

—Espero que estés contenta con el entorno —le dijo cuando se puso frente a ella, agarrando la misma barra en la que ella y otra gente se sostenían, sólo unos milímetros por encima de la mano de Ava.

—Es perfecto para una primera toma de contacto que luego podemos reforzar con trabajo de análisis en la oficina y con lectura de la época.

—Suena fascinante —dijo él sin intentar esconder su fastidio por la alternativa a no estar trabajando en una realidad simulada.

Ava prefirió ignorarlo y empezó con su anotación mental de observaciones. Aquel era un tema del que había hablado extensamente con los miembros de su equipo técnico, para asegurarse de cuál era el procedimiento a seguir. Lo primero que había querido saber era si Keeley y los gemelos, al estar conectados a la realidad virtual que ella estaba viviendo, tenían acceso a todos sus pensamientos y estímulos cerebrales. La respuesta había sido que no, para alivio de Ava. Pero los técnicos le habían explicado que podían recoger sus anotaciones mentales a partir de una clave que habían acordado y si ella les permitía un acceso limitado a su mente.

Aquella era en realidad la primera vez que el equipo ponía en práctica la metodología porque al parecer ni Sam ni Alina habían necesitado nunca antes tomar notas sobre el terreno. Ava seguía sin estar segura de cómo habían podido validar sus investigaciones sin anotaciones pero prefería no preguntar demasiado. La jefa formuló las palabras clave en su cabeza, "Modo de recogida de datos", y esperó que todo aquello funcionara.

"Deckard, 30 de julio de 2076", empezó a dictar mentalmente haciendo constar la fecha presente. "Misión de realidad virtual recreada en vagón de la línea F del metro de Nueva York, estación de partida Sutphin Boulevard con dirección a Manhattan. Es un miércoles, 2 de junio de 1995, a las siete y media de la mañana".

Un frenazo del vagón hizo que interrumpiera su dictado mental, teniendo que concentrar toda su atención en intentar mantener el equilibrio. Había conseguido hacerlo, agarrándose con ambas manos a la barra de sujeción, cuando el pasajero que tenía detrás de ella le dio un empujón que hizo que se abalanzara sobre Sam, que estaba justo delante de ella. Él paró el golpe con su cuerpo y la agarró del brazo con una mano para ayudarla a mantener el equilibrio, mientras se sostenía con la otra mano de la barra. En cualquier otro contexto el roce de la mano cálida de él sobre su piel o la proximidad de los cuerpos de ambos le hubiera parecido inadecuado para dos colegas profesionales, pero Ava se dio cuenta de que dentro de aquel vagón de metro lo de la cercanía física era una necesidad. Sobre todo cada vez que se abrían las puertas en una parada y entraba una horda de nuevos pasajeros.

"Redefinición de las fronteras de espacio personal e invasión de dicho espacio entre los pasajeros, con absoluta resignación por parte de ellos", pensó Ava en forma de anotación. "Los sujetos evitan el contacto ocular directo con otros sujetos, a no ser que los conozcan y estén entablando una conversación ya con ellos. La lectura de libros o periódicos es una práctica habitual, incluso para sujetos que van de pie o apenas tienen sitio para dejar el espacio de enfoque necesario entre el material de lectura y sus ojos".

—Estás francamente callada —dijo Sam sin que ella hubiera buscado la interacción con él de ninguna forma.

—Estoy tomando notas mentales. ¿Hay algo que hayas observado y con lo que quieras contribuir a ellas? Puedo añadirlas en mis pensamientos para que Keeley y los chicos las registren —respondió Ava, consciente de que Sam había optado por no dejar que los técnicos tuvieran acceso de entrada a su mente.

—No, estoy seguro de que tú eres capaz de recoger todo lo que haya que recoger —respondió él y ella prefirió no darse cuenta del tono casi jocoso de Sam.

—Me he fijado que el contacto visual se favorece mucho menos que en otros entornos de la época.

—Porque esto no es un entorno social, es un medio de transporte. Nadie quiere arriesgarse a entablar contacto visual con un loco —dijo Sam.

Ella sopesó las palabras de su ayudante decidiendo si debía incluirlas en sus notas.

—Además de vez en cuando sí que hay intercambios furtivos de miradas —prosiguió él, que se acercó a ella para susurrarle al oído mientras señalaba al fondo del vagón—. Fíjate en aquellos dos.

Ava intentó mantener la compostura recordando que aquello no era más que una realidad simulada por su cerebro y que en realidad Sam no estaba hablándole en la nuca y haciéndole cosquillas con el aliento en una de sus zonas más erógenas. Miró en la dirección que él le señalaba. Vio a un hombre rozando la treintena, de pelo castaño y rasgos simétricos y agradables. Estaba sentado en uno de los asientos paralelos a la pared del vagón pero, en lugar de ir mirando hacia el interior del tren, tenía el cuerpo un poco ladeado. Ava siguió su mirada hasta encontrar a otro joven de edad similar y tez morena. Iba sentado en el mismo lateral, unos asientos más allá que el primer pasajero. Pese a que tenían a dos personas entre ambos, los dos hombres se observaban el uno al otro sugerentemente. Viéndolos parecía que no hubiera nadie más en el vagón junto a ellos. El más moreno apartó la mirada del otro y se permitió una media sonrisa. Ava a su vez no podía apartar su propia mirada de ambos y casi sin darse cuenta se puso a sonreír con ellos. Finalmente y notando otra mirada, la de Sam, clavada en ella, Ava dejó que los pasajeros disfrutaran de un poco más de intimidad e hizo una anotación mental para buscar otros ejemplos de rituales de apareamiento iniciados en transportes públicos.

—¿Sigues convencido de que no conseguiríamos nada más rico que esto si nos aproximáramos más a los años anteriores a la Revuelta? —preguntó entonces ella y le pareció que la pregunta agarraba desprevenido a Sam.

—¿Más rico? Acabo de verte el rostro de satisfacción de una *voyeur* profesional. ¿No es suficiente que dos tíos estén casi follando con la mirada?

Ava prefirió ignorar el calificativo de *voyeur* profesional, que desde luego no le parecía nada adecuado para definir su trabajo.

—La experiencia está siendo... interesante —dijo sin poder acabar de dar crédito al hecho de estar utilizando un adjetivo tan poco preciso como aquel. Aquel susurro de él en su oído había hecho estragos—, sólo quiero asegurarme de acercarme al máximo a los años anteriores a la Revuelta.

—Lo único que conseguirías es tener un escenario mucho más

homogéneo. Ahora mismo tienes a gente inmersa en su lectura, gente inmersa en sus pensamientos y gente que hace ver que está inmersa en algo pero que en realidad está jugando al juego de mirar sin ser visto. ¿Ves a aquella mujer con un libro en la mano pero pendiente de la conversación de la pareja que lleva delante? Otra *voyeur* en ciernes. Adelanta 15 años y lo único que conseguirías es una multitud de pasajeros enterrados en las pantallas de sus teléfonos inteligentes y todavía menos conversaciones o interacciones de las que se pueden observar ahora, incluso entre gente que ya se conoce y está viajando junta o se ha encontrado en el tren.

—¿Cómo puedes estar tan seguro de ello? —preguntó ella. Sentía que esta vez sí que debía escuchar y dar crédito a la mucha confianza que había detrás de las palabras de Sam pese a que ella tendiera a dudar de aquel tipo de actitud.

—Organicemos una misión como ésta a la época que dices. Ya sabes que insisto que todo lo que sea pasar la jornada profesional en realidades recreadas es tiempo bien gastado, pero estoy seguro de que no habrá demasiadas sorpresas respecto a lo que he descrito.

—Y yo te creo pero repito, ¿cómo puedes estar tan seguro? Llevo años dedicándome a esto y no me atrevería a afirmar algo así con esa seguridad.

—Por el mismo motivo que llevo insistiendo que salgas del caparazón de los datos y te enfrentes a las realidades recreadas desde que llegaste a Deckard. Llevo años en misiones de realidad virtual a entornos inmediatamente anteriores a la Revuelta y es difícil no darse cuenta de según qué cosas. Es lo que tiene poder observar en primera persona en lugar de leer sobre ello o hacerse una idea después de analizar un montón de datos inconexos.

Durante un rato Ava prefirió pasar a ser un pasajero más de aquel vagón, pensando en lo que Sam le había dicho.

DÍA 20

Ava entró al comedor de la nave sintiendo un agujero en el estómago —hambre— y se acercó a la barra donde servían el desayuno. Aquella era sin duda la comida que más le gustaba. Además había aprendido a apreciar la creatividad con la que trabajaba el equipo de técnicos de cocina de la nave pese a la falta de ingredientes. Las opciones del día incluían una cuajada fermentada de leche de soja transgénica con arándanos del invernadero y sucedáneo de avena. Casi se sentía tentada a coger una de las insípidas barritas energéticas, perfectamente equilibradas en cuanto a su valor nutritivo y hechas a base de ingredientes sintéticos de producción completamente sostenible, cuando vio los panecillos dulces. Ava no podía imaginarse de dónde habría sacado el diseñador de la dieta de a bordo la grasa animal que parecía imprescindible para cocinar aquella golosina. Optando por no cuestionar demasiado el origen de su tentación, Ava cargó la bandeja de desayuno y se dispuso a sentarse.

Mientras recorría el comedor con la mirada, vio a Keeley en una de las mesas comunitarias leyendo el periódico. La edición matutina de diarios en papel se había reinstaurado tras la Revuelta para poner fin al ciclo de noticias de 24 horas, primar el rigor periodístico y buscar una mayor productividad evitando que los ciudadanos gremiales tuvieran que estar pendientes de un *feed* de noticias incesante.

Ava decidió sentarse al lado de la pelirroja e intentó poner en práctica toda la comunicación interactiva que había aprendido con Ryo y durante los últimos días.

—¿Qué tal? —dijo con un poco de inseguridad.

Keeley casi ni levantó la cabeza de su lectura mientras musitaba un "hola" incomprensible. Ava supuso que aquella, como tantas otras conversaciones con los miembros de su equipo, terminaría allí, pero se equivocaba. La pelirroja terminó de leer el artículo que la tenía ocupada, alzó la mirada para continuar con la conversación y pudo advertir la cara sorprendida de Ava.

—Nunca le digo que no a una mujer guapa. Incluso cuando lo único que quiere es hablar.

—Gracias... por la conversación —sonrió Ava que creía empezar a entender la naturaleza juguetona de Keeley pero seguía teniendo problemas para aceptar halagos—. Creo que eres de las pocas personas de tipo conversador en esta nave.

—¿Problemas de adaptación?

—Si quieres llamarlo así... es normal supongo y lo esperaba. En San Francisco también fue difícil al principio... —empezó Ava, sorprendiéndose a sí misma de la comodidad que parecía sentir conversando con Keeley. Había algo en aquella sonrisa sincera y cálida de la pelirroja que la animaba a compartir con ella información que en cualquier otro contexto Ava hubiera valorado como íntima.

—¿Aquí está siendo más difícil? —preguntó Keeley.

—No... —sopesó Ava—, pero al menos en San Francisco mi asistente sonreía.

—Oh, estás teniendo problemas con Sam... —dijo Keeley, que dejó el periódico completamente a un lado y se incorporó en el asiento, acercándose a Ava.

—No, no. No creo que sean problemas. Creo que sólo estamos teniendo diferencias comunicativas, pero cambiemos de tema. Yo soy la "jefa" y tú eres su amiga... —dijo Ava, insegura de que aquella línea de conversación fuera adecuada.

—Por mí no te preocupes, me encanta hablar de él a sus espaldas. Su vida es de las cosas más interesantes que pasan por aquí. No desde que tú llegaste, claro —la cara de Ava habló por sí sola y Keeley no hizo esperar la respuesta—. ¿Nadie os cuenta nada cuando llegáis al rincón más alejado de la galaxia?

—No... —respondió Ava insegura de a qué podía estar refiriéndose Keeley.

—De acuerdo, pero no te lo tomes como una costumbre. No somos amigas. No digo que no podamos llegar a serlo, pero no lo somos de momento o Sam me mataría, y me gusta Sam. Las mujeres nos miran cuando estamos juntos. Sé que algunas lo miran a él más que a mí pero tanta atención me hace sentir bien igualmente... En todo caso, no te lo tomes mal, no es personal.

—¿Qué no es personal? —preguntó Ava cada vez más convencida de que aquella conversación era completamente inapropiada. Una jefa no podía dedicarse a chismorrear sobre los miembros de su equipo. Pero a la vez estaba llena de una curiosidad que difícilmente podría apaciguar.

—Creo que es bastante evidente que no le gustas —le dijo Keeley simplemente.

—Oh... —dijo Ava, haciendo una pausa para procesar la información—. ¿Por qué no? Creía que estaba siendo una buena jefa...

—No, no, no, no. No eres tú. No es personal, de verdad —la interrumpió Keeley—. Le hubiera caído mal cualquiera que llegara para reemplazarla.

La cara de Ava expresó mayor desconcierto.

—Realmente nadie te ha contado nada... —dijo Keeley—. Digamos que Sam y Alina...

—La anterior jefa de investigación...

—Sí, tenían un proyecto importante entre manos y de la noche a la mañana Alina se había ido y apareciste tú para ocupar su sitio.

—Sé que vuestra antigua jefa de investigación tenía mucha más experiencia que yo y es difícil competir con alguien así. Pero también tiene 15 años más que yo. Dadme un poco de tiempo.

—No es tema de falta de experiencia cariño.

—Tengo la sensación de que todo el mundo está convencido de que he ocupado su lugar injustamente.

—Bueno sí, aunque nos gustas igualmente porque tienes otras cualidades que te redimen —sonrió Keeley con su sonrisa burlona—. Pero todos somos conscientes de quién es tu padre, claro.

Ava prefirió no molestarse por el comentario. Hacía años que intentaba competir contra la idea de que el nepotismo la hubiera llevado hasta donde estaba. Sabía que, por mucho que se esforzara, todo el mundo asumiría que el mérito no era del todo suyo y la posición de su padre en la junta de dirección de los gremios había jugado a su favor. A pesar incluso de que ese tipo de favoritismos estuviera completamente prohibido y fuera en contra de todo lo que el sistema gremial representaba.

—E imagino que a nadie se le ha ocurrido pensar que fue Alina quien pidió el traslado —dijo Ava para intentar defenderse—. Aunque es bastante evidente... Ahora está a cargo de uno de los mejores equipos de investigación de la galaxia, con un proyecto que todo investigador sueña con llevar y en Barcelona... Mientras tanto nosotros aquí estamos, languideciendo de la apatía y alejados de toda civilización ajena a la creada en esta nave.

—Te va a ser difícil hacer amigos en esta nave, al menos más allá de una pelirroja con debilidad por las morenas, si vas diciendo que en Deckard languidecemos de la apatía y cosas por el estilo. Siempre hemos tenido fama de ser un poco gamberros y rebeldes y esperamos seguir manteniéndola. Ni se te ocurra ir divulgando según qué información entre miembros externos a Deckard —dijo Keeley en un tono que Ava no acababa de estar segura de si interpretar como irónico o completamente serio—. Pero dejemos ese tema y explícame bien eso de que Alina pidió el traslado. ¿Voluntariamente?

—Ajá... –afirmó Ava–. No tenía ni idea de que fuera información clasificada.

—No creo que aquí lo supiera nadie –dijo Keeley con una seriedad no ambigua por primera vez en toda la conversación.

—No entiendo por qué no os dijo nada. A lo mejor no le gustan las despedidas... –intentó aportar Ava, hurgando en su mente para encontrar algo empático que decir y que a la vez tuviera sentido.

—No creo que eso fuera un problema para ella. Era bastante desalmada.

—¿Una desalmada con ganas de hacerle la vida imposible a su sustituta?

—No, pero sí con ganas de desaparecer de un día para otro sin dar explicaciones porque es más fácil que tener que contarle a tu devoto ayudante, con el que también estás follando, que has decidido dejarlo por un trabajo mejor.

Ava interpretó aquella información con un poco más de dificultad y lentitud de lo que le hubiera gustado. Sin acabar de saber por qué, tuvo la sensación de que por primera vez estaba entendiendo íntegramente el significado de aquello a lo que los humanos primitivos se referían con la expresión "como un jarro de agua fría".

—Oh... –exclamó Ava cuando su cerebro procesó finalmente la información generosamente expuesta por Keeley.

—Ajá... –dijo la pelirroja–. Ya te he dicho que la diversión se acabó en el momento en el que llegaste tú. A no ser, claro está, que decidas tomar el relevo también en ese frente.

Ava no podía dar crédito a sus oídos y temía que su cara fuera a ponerse de un rojo difícil de disimular. Pero era como si, de alguna manera, el comentario en forma de burla de Keeley hubiera tocado una fibra sensible en ella. La jefa de investigación hizo uso de toda la capacidad para fingir aprendida a regañadientes y con problemas a lo largo de los años e intentó disimular y seguirle el juego a su compañera.

—Creo que todos sabemos que en esta nave tengo bastantes más posibilidades contigo –dijo Ava en un intento por ser mordaz y afilada, sin levantar los ojos de su plato todavía lleno de comida.

—Probablemente sí.

Keeley decidió volver a la lectura hincándole antes el diente a uno de los panecillos de Ava. A la jefa no le importó la invasión de la mano no higienizada de Keeley en su plato. Aquella nave había conseguido que sintiera algo que nunca antes había creído que fuera posible en un grado tan alto de intensidad: falta repentina de apetito. Y lo peor de todo era que Ava empezaba a sospechar que no era debido, al menos no por completo, a la falta de gravedad.

—No puedo creerme que nos estén enviando en plena misión sin habernos dado tiempo para prepararnos —se quejó Ava mientras intentaba procesar todo lo rápidamente que podía la información subida a su pantalla virtual referente a su próximo trabajo.

Ella y Sam se encontraban en una nave transportadora, rumbo a la Tierra, para una misión imprevista sobre la que no tenían demasiada información.

—Sabemos dónde vamos y tenemos una idea aproximada sobre nuestro objetivo —le dijo él mientras también intentaba leer toda la información referente a su nueva misión con su pantalla virtual desplegada ante sí. Ava tenía la sensación de que aquella era la primera vez que veía a Sam interactuando con su pantalla virtual y se preguntó por qué se le hacía extraño verlo así cuando era una práctica completamente habitual entre sus contemporáneos. Era como si hubiera algo en aquella imagen que no acabara de encajar—. ¿Qué más necesitas saber? —preguntó Sam, despertándola de sus reflexiones.

—Veinticuatro horas de antelación para poder prepararme no es tanto pedir —espetó ella.

—¿Nerviosa?

—No digas tonterías. Hace décadas que los humanos hemos aprendido a domar nuestros arrebatos e inquietudes y a controlar las reacciones químicas que las provocan. ¿Cómo voy a estar nerviosa? —respondió ella casi ofendida.

Aunque, si no fuera porque realmente los nervios eran un comportamiento socialmente inaceptable, Ava juraría que aquel cosquilleo que notaba en el estómago bien podría deberse a ello. Al fin y al cabo aquella iba a ser la primera misión que ella lideraba y en la que iba a haber implicada más gente que los miembros de su modesto equipo. En los últimos días se habían limitado a misiones de realidad virtual en las que se sentía cada vez más cómoda pese a sus problemas de entendimiento con Sam, pero aquello a lo que iban a enfrentarse no tenía nada que ver con lo que habían estado haciendo hasta el momento.

—No entiendo por qué nos envían a lidiar con una situación en el presente cuando estamos especializados en reconstrucción del pasado —reflexionó Ava en voz alta—. Pero supongo que toda oportunidad es buena para observar y aprender algo. ¿Qué sabemos exactamente? —dijo refiriéndose esta vez a su ayudante.

—Pequeña comunidad de habitantes que viven fuera del sistema, Avron, a unos 150 quilómetros al sureste de Los Ángeles. Deben ser unos 500 vecinos. Es posible que sólo quieran que entremos a la comunidad, hablemos con los autóctonos y observemos las condiciones en las que se encuentran. Imagino que el gremio querrá que escribas un informe sobre nuestras observaciones.

—¿Que escriba? —preguntó Ava convencida de que una tarea así era más bien deber de su ayudante.

—Que escribamos —rectificó él.

—Que escribas —sentenció ella—. ¿Nada más?

—Nada más.

—Sigo sin entender por qué tenían que escogernos a nosotros para un viaje así —dijo Ava.

—Parece que te moleste lo de tener que pasar unas horas a solas conmigo.

Ella prefirió ignorar ese último comentario de su ayudante. El hecho de que hiciera un par de horas que Keeley le hubiera dado a Ava lo que sin duda era demasiada información sobre Sam y su relación anterior no ayudaba a que la antropóloga se encontrara del todo cómoda con él.

—Deberíamos llegar allí en poco menos de una hora. No sé si Keeley te lo ha explicado pero no tienen forma de acercarnos hasta Avron exactamente —prosiguió él—. El transporte a comunidades de este tipo siempre es complicado.

—Lo sé. Dupont y Thompson van a intentar conseguirnos un coche para cuando aterricemos y están coordinando su transporte —dijo Ava todavía enfrascada en la lectura mientras respondía a las preguntas de Sam—. Espero que no sea excesivamente contaminante pero si tienen que recurrir a algo prerrevolucionario tendremos que conformarnos con lo que sea.

—He leído tu expediente. ¿Es verdad que sabes conducir? —preguntó él.

Ava dejó de leer para mirar a Sam a los ojos.

—Naturalmente. No estaría en mi expediente si no supiera hacerlo —respondió ella.

—La gente miente. Tendrás que conducir tú entonces porque yo ...

—No conduces. Lo sé. También he leído tu expediente —ella no pudo evitar una media sonrisa al decirlo y volver a la lectura. Era la primera vez que Sam parecía necesitar algo de ella o, al menos, no ser completamente indiferente.

*

Sam y Ava iban ataviados con sus pantalones cargo oscuros y estrechos habituales. El calor en la zona que iban a visitar había hecho que hubieran decidido no llevar las chaquetas de piel sintéticas reglamentarias y Keeley había sugerido que cambiaran las camisetas de manga larga del uniforme de la nave por la versión de tirantes. Algo que hizo que Ava insistiera en que tanto ella como Sam fueran rociados con una abundante dosis de protección solar. Ambos llevaban puestas además gafas de sol de aviador idénticas.

Salieron de su nave transportadora después de haber aterrizado en medio de un desierto de tierra ambarina y muy soleada. En una situación diferente Ava hubiera podido aprovechar el anonimato que las gafas le ofrecían a su mirada para recrearse en el torso y los brazos torneados de su compañero expuestos por aquella indumentaria. Tal vez incluso se hubiera permitido dejarse hipnotizar momentáneamente por la curvatura dibujada por el lomo de Sam antes de llegar a sus glúteos. Pero en lugar de eso la mirada de ella se fue directa hacia el vehículo negro de cuatro ruedas y motor a combustión aparcado unos metros más adelante.

–BMW, serie 3. ¿2006 ó 2007 tú que crees? –preguntó la chica sin apartar la vista del coche.

–Que no tengo la menor idea de lo que estás hablando –respondió Sam antes de abrir la puerta del copiloto para entrar al coche y abrocharse al instante el cinturón de seguridad–. A mí me parece francamente viejo sí. E injustificablemente contaminante.

–Viejo no, con historia –replicó Ava mientras también subía al vehículo y prefiriendo ignorar la parte en la que su ayudante se refería a la capacidad de polución del vehículo.

Una vez dentro, Ava ajustó los cristales y el asiento y buscó entre los muchos bolsillos de sus pantalones hasta dar con un cable de color blanco y un aparato rectangular plateado de unos 10 centímetros de alto por 6 de ancho. Ava conectó el cable al coche y al artilugio plateado.

–¿De dónde lo has sacado? –preguntó Sam con interés.

–Esto es una reliquia y uno de los pocos beneficios materiales de una profesión como la nuestra –respondió ella sin dar más detalles y mientras interactuaba con el aparato, un reproductor de música digital, pasando su dedo índice por un círculo grabado en una de sus caras.

Ava arrancó el coche y con ello sonaron las primeras notas. Artista: The Raconteurs, tema: Steady, As She Goes. Metió la primera marcha y puso el pie en el acelerador, cambió rápidamente a la segunda y tercera marchas y el vehículo avanzó dejando una nube de polvo detrás de ellos.

–Espero que no te marees –dijo Ava sin poder reprimir su contento por torturar un poco a un ayudante a quien por lo visto ni siquiera le caía bien.

*

Después de casi una hora de trayecto acompañados por las melodías de Jake Bugg (tema: Lightning Bolt) y The XX (tema: Crystalised) Ava paró el coche frente a una portada de madera tras la cual se adivinaba una extensión de terreno mucho más verde que el desértico trayecto californiano que habían recorrido. Ella y Sam bajaron del vehículo, un grupo de cuatro personas con uniformes similares a los suyos los estaban esperando frente a la puerta de Avron. Ava y Sam se acercan a ellos para presentarse. Ella notó aquella incomodidad que la embargaba siempre que tenía que interpelar a alguien por primera vez pero procuró que no se percibiera y actuó con aparente total seguridad y confianza.

–Ava, jefa de investigación antropológica del equipo B-8416. Éste es mi ayudante, Sam –dijo la chica siguiendo la fórmula de presentación tradicional para ella pero suponiendo que Sam preferiría la arcaica.

–Yo soy Malm, jefe de los equipos de pacificadores PV-1416 y PV-1418.

–No sé si nos puedes dar un poco más de información –intervino Sam mientras Ava hacía su inspección de Malm: pies grandes, espalda ancha, pelo rubio, altura superior a la media, peso medio, complexión robusta, edad rozando la treintena, ademán altivo–. No sabemos demasiado sobre la situación particular de esta comunidad y el interés repentino que el gremio tiene en ella.

–Tengo exactamente la misma información que vosotros. Además no creo que haya nada repentino. Ha sido un miembro de la comunidad quien ha solicitado esta visita. Por el momento todo lo que tenéis que saber es que el trabajo de mi equipo es asegurar que vuestra investigación pueda llevarse a cabo satisfactoriamente y que no corráis ningún peligro –dijo Malm.

–Las comunidades de fuera del sistema son pacíficas por definición. Lo único que las distingue de nosotros es que han escogido vivir de una forma diferente y ajena a la establecida por el sistema de gremios. No veo que pueda haber ningún riesgo –añadió Sam con ese tono seco y poco cortés que a Ava casi empezaba ya a gustarle pero no parecía tener el mismo efecto en Malm.

–Creo que lo que Sam está intentando decir es que preferiríamos entrar a la comunidad solos. Podéis esperarnos aquí –intervino ella, que dominaba bastante más que su ayudante el arte de la diplomacia y la negociación interdepartamental–. ¿Decías que ha sido un miembro de la comunidad quien ha solicitado nuestra visita?

–Así es. Vuestros antecedentes en este tipo de comunidades y la experiencia que tenéis en relaciones interpersonales han decidido a la organización de gremios a enviar a vuestro equipo para esta misión –añadió Malm.

–¿Puedo preguntar cuál es tu fuente de información? –preguntó Ava.

–El informe de vuestro gremio –respondió Malm.

A Ava le pareció detectar un ligero tono de displicencia en la voz de Malm pero prefirió no dar demasiada importancia a sus observaciones.

Lo que le preocupaba más era el hecho de que el pacificador pareciera tener un informe que a ellos no les había llegado y mucho más completo que lo último que ellos habían podido leer. Ava reflexionó un instante al respecto y enseguida se dio cuenta de que, desde su aterrizaje, Sam y ella habían carecido de acceso para comunicarse con Deckard o el resto del sistema. Algo que habría evitado la recepción de ese último informe actualizado. La confortó la idea de que seguramente el gremio seguía funcionando con total rectitud, organización y disciplina y de que había una explicación perfectamente razonable para todo.

—De todos modos preferiríamos escoltaros en todo momento— añadió Malm, reclamando la atención de Ava nuevamente.

Antes de que Sam pudiera intervenir, ella se apresuró a responder de forma autoritaria.

—Entendemos que queráis garantizar nuestra seguridad, pero toda la información que tenemos referente a esta comunidad indica que no suponen ningún tipo de peligro —Algunos de sus gestos faciales parecían indicar que Malm iba a replicar en cuanto ella terminara de hablar y Ava prefirió atajar sus quejas de cuajo—. Además, yo estoy al mando.

—Eres la persona de mayor rango sí —concedió Malm.

—Entonces dejad que Sam y yo hagamos nuestro trabajo y os avisaremos si necesitamos algo.

*

Ava y su ayudante entraron finalmente solos a Avron. Hacía unos pocos metros que habían atravesado sus puertas y se disponían a ir al lugar donde los esperaba la habitante de aquella comunidad que había solicitado verlos. Avanzaban por un camino de tierra con pequeñas casas de madera a lado y lado. Mientras caminaban por las calles vacías de la comunidad Ava no pudo evitar preguntarle a Sam sobre algo que le había llamado la atención.

—Entiendo lo de que nos escogieran por nuestra experiencia en cuanto a relaciones interpersonales se refiere, pero, ¿qué ha querido decir Malm al hablar de nuestros antecedentes en comunidades de fuera del sistema? Yo desde luego carezco de ellos. ¿Se refería a ti?

—Creía que no te gustaba mentir —se limitó a decirle él a modo de respuesta.

—Claro que no me gusta mentir. Claro que no miento. Se supone que nadie lo hace en realidad. ¿Qué tiene que ver eso con lo que te he preguntado? —dijo ella, agitada por la idea de que algo de lo que hubiera dicho pudiera haber dado a entender que no era franca. Aquella era la segunda vez aquel día en la que su ayudante insinuaba que Ava no había sido completamente sincera.

—Creía que habías leído mi expediente –prosiguió él.

—Y lo he leído.

—Entonces imagino que no deben haber incluido esa parte –continuó él de forma enigmática–. Es mejor que desconectes tu tarjeta cuando estemos en la comunidad, sus funciones están bastante limitadas en este entorno de todos modos. Cuando nos presenten a alguien simplemente dales la mano y di tu nombre, no hay necesidad de explicarles cuál es tu rango ni otras formalidades. Y mira a todo el mundo directamente a los ojos o pensarán que no eres más que un robot que puede dormir y respirar.

—Pareces tener mucho conocimiento sobre el tema. No sabía que tu investigación se hubiera especializado en comunidades de fuera del sistema. ¿Cuándo las has estudiado? –preguntó Ava creyendo que por fin había hecho encajar las piezas de aquel rompecabezas.

—Oficialmente nunca. Nací en una de las llamadas comunidades de fuera del sistema –respondió él de forma seca y quitándole todo tipo de importancia a sus palabras, sin apartar en ningún momento los ojos del camino que seguían recorriendo, ni girarse para mirar a su interlocutora.

Ava miró a su ayudante con sorpresa.

—Parece que mi expediente no dice nada al respecto –prosiguió Sam.

—Ni una palabra. Lo he leído de principio a fin y te aseguro que recordaría algo así –respondió Ava todavía asombrada por aquellas revelaciones sobre el pasado de Sam.

—Me lo creo –continuó él con su tono seco–. Teniendo en cuenta mi experiencia, ¿te parece si soy yo quien se encarga de hablar?

—No veo ningún inconveniente. Me gustará observar cómo se realiza un intercambio entre individuos de fuera del sistema –respondió Ava, cada vez más interesada en su misión.

—No olvides que yo en realidad formo parte del sistema –respondió él un poco molesto e intentando dejar de ser el centro de la conversación–. Según Malm nuestra reunión tendrá lugar en la escuela.

—¿Es cierto que siguen usando escuelas prerrevolucionarias? –preguntó Ava.

—La mayoría de comunidades de fuera del sistema favorecen muchas de las prácticas prerrevolucionarias sí. Básicamente eso es lo que las caracteriza. No creen que todos los críos de la misma edad alrededor del mundo deban conectar su pantalla virtual y escuchar la misma lección, por eso tienen escuelas con currículum propio y maestros de carne y hueso.

—Pero nuestro sistema uniforme es lo que asegura que todos los niños tengan las mismas oportunidades educativas –objetó ella.

—No tienes que convencerme de nada. Insisto que ya formo parte del sistema –dijo Sam–. Pero tienes que entender que a los padres en esto tipo de comunidades les gusta la idea de poder escoger aquello que sus hijos van a aprender y asegurarse de que están en contacto con otros niños y se socializan.

—Nuestros niños también se socializan —argumentó Ava.

—Virtualmente supongo que podemos decir que sí que lo hacen... Estamos llegando. Yo me encargo de hablar.

—Ya te he dicho que sí —respondió Ava, ligeramente irritada por la persistencia de él cuando el tema a ella le había parecido más que resuelto y decidido la primera vez que lo trataron.

—Quiero asegurarme de que no vaya a haber ningún malentendido cultural y de que nuestra presencia aquí sea lo menos invasora posible —se justificó Sam.

—Entiendo. Parece que con las comunidades de fuera del sistema no te gusta lo de relacionarte y pasarlo bien y tu estrategia es bastante más comedida y contenida que cuando se trata de misiones de realidad virtual — le dijo Ava sin poder evitar dotar a sus palabras de cierto reproche, después de recordar los argumentos de él en su primera misión juntos.

—Viví en una de estas comunidades hasta los 18 años. Te aseguro que me relacioné y lo pasé todo lo bien que pude entonces. Es posible incluso que comparta algunas de mis experiencias pasadas contigo, si considero que son relevantes para tu investigación.

—¿Qué pasó? —preguntó ella. La historia de Sam había cobrado un interés antropológico difícil de intuir hacía unas pocas horas.

—¿Te refieres a por qué decidí formar parte del sistema?

Ava asintió sin poder esconder su creciente interés.

—No creo que sea una información relevante para tu investigación en absoluto —respondió él con aquel tono altivo que Ava le había escuchado demasiadas veces ya y que a su parecer le restaba mucho atractivo—. Hemos llegado.

Sam y Ava estaban frente al edificio que hacía las veces de escuela. Era una pequeña casa de madera pintada de azul claro. En su patio exterior un grupo de niños de diferentes edades escribían con lápices de colores apoyados en sus pupitres.

—¿Pueden caligrafiar siendo tan pequeños? —preguntó Ava al verlos.

—Es lo que hace no tener que interactuar con pantallas virtuales —le dijo Sam. Pero, a pesar de la evidente proeza caligráfica de aquellos alumnos, Ava siguió convencida de la mayor idoneidad del sistema educativo gremial. En él todos sus ciudadanos recibían exactamente la misma formación durante sus primeros 18 años de vida.

Sam se dirigió entonces a los niños para presentarse.

—Hola chicos. Soy Sam y ésta es Ava.

Ava era consciente de la pérdida de algunas muestras culturales idiosincrásicas, como el uso de diferentes idiomas, en aquella sociedad igualitaria en la que vivían. Incluso la mayoría de comunidades de fuera del sistema usaban la lengua modelo favorecida por la organización gremial para el entendimiento entre todos sus miembros. Ava, que gracias a sus estudios como antropóloga conocía en mayor o menor profundidad media docena de lenguas primitivas, en ocasiones había reflexionado sobre aquella estandarización. No podía dejar de sorprenderse ante la imagen de Sam, el antiguo miembro de una comunidad de fuera del sistema, hablando con los miembros de otra de esas comunidades en la misma lengua que usaba para comunicarse con ella, una ciudadana nacida en el sistema de gremios.

Tras aquella breve introducción en el idioma común, Sam empezó a pasear por entre las mesas dándole la mano a los niños y Ava se disponía a imitarlo y hacer lo mismo, pero algunos de los pequeños se levantaron para besarla en las mejillas. Fue un gesto que la joven difícilmente podía haber imaginado y por un momento le preocuparon los gérmenes que le podrían estar transmitiendo un grupo de niños que ni siquiera sabía si habían recibido todas las vacunas obligatorias. Por suerte una mujer que parecía estar a cargo de la clase puso fin a aquel frenesí de babas descontroladas.

—Niños sentaos por favor y dejad tranquilos a nuestros invitados —dijo la mujer, que entonces se dirigió a Sam y Ava para presentarse—. Soy Serila, la maestra.

Serila tenía pies pequeños, edad difícil de determinar, pelo grisáceo, mirada segura, altura media, peso superior a la media y mirada gentil.

—Yo soy Ava y éste es Sam —dijo Ava. La conmoción causada por aquellas criaturas había hecho que olvidara su promesa a Sam para dejar que fuera él quien hablara, pero al menos había recordado mirar a Serila a los ojos en todo momento.

A Sam pareció no importarle la iniciativa de Ava y ambos le dieron la mano a Serila en forma de saludo. La maestra les hizo un gesto para que la siguieran y abrió una de las puertas para entrar al edificio de la escuela. Dentro había una joven que apenas debía haber cumplido la mayoría de edad. Tenía pies grandes, uñas cortas, pelo castaño y rizado, mirada segura, peso medio, altura superior a la media, complexión robusta y mejillas redondeadas. A Ava la desconcertó momentáneamente la estatura de la joven, por algún motivo había esperado que alguien bastante más joven que ella no superara su altura en prácticamente diez centímetros.

—Sam, Ava, os presento a Celia —dijo Serila antes de irse, cerrando la puerta tras de sí.

Durante unos instantes reinó el silencio dentro de aquella estancia. Ava, que había recordado la petición de Sam, esperaba pacientemente a que su ayudante iniciara la conversación con Celia. Pero el mutismo se alargó hasta hacerse eterno. Celia se había sentado en uno de los pupitres que había dentro de la estancia, tenía la mirada baja y fija en el suelo. Sam parecía incómodo, los dedos de sus manos estaban apretados en puños, tenía la mirada también baja y perdida en un horizonte poco definido. Era como si el joven estuviera intentando hallar las palabras adecuadas y, cada vez que las encontraba y parecía que se disponía a hablar, acababa optando por no hacerlo.

—Hola Celia —empezó Ava con la fórmula más inofensiva que pudo encontrar cuando su capacidad analítica le indicó que aquel silencio había sobrepasado lo que se consideraba adecuado socialmente en una interacción entre humanos que no se conocían—. Nuestros compañeros nos han comunicado tu intención por abandonar esta comunidad e integrarte al sistema de gremios. ¿Es así?

Celia se limitó a hacer un tímido gesto afirmativo, mirando a Ava a los ojos por un instante. La jefa de investigación intentó tranquilizar a la joven con la mejor sonrisa reconfortante que supo emular. Cogió una silla, se sentó frente a la joven y le señaló a Sam una silla junto a ella. Ryo siempre había insistido en sus sesiones con Ava que era importante adoptar una postura similar a la de su interlocutor para hacer que éste se sintiera cómodo.

—Debes tener muchas preguntas. Nosotros estamos aquí para ayudarte. Puedo decirte que dos de cada diez jóvenes nacidos en comunidades de fuera del sistema hacen exactamente lo mismo que tú —prosiguió Ava, esperando que su ayudante recobrara pronto la voz y sin saber cómo continuar con aquella reunión para la que desde luego no estaba preparada, pero convencida de que algunos datos sobre el porcentaje de jóvenes de fuera del sistema insertados en la sociedad de gremios no podía hacer ningún daño—. Sam, que ahora investiga conmigo en un importante grupo del Gremio de Antropólogos, pasó su infancia en una comunidad de fuera del sistema, igual que tú.

Celia miró a Sam con interés y el investigador pareció recobrar la voz finalmente.

—Yo también tuve una conversación parecida a ésta hace algunos años con una pareja de antropólogos.

La jefa de investigación respiró tranquila al ver que su ayudante había vuelto al mundo de los vivos, convencida de que sus palabras podrían ser de mucha más ayuda para la joven Celia.

—Hablamos de aquello que me había decidido a dejar mi comunidad...

Pero a las palabras de Sam las siguió una nueva mudez que Ava sintió la necesidad de llenar después de unos minutos que le parecieron eternos.

—Imagino que no debió ser una conversación fácil —dijo Ava haciendo acopio de toda la capacidad por sentir empatía que pudo encontrar en su interior.

—Recuerdo que estaba bastante asustado, sin saber lo que sería de mi vida a partir de entonces —prosiguió Sam, con un tono cálido y casi vulnerable que Ava estaba convencida de que no le había oído nunca antes. De hecho en las observaciones y anotaciones que Ava había hecho sobre su ayudante ni siquiera había podido vislumbrar que albergara aquel tipo de fragilidad y emotividad interiores.

—Una sensación completamente justificable y normal teniendo en cuenta la situación y el cambio al que estabas a punto de enfrentarte – continuó Ava al darse cuenta de que su fascinación ante la ternura de su ayudante había permitido dar paso a un nuevo silencio incómodo y sintiendo que nunca antes había tenido que aplicar tanto las enseñanzas impartidas por Ryo.

—Tranquila, no te pediremos que nos expliques por qué has decidido dejar tu comunidad –intervino Sam refiriéndose a Celia–, pero es importante que tú lo sepas.

Celia asintió una vez más ofreciendo miradas francas y cargadas de expresión a los dos investigadores, visiblemente más cómoda en su presencia.

—Tienes que entender que una vez hayas tomado esta decisión es difícil volver –continuó Sam, que finalmente parecía querer tomar las riendas de la conversación–. Son muchas las cosas que dejarás atrás. Muchas las cosas que nunca volverán a ser igual. Te vas de un mundo que conoces por completo a otro que será desconocido al principio. Si hay algo que he aprendido en estos años fuera del sistema es que nunca acabaré de pertenecer del todo a ninguna parte. No puedo volver a la comunidad donde me crié sin sentirme como un extraño en ella, un expatriado. Pero tampoco formo parte por completo de una sociedad en la que no nací ni me crié.

Ava escuchó a Sam con la misma atención que Celia. No estaba acostumbrada a oírlo articulando palabras como aquellas, cargadas de emociones. Sentía que Sam se estaba desnudando frente a ambas, dejando que pudieran ver una parte de sí mismo que sin duda no le gustaba mostrar. Ava era consciente de que tal vez el joven hubiera preferido no exhibir esa vulnerabilidad ante su jefa y apreció el hecho de que él hubiera dejado orgullos personales a un lado para intentar ayudar a la joven que tenían delante.

*

Sam y Ava salieron de Avron después de acordar con Celia que la joven pasara un par de semanas de prueba integrada en el sistema, para ver lo que le parecía. Había sido idea de Ava que, tras escuchar el testimonio de Sam, pensó que tal vez la experiencia podría ayudar a la joven Celia a tener más claro aquello a lo que se enfrentaría y a facilitar su posterior integración definitiva en caso de que decidiera seguir adelante y dejar Avron para siempre.

—¿Y bien? —Malm había estado esperándolos con el resto de su equipo a las puertas de Avron y quería saber cómo había ido la expedición de los investigadores.

—Sam y yo prepararemos un informe inmediatamente pero es lo que ya sabíamos. Una joven acaba de cumplir la mayoría de edad y ha solicitado su integración al sistema. Hemos acordado con ella una integración inicial de dos semanas a modo de prueba para ponerle las cosas más fáciles —expuso Ava en su tono más profesional.

—Se tendrán en cuenta vuestra recomendaciones y el informe que redactéis pero los periodos de prueba no suelen aprobarse y las listas de espera para integrar a jóvenes de fuera del sistema son largas —respondió Malm.

—No sé qué quieres decir con eso de que las listas de espera son largas. Todos los jóvenes nacidos fuera del sistema tienen garantizada su integración inmediata en el momento que la solicitan tras la mayoría de edad. Y los periodos de prueba son una de las medidas previstas por el Gremio de Antropólogos para hacer esa transición lo más gradual posible. Estamos siguiendo el protocolo al pie de la letra —argumentó Ava contrariada.

—No siempre es posible seguir el manual al pie de la letra —dijo Malm.

Ava no daba crédito a aquello que estaba escuchando. Era como si, desde que dejó los confines de su escuela universitaria en San Francisco, el mundo que conocía y admiraba hubiera padecido una metamorfosis y ya no aplicara ninguna de las normas que había aprendido a respetar y seguir. Pero antes de que la jefa de investigación pudiera interceder y argumentar nuevamente con Malm, Sam se le avanzó.

—Creo que no estás entendiendo lo que estamos diciendo. Redactaremos un informe donde especifiquemos el protocolo a seguir y eso será lo que pase. El Gremio de Antropólogos está al mando —espetó el ayudante de Ava en el tono más agresivo que ella le hubiera escuchado hasta el momento. Y se podía decir que Ava había visto ya muchas de las caras menos simpáticas de Sam.

—Sam... —dijo Ava intentando calmarlo y dirigiéndose a continuación a Malm—. Enviaremos un informe con nuestras recomendaciones a la dirección en cuanto estemos nuevamente en Deckard. Gracias por todo.

—Ni siquiera está escuchándote. No le importa lo que digas. No entiendo por qué nos han enviado si no confían en nuestro criterio profesional —continuó Sam en su tono poco conciliador.

—Basta —dijo Ava con la voz más autoritaria que supo encontrar. Aquella era la primera vez que la joven tenía conciencia de haber hecho callar a alguien–. Dudo que esta conversación aporte nada positivo. Vámonos, tenemos un informe que redactar.

*

Ava arrancó el coche sin demasiada delicadeza y esta vez sin preocuparle en absoluto cómo de brusca era su conducción o si su acompañante se mareaba. Obcecada como estaba por el comportamiento de Sam, por un momento incluso dejó de importarle si una excesiva aceleración suponía una contaminación aún mayor de aquella máquina primitiva y dependiente de un tipo de energía afortunadamente en desuso.

–¿Puedes explicarme qué pretendías con los del Gremio de Pacificadores? ¿Has olvidado por completo lo que son las buenas maneras? –pero Ava interrumpió a Sam sólo adivinar que él iba a abrir la boca–. Ni se te ocurra intentar justificarte. Llevo teniendo problemas contigo desde que llegué a Deckard. No tienes ningún tipo de respeto y actúas como si te molestara mi presencia. Pero soy tu jefa y tengo un rango superior en el gremio. Así que empieza a actuar como si eso realmente te importara y deja esa actitud conmigo.

Sam volvió a hacer un amago para intentar hablar.

–Todavía no he terminado –prosiguió Ava con decisión y un poco más calmada. Las confrontaciones personales nunca habían sido uno de sus fuertes, en parte porque tampoco se había molestado en intentar enfrentarse más a ellas, convencida como lo estaba de que eran algo anacrónico en la sociedad igualitaria y justa en la que vivían–. Has malogrado las cosas con Malm. Era yo quien tenía que hablar con él pero tú has decidido hacerte el listo.

–Iban a ignorar nuestras recomendaciones de todas formas. Lo habían decidido antes de que entráramos. De poco sirve que nosotros sugiramos algo si los pacificadores recomiendan lo contrario, hay listas de espera y los periodos de integración ni siquiera se conceden.

–Probablemente tienes razón pero es más fácil hacer algunas llamadas virtuales para interceder si alguien no ha actuado antes como un insolente –dijo Ava con los ojos fijos en la carretera y procurando respirar profundamente para intentar calmarse.

–No creo que puedas hacer mucho para evitar que el traslado de Celia se eternice. Y cuando acabe pasando sea de forma abrupta, de la noche a la mañana y sin periodo de adaptación para ella o para decirles adiós a los suyos de la forma adecuada –explicó Sam con un tono en el que Ava quiso detectar cierta melancolía.

Había escuchado con atención a su ayudante, preguntándose si aquella habría sido la situación en su caso, pero consciente de que aquel no era el momento para una sesión de terapia sobre algo que sin duda él ya debería haber superado.

—No creo que tenga que recordarte quién es mi padre. Gracias por hacerme más difícil llamarlo y pedirle un favor —prosiguió Ava con sus argumentos.

—Lo siento —dijo él al darse cuenta de lo que Ava estaba insinuando.

—Deberías sentirlo porque has complicado bastante las cosas. No creías que yo fuera a defender a Celia de la misma forma que tú lo harías.

—Lo siento —repitió él, pero Ava no lo estaba escuchando.

—Creías que no me importaría su situación. Creías que lo único que me importa es asegurarme de que se cumplan las normas en todo momento y pueda seguir con mi investigación.

—No es eso —dijo Sam, hablando en un tono casi frágil —. No es sólo eso. Keeley me ha contado esta mañana lo de Alina. Creo que todavía estoy enfadado con ella.

Ava tuvo problemas para mantener la calma al volante. ¿Era posible que Sam estuviera hablando realmente de su vida personal? ¿De su relación? ¿Con ella?

—¿Enfadado con Keeley? —apenas pudo musitar Ava, todavía confundida.

—Con Alina —respondió él y, de alguna manera, al escuchar aquel nombre de su voz le pareció más cargado de significado que nunca—. Se fue sin molestarse en decirme adiós.

Ava intentó encontrar las palabras adecuadas para el momento. Su ayudante estaba sentado a su lado, hablando con el mismo tipo de vulnerabilidad que le había observado hacía unos instantes. La diferencia era que la primera vez estaba segura de que había hecho pública esa fragilidad para una joven a quien él quería ayudar. Pero en ese momento se estaba descubriendo únicamente para Ava. Y ella casi no se atrevía a apartar los ojos de la carretera para mirarlo por miedo a no poder retirar la vista de él. Intentó encontrar las palabras que le mostraran a Sam que realmente la preocupaba aquello que le pasaba, pero se dio cuenta de que nunca había recibido el entrenamiento específico para reaccionar en una situación como aquella.

—Y también estaba enfadado contigo —prosiguió él antes de que ella pudiera haberle ofrecido ni un solo comentario de consuelo o ánimo—. No puedo creer que se lo hayas contado a Keeley y no a mí.

—¿Perdón? —Ava no acababa de dar crédito a sus oídos, pero al menos la indignación por las palabras de Sam la hizo reaccionar y hablar—. Llevas enfadado conmigo desde que llegué porque creías que era responsable de que Alina se hubiera ido. Yo ni siquiera lo sabía. Ha sido Keeley quien me lo ha explicado. Por si no te has dado cuenta, soy una experta en relaciones interpersonales de finales del siglo XX, pero no llevo nada bien las relaciones interpersonales en el presente. ¿Qué querías que hiciera cuando Keeley me ha contado cuál era la situación? ¿Que te transmitiera una información que podía producirte tristeza y desaliento? Apenas te conozco. Deja que podamos ser amigos y tal vez lleguemos a tener ese tipo de conversaciones pero tienes que dejar de estar enfadado conmigo todo el rato.

—De acuerdo.

—¿De acuerdo qué?

—Seamos amigos.

El resto del trayecto en coche transcurrió en silencio.

*

Sam y Ava pasarían la noche a las afueras de Los Ángeles, cerca de donde su nave transportadora los recogería al día siguiente para volver a Deckard. El modelo horizontal de aquella urbe había servido en la transformación de otros núcleos urbanos desde la Revuelta. Una horizontalidad que había facilitado la rápida implantación de zonas verdes y huertos urbanos. El caos de tráfico y congestión que en décadas anteriores habían caracterizado la ciudad se había resuelto gracias a una completa red de transporte público, junto a la práctica inexistencia de vehículos privados favorecida por el sistema de gremios. Y se había priorizado al máximo el aprovechamiento de la energía solar, con la que se abastecían no sólo los angelinos, sino también los vecinos de ciudades menos luminosas.

A Ava le gustaba pasear por las calles de casas bajas y caminos transitados por bicicletas de Los Ángeles pero aquella noche había preferido no acercarse hasta la ciudad. En lugar de eso leía en la aséptica e impersonal habitación del establecimiento de hostelería donde el gremio los había alojado. Había retomado *La edad de la inocencia* con el pretexto de que podría ayudarla una vez más en su investigación, asistiéndola en el conocimiento de sus ancestros. Había escogido un pasaje en el que su protagonista femenina, la singular Ellen Olenska, se da cuenta de lo muy distinta que es del hombre que ha empezado a amar.

Después de una pausa Ellen habló con una imperceptible frialdad en su voz.

—May te ha pedido que cuidaras de mí.

—No necesitaba que me lo pidiera.

—Quieres decir... ¿que estoy tan visiblemente desesperada e indefensa? ¡Debéis creer todos que soy una desgraciada! Pero es que las mujeres aquí parece que no... parece que nunca sientan necesidad más de lo que puedan hacerlo los benditos que están en el cielo.

Él bajó la voz para preguntar.

—¿Qué tipo de necesidad?

—¡Ah, no me preguntes! No hablo tu idioma —respondió ella petulantemente.

Por algún motivo que se le escapaba Ava no conseguía encontrar el placer habitual que aquella novela siempre le había proporcionado. Su mente no se concentraba en el contenido y el significado de sus líneas se perdía en ella. En lugar de quedar absorta por la historia de Newland y Ellen, Ava no podía dejar de pensar en Sam. ¿Cómo podía habérsele pasado por alto el hecho de que él hubiera nacido en una comunidad de fuera del sistema? Desde que lo sabía muchas cosas tenían sentido, pero no podía evitar reprocharse no haberse dado cuenta. ¿Qué clase de antropóloga se suponía que era si ni siquiera era capaz de ver algo tan evidente como aquello? La forma en la que él picaba siempre a la puerta con los nudillos de la mano, su manera de mirar directamente y siempre a los ojos o lo extraño que le había parecido verlo aquella mañana interactuando con su pantalla virtual. Todos ellos deberían haber sido síntomas suficientes como para hacerla darse cuenta del origen de Sam. La investigadora se reprochaba también lo que había identificado en sí misma como una innegable obcecación con su ayudante. Quería atribuirlo a lo fascinante que era conocer a alguien tan diferente a ella y con un origen tan distinto, pero empezaba a creer que había algo más. Algo que por el momento no quería calificar con una de sus etiquetas antropológicas.

Ava seguía perdida en esos pensamientos cuando la sobresaltaron unos golpes secos provenientes de su puerta. Se acercó a ella y el despliegue de su pantalla virtual le dejó ver una imagen ya familiar del otro lado: pies grandes, espalda ancha, uñas cortas, pelo oscuro, mirada segura, altura superior a la media, peso medio, complexión robusta, varón, edad inferior a la treintena, atractivo superior a la media... aunque aquella vez pudo examinar otros rasgos que nunca se atrevería a destacar en una de sus descripciones antropológicas comunes. El color miel de los ojos de Sam, las pestañas largas y rizadas que hacían juego con sus ojos, la barba de varios días que parecía acariciar su mandíbula ancha y pronunciada, su piel de bronce, el relieve dibujado por las venas en sus manos.

Ava abrió la puerta sólo cuando tuvo la sensación de que la espera al otro lado debía empezar a hacerse demasiado larga y consolada por la idea de que en realidad al hacerlo seguiría pudiendo contemplar a Sam, aunque sin tanta libertad.

—Hola —lo saludó Ava con curiosidad.

—Hola. He pensado que es mejor ser proactivo —dijo Sam, pero la cara de incomprensión de ella lo alentó a proseguir—: con lo de ser amigos.

Ava seguía sin acabar de entender exactamente lo que estaba pasando y decidió hacer lo único que sabía hacer en aquel tipo de ocasiones: sonreír y esperar que el gesto pareciera auténtico y natural.

—¿Puedo pasar? —preguntó él.

—Claro —dijo ella. Estaba convencida de que invitar a entrar a su habitación a uno de sus subordinados mientras estaban en una misión profesional debía saltarse de golpe varias normas del manual del Gremio de Antropólogos. Pero no pudo encontrar la energía o ganas de expresar esa contrariedad en voz alta.

Sam entró a la pequeña estancia y se sentó en el único sitio apto para ello en toda la habitación, la cama de Ava, donde ella misma había estado leyendo hacía unos instantes. Ella, todavía sin saber qué hacer, imitó su gesto sentándose al límite de la cama y lo más alejada de él que pudo.

—¿Qué estás leyendo? —dijo él mientras señalaba el volumen abierto y tirado sobre las sábanas.

—Nada. Es sólo... —sin acabar de entender por qué Ava sintió que empezaba a ruborizarse. Era como si no quisiera hablar con él de una obra que la había afectado y conmovido desde la primera vez que la leyó—. Es sólo parte de mi investigación —dijo ella mientras cogía el libro y lo cerraba.

—Siempre trabajando, ¿eh?

Ava no supo qué decir y sonrió nuevamente mientras se encogía de hombros y apartaba la mirada de los ojos de Sam. Sentía que cada vez le costaba más aguantar aquellos ojos cálidos sin enrojecer o sentir cómo se le aceleraban las pulsaciones. ¿Se lo parecía a ella o aquella conversación también le estaba resultando incómoda a Sam? Ava tenía la sensación de que sus charlas eran más fluidas cuando se suponía que no se caían bien.

—Tienes buen gusto —dijo él, rompiendo el silencio incómodo que llenaba la habitación, pero una vez más Ava no supo qué responder. ¿Buen gusto? ¿Buen gusto con qué? Por el momento sentía que podía reafirmar su hipótesis sobre que su gusto con los hombres era cuestionable. Adivinándose en aquella ocasión, como empezaba a hacerlo, seriamente embelesada por el ejemplar del sexo opuesto que se encontraba en aquellos momentos en su habitación. Un hombre primitivo, malhumorado aunque objetivamente el espécimen masculino más apuesto que hubiera visto nunca.

—Ajá —se limitó a musitar Ava que, pese a todas las cualidades no necesariamente positivas que le adivinaba, comenzaba a querer que Sam se quedara en su cuarto para siempre. Aunque por otro lado no podía soportar aquella conversación extraña e incómoda un momento más.

—Me refiero a que tienes buen gusto con la música —prosiguió él—. Pero tranquila, ya he visto que no se te da muy bien lo de aceptar halagos. Sólo quería que lo supieras.

Ava sintió que toda su cara enrojecía nuevamente mientras intentaba encontrar las palabras adecuadas y evitaba a toda costa la mirada de él, que con la luz tenue de su habitación solo había conseguido hacerse más profunda e intensa.

—Gracias —dijo ella con dificultad—. Como te he dicho, lo de la colección musical y de *gadgets* forma parte de las ventajas de esta profesión.

—Vas a tener que darme más información —añadió él y Ava sintió su mirada clavada en ella.

Tras una pausa que a ella le pareció eterna, Ava se dio cuenta de que Sam esperaba realmente que ella le diera aquella información.

–Es verdad que el sistema gremial es muy estricto en cuanto a la posesión de objetos personales. Pero se permite el almacenaje y mantenimiento de bienes antropológicos para el desarrollo profesional de un individuo y no es difícil justificar música o aparatos reproductores como parte de mi investigación –respondió ella convencida de que aquellas debían ser las palabras más tediosas que habían salido jamás de su boca.

–Y yo que pensaba que tú no te saltabas nunca las reglas –dijo él con una sonrisa.

–¿Saltarme las reglas? No veo cómo nada de todo esto implica que me salte ninguna regla –dijo Ava contrariada. En todo caso estaba respetándolas al pie de la letra e interpretándolas en su beneficio.

–Voy a dejarte dormir –dijo él levantándose y dirigiéndose a la puerta.

Ava lo siguió, convencida de que con Sam sería bueno seguir la convención social anterior a la Revuelta, donde acompañar a un invitado a la puerta de entrada era visto como una muestra de atención y buena educación. Además era como si una parte de sí misma, que no estaba segura de dónde había salido exactamente, tuviera la esperanza de poder alargar un poco más la estancia de él.

Antes de salir, Sam se giró una última vez para mirarla nuevamente a los ojos.

–¿Entonces te vas a encargar de Celia?

–Ya lo he hecho –dijo ella devolviéndole la mirada sin problemas. Era más fácil hablar con él cuando tenía la sensación de no estar diciendo tonterías y si era por temas estrictamente profesionales.

–Gracias.

Él salió de la habitación. Ava se sintió tentada a no cerrar la puerta y ver cómo se alejaba. La hipnotizaba el movimiento de su espalda, pero la antropóloga sabía que quedarse allí plantada era difícilmente justificable de forma alguna. Cerró la puerta con pesadumbre, aunque con cierta sensación de alivio a la vez porque sentía que aquella había sido una de las conversaciones más extrañas e incómodas que hubiera tenido nunca. Además estaba convencida de que, igual que los protagonistas de su libro, ella y Sam no hablaban el mismo idioma.

DÍA 23

Ava avanzaba por los pasillos de Deckard cada vez más familiarizada con el entramado laberíntico de la nave. La antropóloga se paró delante de una esquina aparentemente vacía pero ya familiar y esperó a que de las paredes blancas fuera surgiendo el cristal transparente detrás del cual se encontraba el mostrador de Gaff, el coordinador de suministros de la nave.

—Buenos días. ¿Están listas mis cosas? —preguntó la jefa con decisión al verlo.

—Todo listo, ahora mismo lo entregaremos en tu habitación. No nos hemos dejado nada —respondió él—. Hacía tiempo que no veía una colección tan extensa de libros, música y aparatos en formato analógico. Hace mucho que pasamos a la era de la información digital, aunque tú parezca que prefieras ignorarlo.

Lo que prefirió ignorar Ava fue el comentario de Gaff y quiso asegurarse una última vez de que todo estuviera en orden.

—¿Me puedo fiar entonces de que esté todo lo que había pedido?

—Todo. Pregunta por ahí y te dirán que éste no es mi estilo en absoluto. Por suerte tu periodo de gracia como recién llegada ha terminado. No vengas pidiendo más suministros extravagantes de ahora en adelante —respondió él.

—Creo que deberías volverle a echarles un vistazo a las normas y procedimientos del gremio. Soy jefa de investigación antropológica —cada vez que Ava pronunciaba su cargo en voz alta la invadían una mezcla de orgullo e incredulidad a partes iguales—, un puesto que me garantiza suministros ilimitados para mi investigación. Por no mencionar el tema del rango superior al tuyo, claro. Me he tomado la libertad de enviar una nueva lista de necesidades, puedes bajarla en tu pantalla virtual. Espero tenerlo todo para mediados de la semana que viene.

Ava terminó sus palabras con una sonrisa, que se atrevería a decir fue completamente natural, mientras Gaff desaparecía detrás de la pared blanca, resignado y reconociendo la victoria de ella.

—Me encanta tu estilo con Gaff.

La voz de Keeley sorprendió a Ava, que no la había visto llegar por el pasillo.

—¿Estabas ahí? —respondió Ava, todavía sobresaltada y un poco ruborizada por la idea de que su compañera hubiera visto una faceta tan ostentosa suya. Pero era como si en aquella nave, más que en ningún otro lado, a menudo fuera necesario olvidar las buenas maneras y la humildad.

—Sólo al final. No he dicho nada porque quiero aprender. Nadie maneja a Gaff como tú.

—Tengo la sensación de que en realidad nadie lee los manuales. De modo que nadie sabe qué tiene derecho a pedirle —respondió Ava.

—Creo que tienes razón. La mayoría cogemos lo que podemos cuando estamos en misiones no virtuales o de visita en la Tierra.

—Muy al estilo de Sam, sí —dijo Ava que, al darse cuenta de la sonrisa de Keeley cuando pronunció el nombre de su ayudante, hubiera preferido haberse ahorrado aquel último comentario.

—¿Te has enterado ya? —dijo la pelirroja.

—¿Enterarme de qué? ¿Hay algo de lo que enterarse? Creía que todas las comunicaciones en esta nave eran mediante nuestras tarjetas de identificación. No he recibido nada hoy.

—Las comunicaciones no oficiales van por otra vía —le explicó Keeley bastante emocionada—. Imagino que nadie debe haberte dicho nada porque eres nueva y todo el mundo sigue convencido de que Alina se fue por tu culpa. No hemos difundido la versión correcta de los hechos porque eso podría dañar la imagen de Sam.

—Muy considerado por vuestra parte. Total mi imagen está lo suficientemente dañada ya y no hay nada que hacer con ella —respondió Ava en lo que se atrevería a calificar como su primer intento por ser sarcástica en sus 26 años de vida.

—No demasiado, no... —dijo Keeley aparentemente ajena al intento humorístico de su interlocutora—. Voy a contártelo porque me gustas. Y ya sabes que no me refiero únicamente a tu físico.

—Lo sé, te divierten mis intentos por sobrevivir e integrarme en este entorno.

—Eres un *hobby* la mar de entretenido sí —le dijo Keeley con esa sonrisa juguetona que a Ava le resultaba más fácil de aceptar que las miradas cálidas de Sam—. En todo caso: fiesta, esta noche, Grande Promenade.

—¿Qué? —Ava estaba convencida de que en el manual de bienvenida a la nave no había mención alguna acerca de fiestas en la Grande

Promenade.

—Nuestros *geeks*, los gemelos y algunos otros técnicos, pueden entrar clandestinamente en el sistema de la Grande Promenade para recrear el mismo entorno virtual para todo el mundo. Lo hacen de vez en cuando. Supongo que no hace falta que te diga que va en contra de todas las normas.

Ava entendió enseguida por qué no había leído nada acerca de aquello antes, dejando que Keeley prosiguiera con sus explicaciones entusiastas:

—Como la tripulación de esta nave, o al menos parte de ella, parece obsesionada con el siglo XX va a ser una fiesta de época. Habrá música. Los gemelos quieren entretenerse con dispositivos electrónicos que simulen juegos de la década de los noventa. Los más valientes tal vez se atrevan a bailar...

—Yo puedo traer bebida.

—¿Alcohol? —dijo la pelirroja, que parecía un poco sorprendida por el ofrecimiento de su jefa. Las bebidas alcohólicas habían dejado de fabricarse de forma comercial desde la Revuelta y se habían convertido en una rareza.

—Soy antropóloga y una coleccionista obsesiva, tengo algunas cosas sí. No todo lo que querría porque Gaff está llevándome todavía algunos temas. Pero puedo traer un poco de vino y cerveza...

—Genial. Asegúrate de vestirte de acuerdo a la época. Nada de uniformes, ni ropa de esta era. ¿Tienes algo que ponerte? —le dijo Keeley mientras la miraba de arriba abajo sin disimulo y con poco convencimiento de que hubiera algo aprovechable en su armario.

—Ya te he dicho que soy una coleccionista obsesiva.

—Tengo que irme porque los gemelos quieren que les ayude con la ambientación para recrear la decoración. ¿Te paso a buscar a tu habitación esta noche hacia las nueve?

Ava estaba convencida de que podría encontrar sola la Grande Promenade sin ningún tipo de problema, pero prefirió aceptar el ofrecimiento de Keeley para ir a recogerla con su mejor sonrisa. La pelirroja había empezado a irse ya cuando se giró para añadir una última cosa.

—¡Oh! Naturalmente intentaré que Sam también venga... —dijo Keeley en un tono que parecía querer implicar algo sin que Ava acabara de estar segura de qué.

—¿Qué quieres decir? —preguntó Ava.

—Quiero decir que tengo ojos en la cara. Pero ten en cuenta que él está pasando por una etapa oscura ahora mismo —dijo Keeley crípticamente antes de volver a ponerse a caminar. Y Ava pensó que naturalmente que la técnica tenía órganos de la vista en la cara. Al fin y al cabo era humana.

—¡Keeley! —la llamó Ava para reclamar su atención antes de que se fuera.

La pelirroja se giró con su sonrisa habitual y, antes de que Ava pudiera decirle nada, le respondió como si ya supiera el motivo por el que la había llamado.

–Tranquila, no le diré nada sobre ti –dijo Keeley con lo que quería ser una mirada de complicidad.

Ava estaba convencida de no estar interpretando por completo todo el significado de aquella conversación y parecía que hacerlo podía llegar a ser importante, pero prefirió optar por ignorarlo.

–¿Puedo daros a ti o a los gemelos una selección de música para la fiesta? –preguntó Ava.

–¡Claro! Les diré que te envíen la información del canal codificado que van a habilitar. Nada de pantalla virtual para temas relacionados con la fiesta –dijo Keeley antes de irse.

*

Para cuando Keeley hizo sonar el timbre de su habitación, Ava se había encargado de enviarles a los gemelos una treintena de canciones y había bebido al menos un par de copas de la última botella de albariño que le quedaba, afligida por la idea de que aquel tipo de uva hubiera tenido que dejar de cultivarse a causa de la cada vez mayor escasez de agua para el riego de cultivos que se consideraban prescindibles.

Intentaba encontrar algo que ponerse que fuera adecuado para una fiesta de aquellas características mientras disfrutaba de una muestra de la música escogida (Artista: The White Stripes, tema: Seven Nation Army). Acabó optando por unos pantalones elásticos de pitillo y cintura alta y una camiseta no lo suficientemente extensa para su gusto. La ropa parecía realzar su figura pero Ava seguía estando insegura sobre si aquello podría considerarse adecuado para la ocasión, al fin y al cabo se trataba de una fiesta entre sus colegas profesionales. Todos sus miedos desaparecieron de golpe al abrirle la puerta a una Keeley vestida con una falda plisada prácticamente inexistente, calcetines altos y camisa blanca anudada por encima de la cintura.

–¡*Wow*! –exclamó Ava sin poder contenerse y mirando de arriba abajo a la pelirroja.

–Me gusta que te guste –respondió Keeley con su tono juguetón habitual.

*

Cuando llegaron a la fiesta la música sonaba estruendosamente y Ava distinguió una de las canciones que ella había escogido. Artista: Blur, tema: Song 2. La Grande Promenade había tomado la apariencia de un club nocturno. El ambiente era oscuro pero iluminado intermitentemente por luces focales de colores y una especie de sucedáneo de humo lo llenaba todo. A Ava le pareció reconocer entre los asistentes a una muestra bastante representativa de la tripulación, excepto por la exclusión de la práctica totalidad de oficiales de mayor rango de la nave. La gente estaba congregada en pequeños grupos, hablando y moviéndose tímidamente al ritmo de la música. Siguiendo las premoniciones de Keeley, algunos pocos valientes se estaban atreviendo a bailar pero el espacio destinado para esa práctica estaba casi vacío. Otros asistentes se habían apelotonado tras dos máquinas electrónicas dotadas de pantalla no virtual, teclado no virtual y pequeños mecanismos redondeados para hacer posible la interacción con ellas. Todo ello conectado a través de un sinfín de cables. Dupont y Thompson gestionaban las colas para que todo el mundo que quisiera pudiera jugar al menos una partida de lo que Ava quiso identificar como una simulación de conducción poco realista y con unos gráficos bastante pixelados. Keeley le hizo una señal a Ava y ambas se situaron tras un mostrador no virtual y sacaron algunas de las bebidas que la jefa había traído para la ocasión.

—Los gemelos me han dicho que me dejarán jugar con ellos más tarde —le dijo Ava a Keeley con entusiasmo señalando a Dupont y Thompson.

—¿Te lo han dicho?

—En realidad me han enviado una invitación para iniciar una conversación codificada con ellos. Me ha llevado media hora entender cómo funcionaba todo. —dijo Ava mientras se servía a sí misma y a Keeley el albariño sobrante.

—Me imagino... Tu estado no debe ayudar demasiado —respondió Keeley mientras miraba a Ava con cara de burla.

—No estoy bebida, sólo de muy buen humor —respondió la jefa sin querer darse por enterada.

—Claro, y yo llevo una indumentaria perfectamente decente.

Se rieron con el comentario de la pelirroja. Ava estaba complacida de haber aceptado la invitación de Keeley para asistir a la fiesta y sintió que entre ambas se estaba forjando una buena relación de confianza que de seguir cultivándose podría acabar desembocando en una amistad. Eso, y su estado etílico, la animaron a sacar un tema que de normal hubiera etiquetado en la categoría de completamente incorrecto para un entorno profesional.

—Finjamos que no te estoy haciendo esta pregunta.... —empezó Ava titubeando un poco y se dio cuenta de que en realidad no estaba acostumbrada a tener aquel tipo de conversaciones—. ¿Dónde está?

Keeley miró a Ava, consciente de que le estaba preguntando por Sam, y concediendo con la expresión que llevaba esperando esa pregunta desde hacía rato.

—Le gusta hacerse el interesante —explicó la pelirroja—. Seguramente será de los últimos en llegar. Al fin y al cabo a él no lo han programado para ser puntual, como al resto de nosotros. Pero tranquila, te darás cuenta cuando llegue. La energía cambia cuando entra a un sitio, el ambiente se calma.

—¿Por qué? —preguntó Ava con genuina curiosidad y lo suficientemente desinhibida como para no seguir aparentando que el tema no le interesaba delante de Keeley.

—¡Dímelo tú! —respondió Keeley mordazmente, recordándole a Ava que ella debía ser de los pocos tripulantes de Deckard completamente inmunes a los muchos encantos de Sam—. Ten en cuenta que seguramente desaparecerá pronto. Alina se encargó de su *toy boy* pero ahora todo el mundo sabe que ya no está. Seguro que Sam recibe bastantes ofertas de sexo virtual esta noche. E incluso alguna que otra de sexo no virtual.

Ava le dio un trago a la copa de vino que tenía en la mano para ayudarse a procesar la como siempre demasiada información que Keeley tendía a darle. Mientras lo hacía, paseó la mirada por entre la multitud que seguía moviéndose sutilmente al son de la música. Artista: The Breeders, tema: Cannonball. Se preguntó por qué a ella le parecía imposible la idea de imaginarse ya no bailando, sino simplemente moviendo su cadera al ritmo de aquellas notas. Aunque su reflexión sobre si debería matricularse o no en alguna clase de apreciación musical y manifestación física de la misma pronto quedó eclipsada y su mente retomó el tema de su hermoso ayudante.

—Creía que estaba pasando por una especie de periodo de duelo o algo por el estilo —dijo Ava.

—No creo que lo de lamentarse y llorar sean mucho su estilo, sobre todo después de que lo hayan dejado. Además necesitamos que se le pase el mal humor de una vez. Los chicos y yo no podemos soportarlo más.

—Creía que el mal humor formaba parte de su personalidad. De su encanto... —siguió Ava.

—Insisto que no entiendo demasiado de comportamiento masculino que pueda ser calificado como interesante o sexualmente estimulante pero me parece imposible que a alguien le pueda parecer atractivo en estos momentos. Está insufrible —dijo Keeley y mientras lo hacía Ava tuvo la sensación de que en realidad no conocía a Sam en absoluto. Parecía estarse obnubilando con una persona, sin motivo aparente y en un momento de la vida de él en la que ni siquiera le resultaba simpático o atractivo a sus mejores amigos. Ava decidió que había llegado el momento de borrarlo de su mente y divertirse.

*

Acababa de llegar a su habitación. Tal vez Keeley tenía razón cuando la había advertido de su estado de embriaguez aguda, pero por primera vez desde que estaba en Deckard Ava sentía que había alcanzado su objetivo: había encajado. Era cierto que lo había hecho en una celebración clandestina que se saltaba bastantes normas, pero también que se lo había pasado bien y se había sentido integrada.

Sam nunca había aparecido en la fiesta y, diez minutos después de llegar a ella, a Ava dejó de importarle si lo hacía o no. De hecho tenía la sensación de que parte de su diversión había tenido que ver con el hecho de que él y su irresistible mirada no estuvieran presentes.

La chica se dejó caer encima de la cama, mirando al techo de la habitación, cuando empezó a notar que todo le daba vueltas. Lo mejor sería levantarse y meterse en la ducha, además de beber mucha agua para rehidratarse, pensó. Según todo lo que había leído, la hidratación era básica para combatir los efectos de la intoxicación alcohólica. Ya se había quitado las botas y se disponía a desvestirse cuando oyó un golpe seco en su puerta. Había una única persona entre la tripulación de aquella nave que llamara a la puerta con los nudillos de una mano, pero a Ava le parecía absolutamente imposible que él pudiera estar llamando a su puerta a aquellas horas.

Por un momento pensó que, si se quedaba allí quieta y sin hacer ruido, él acabaría yéndose convencido de que ella todavía no había llegado. Pero una segunda ronda de golpes la decidió a abrir sin necesidad de comprobar quién era.

—Hola —dijo Ava con un tono mucho más entusiasta de lo que había previsto emitir y mientras se agarraba a su puerta para ayudarse a mantener el equilibrio.

Sam se limitó a dirigirle una sonrisa de aquellas que hacían que pasara a ser calificado de "increíblemente guapo" a "perturbadoramente atractivo". Perturbador era un término que Ava no había necesitado usar nunca antes en su vida o durante su amplia experiencia como antropóloga. La chica había evitado siempre además el uso de adverbios para calificar a sus sujetos de estudio pero parecía que con Sam un simple adjetivo no bastaba.

—He oído que lo habéis pasado bastante bien esta noche —le respondió él que, con la luz tenue del pasillo y la voz pausada, parecía explotar todo su encanto.

—Ajá —acertó a contestar Ava que no le podía quitar los ojos de encima. Estaba resiguiendo con la mirada la barba que le nacía al límite del labio inferior, el ángulo marcado de la mandíbula, el relieve de sus hombros bajo la camiseta del uniforme..., mientras seguía agarrada con firmeza a su puerta.

—¿Tanto que te has quedado sin voz? —le preguntó él, haciéndola despertar del hechizo.

Ava se irguió de golpe, tosió e intentó despejarse. Estiró nerviosamente la camiseta que todavía llevaba puesta y que al final le había parecido adecuada para la fiesta pero tal vez no para aquel contexto.

—No, es sólo que... —intentó articular ella.

—Has bebido demasiado... —le dijo él con una sonrisa que Ava categorizó como cautivadora.

—Creo que sí —reconoció ella.

—¿Puedo pasar? —le preguntó él.

Ava se retiró de la puerta, dejándolo pasar. Sam caminó hasta sentarse en la cama y ella avanzó lentamente por la habitación, intentando mantener el equilibrio y la dignidad, y se sentó también allí.

—Debes estar preguntándote qué estoy haciendo aquí a estas horas —comenzó Sam, que si Ava no pensara que era imposible que sintiera tal cosa, le pareció ligeramente ruborizado al decir aquellas palabras.

—No —dijo ella tan bien como supo, por algún motivo había creído que una mentira era la respuesta más adecuada para aquella ocasión.

—Siento molestarte, está claro que deberías estar descansando.

—Tranquilo —dijo ella mientras hacía un repaso mental frenético entre sus muchas sesiones de terapia para intentar encontrar las palabras adecuadas para hablar con él. Era como si él volviera a estar en modo "somos amigos y necesito hablar con alguien". Pero Ava recordaba que la primera vez que aquello había sucedido entre ambos su propia conducta no había sido tan empática como hubiera sido de desear.

—¿Puedes poner música? He oído que la selección en la fiesta ha sido bastante buena —dijo él, interrumpiendo el silencio que se había creado mientras Ava seguía pensando qué decir.

—Sí claro —Ava podría haber enviado algo de inmediato con su tarjeta de identificación al sistema de sonido de la habitación, pero prefirió levantarse, pese a las dificultades, y conectar una de sus reliquias analógicas. Artista: The Black Keys, tema: Lonely Boy.

Ella se disponía a volver a sentarse al borde de la cama pero su interlocutor se levantó para curiosear la colección musical de Ava y ella decidió quedarse también de pie, apoyando la espalda contra la pared para mantener el equilibrio.

—Necesito que me refugies durante un rato —le dijo él, sin mirarla y mientras husmeaba entre vinilos de Nirvana, The Killers y The XX.

Ava no sabía exactamente en qué consistía refugiar a Sam pero como idea libremente interpretada por los efectos del alcohol podía llegar a sonar bien.

—Siento molestarte, de verdad, he ido a la habitación de Keeley pero tenía compañía —prosiguió él.

—La morena del departamento de tecnología prerrevolucionaria, sí. Keeley se ha ido bastante contenta de la fiesta —respondió Ava, que sabía toda la historia acerca de la compañía que Keeley debía tener en aquellos momentos en su habitación porque la pelirroja le había dado todo tipo de detalles antes de desaparecer con ella.

—Se llama Mysa y se puede decir que Keeley siempre ha tenido muy buen gusto —respondió Sam, que parecía saber a la perfección de quién estaba hablando Ava.

—Me tienes que explicar en qué consiste esto de refugiarte —dijo Ava un poco molesta por ser la segunda opción de Sam, después de Keeley, y sorprendida de que Sam conociera a la morena de tecnología prerrevolucionaria por su nombre de pila.

—En dejar que me quede aquí durante un rato. Si quieres ir a dormir, tranquila. Prometo no hacer ruido.

Dormir era la última cosa que a Ava se le pasaba por la cabeza con Sam en su habitación.

—No estoy cansada —mintió de nuevo ella—. Y tampoco puedo acostarme porque todo me da vueltas.

Ambos se quedaron callados durante un rato, a Ava le costaba pensar qué decir más de lo habitual a causa de su estado etílico. Sam parecía estar disfrutando de la música, ella miraba las manos nervudas de él moviéndose por entre los objetos de sus estanterías con una elegancia y delicadeza que nunca antes había advertido en él.

—Sigues sin haberme dicho de qué te estás refugiando —dijo Ava finalmente aprovechando el vacío creado entre el final de una canción y el inicio de la siguiente. Artista: Placebo, tema: Every Me, Every You.

—Demasiadas ofertas difíciles de rechazar en una sola noche —respondió él sin apartar la mirada de las estanterías repletas de objetos de Ava.

—Sigo sin entender una palabra de lo que dices, pero suele pasarme el 90 por ciento de las veces. Así que voy a ignorarlo y ya está —replicó ella.

—¿De verdad no me entiendes el 90 por ciento de las veces? —preguntó Sam sorprendido, mirándola a los ojos y abandonando los objetos que tan entretenido parecían haberlo mantenido durante los últimos minutos.

—Ajá.

—¿Qué pasa el otro 10 por ciento? —dijo él, mirándola aún a los ojos y acercándose más a ella.

—Suelo estar enfadada contigo —respondió Ava, todavía bajo los efectos del alcohol.

—¿Por qué?

—Por primitivo, por maleducado, por impertinente... —empezó ella, sin pensar ni por un momento aquello que estaba diciendo.

—¡Tranquila! No vayamos a decir nada que puedas lamentar o pueda herir mis sentimientos —la interrumpió Sam algo divertido—. ¿Crees que soy primitivo e impertinente?

—Últimamente tal vez no tanto —respondió Ava después de reflexionar un poco.

—¿Desde cuándo?

—Desde que eres proactivo con esto de que seamos amigos. Un amigo bastante reservado, eso sí, porque sigues sin haberme dicho de qué estás huyendo...

—No es nada, de verdad —dijo Sam.

—No es nada pero aquí estás, un viernes a las dos de la madrugada sin dejarme ir a dormir porque al parecer no puedes volver a tu habitación —dijo Ava, que empezaba a morirse de curiosidad por saber qué estaba pasando exactamente y que tenía serios problemas para seguir aguantándole la mirada a Sam.

—Te he pedido disculpas por ello y te he dicho que vayas a dormir si quieres —dijo él.

—Y yo te he dicho que no tengo sueño.

La conversación los había ido acercando poco a poco. Ava se había quedado prácticamente sin voz en la fiesta y la música de su habitación hacía que la única manera que tenía Sam de poder escuchar lo que decía fuera arrimándose a ella. Con cada pregunta de su incomprensible conversación Sam se había ido aproximando más y más a Ava, que seguía apoyada en la pared para aguantar el equilibrio. La distancia corta le permitió a Ava ampliar la base de datos en la categoría de atributos de Sam. Su piel olía a almizcle, madera y jabón. Analizando la situación a posteriori, Ava dedujo que sin duda debió ser el almizcle lo que produjo una reacción en sus feromonas o tal vez el mucho alcohol que había consumido causó un estado de desinhibición mayor al que ella había podido prever. El caso fue que, sin saber exactamente cómo, su mano izquierda estiró la camiseta de Sam hacia ella y la derecha se fue a su mandíbula. Ava se puso de puntillas y sus labios se encontraron con los de Sam. Al olor de Sam y al gusto de sus labios suaves, se sumó una descarga eléctrica y el cosquilleo en el estómago que Ava sintió sólo tocarlo. Técnicamente no era la primera vez que se tocaban, él la había agarrado de la mano en aquella misión fallida de recreación virtual, pero aquello era diferente. Más real, más sensual. Ava podría haber jurado que Sam la correspondió al principio. Creía haber sentido una mano de él alrededor de su cintura desnuda y era posible que sus lenguas se hubieran encontrado en la boca de ella. Pero fue apenas un instante, un espejismo casi. Sam apartó sus labios de los de Ava. Interpuso su mano entre ambos, obligando a la joven a volver a apoyarse sobre sus talones y casi no tuvo valor para mirarla un instante a los ojos.

—Creo que es mejor que me vaya —dijo apresuradamente saliendo de la habitación.

Ava se quedó en aquella posición durante unos segundos,

reposando todavía su peso en la pared y sin acabar de entender lo que había pasado y lo que había hecho. Había una única cosa que la joven parecía tener clara en aquel momento. Había llegado el momento de darse una ducha. Fría.

*

Mientras se enjabonaba Ava fue repasando los acontecimientos de aquella noche. Se había sentido tan orgullosa de sí misma e integrada. Justo hasta el momento en el que decidió ser completamente inapropiada con un miembro de su equipo, un subordinado. Había abusado de la situación, además de malinterpretar y leer erróneamente todas las señales. Los comentarios que Keeley había hecho durante la fiesta sobre Sam, el hecho de que su ayudante pudiera recibir aquella noche proposiciones de naturaleza sexual, no justificaban en ningún caso el comportamiento de Ava. Ella no tenía herramientas para saber si aquello era cierto o si él esperaba realmente aquellas propuestas o querría aceptarlas. Ava no sólo se había comportado erróneamente a nivel profesional, también a nivel personal. No tenía ningún derecho en asumir que Sam, a causa de su origen, realmente fuera dado a las prácticas de apareamiento anacrónicas y no prefiriera las mucho más higiénicas y seguras prácticas contemporáneas. Además de que simplemente podía preferir un tipo u otro de sexo sin incluir a Ava en la ecuación en ningún caso.

Ava debía reconocer que también estaba un poco desconcertada consigo misma, hacía muchos años que no se decantaba por los rituales primitivos de cortejo sexual, pero prefirió no cuestionarse más sobre aquello que la había decidido a buscar el contacto físico, directo y no aséptico con Sam.

Justo antes de meterse en la cama la joven abrió el libro que llevaba releyendo hacía días. Newland Archer había ido a ver a la condesa Olenska, cada vez más consciente de su innegable atracción hacia ella, y no había podido evitar la tentación de rozar su piel.

Archer sintió que debía mantenerla a su lado a toda costa, debía obligarla a pasar con él el resto de la velada. Ignoró la pregunta de ella y continuó apoyado en la chimenea, con los ojos fijos en la mano con la que ella sostenía sus guantes y abanico, como si quisiera comprobar si tenía el poder de provocar que se le cayeran.

—May acertó la verdad —dijo él—. Hay otra mujer, pero no quien ella cree.

Ellen Olenska no respondió, ni se movió. Después de un instante, él se sentó junto a ella y, cogiéndole la mano, la abrió suavemente, haciendo que los guantes y el abanico cayeran al sofá que había entre ambos.

Ella dio un respingo y, librándose de él, se movió hasta el otro lado de la chimenea.

—¡Ah, no me cortejes! Lo ha hecho demasiada gente —dijo, frunciendo el ceño.

Archer, cambiando de color, también se levantó; aquel era el más amargo reproche que ella podía haberle hecho.

Ava sabía exactamente aquello que Archer quería decir. Aunque él había podido besar a Ellen en el libro, sólo unas líneas más adelante, sin volver a encontrar el rechazo o los reproches de ella.

DÍA 24

Los sábados eran un día extraño en Deckard. Los tripulantes de la nave podían aprovechar para hacer visitas a otras naves o a la Tierra y en general se favorecían el descanso y el ocio. Aunque los miembros de aquella sociedad, cuyas profesiones eran una fuente de orgullo y de satisfacción personal a partes iguales, no siempre acababan de saber cuál era el propósito claro de los supuestos días libres. Ava era consciente de que, a diferencia de para muchos de sus sujetos de estudio, para sus contemporáneos el trabajo no era una obligación sino un honor y una forma de seguir haciendo avanzar a la sociedad igualitaria en la que se encontraban. Por eso le resultaba tan complejo a veces saber en qué emplearse exactamente durante aquellos días en los que no se esperaba de ella que acudiera a su despacho de Deckard y continuara con su investigación. Tampoco entendía por qué la sociedad de gremios había decidido mantener una tradición tan arcaica como la de reposar los fines de semana. Al fin y al cabo, ¿qué era exactamente un fin de semana? Tal vez lo que Ava necesitaba para apreciarlo era un poco más de planificación y retomó un pasaje de su libro fetiche en el que Newland, ya casado con May Welland pese a sus sentimientos por Ellen, contraría a su familia política por su incapacidad para mostrarse lo suficientemente activo durante las vacaciones estivales.

En la familia Welland era un principio establecido que la gente tuviera los días y horas acorde a aquello que la señora Welland se refería como "ocupados". La melancólica posibilidad de tener que "matar el tiempo" (especialmente aquella gente a quien no les gustaban ni el whist ni los solitarios) era una visión que la perseguía como el espectro del desempleado persigue al filántropo (...).

Para la señora Welland era causa de constante aflicción el hecho de que su yerno mostrara tan poca previsión en la planificación de sus días. A menudo, durante las dos semanas que había pasado ya bajo su techo, ella le había preguntado cómo esperaba emplear la tarde. Él le había respondido de forma paradójica: "Oh, creo que, para variar, en vez de emplearla, la ahorraré...". Y, una vez, cuando ella y May tuvieron que ir a hacer una ronda de visitas largamente pospuesta, él había confesado haberse pasado toda la tarde tumbado bajo una roca en la playa de debajo de la casa.

–Parece que Newland nunca piense en lo que vendrá –se aventuró a protestarle a su hija en una ocasión la señora Welland. May respondió serenamente:

–No, pero ya ves que no importa, porque, cuando no hay nada particular que hacer, lee un libro.

–Ah, sí... ¡como su padre! –aceptó la señora Welland, como si estuviera permitiendo una rareza heredada, y después de eso la cuestión de la ociosidad de Newland se abandonó tácitamente.

Ava cerró el libro y consideró sus posibilidades. Había aprovechado para ir a ver a su padre la semana anterior, de modo que una nueva visita no tenía demasiado sentido. No quería que su progenitor sintiera que estaba invadiendo su espacio personal e intimidad. Además su cuerpo parecía estar recuperándose con dificultades de los efectos de lo que debía ser sin lugar a dudas una resaca. Necesitaba reposo e hidratación y un viaje difícilmente le proporcionaría ninguna de las dos cosas. Pensó en aprovechar para estudiar y avanzar en algunas líneas de investigación de carácter personal que tenía un poco abandonadas desde su llegada a Deckard. Aunque por mucho que pretendiera imponerse las tareas menos arduas y más agradables en las que podía pensar –como ver algún otro título en su lista de películas fundamentales en la historia del cine para analizar cómo había evolucionado la representación de las relaciones interpersonales a lo largo de las décadas en las que se había practicado aquel arte extinto– ni siquiera el aliciente de volver a disfrutar con *Casablanca*, *Annie Hall*, *Reality Bites* o *La vie d'Adèle* consiguió que pudiera dejar de pensar en el desafortunado incidente del día anterior. Cuando le pareció que era una hora prudencial, salió de su habitación y caminó con rumbo claro por los pasillos de la nave. Encontró la puerta que estaba buscando, respiró hondo e hizo sonar el timbre mediante su tarjeta de identificación.

–¿Se puede saber qué quieres a estas horas? –dijo Keeley al abrir la puerta de su habitación.

Por las muchas dificultades que parecía estar teniendo para mantener los ojos semiabiertos, lo despeinado de su pelo normalmente impecable y un atuendo consistente en una bata de seda sintética diminuta bajo la cual se adivinaba un cuerpo desnudo, Ava entendió al instante que había escogido una mala ocasión para su visita.

–Perdona, está claro que no es un buen momento. Avísame cuando te vaya bien que me pase –dijo Ava en tono de disculpa y dispuesta a marcharse.

–Espera, espera. ¿Dónde vas tan rápido? ¿Cuando me vaya bien que te pases a qué? –dijo Keeley intentando sin éxito abrir un poco más los ojos.

—A hablar contigo —respondió Ava en tono grave y sintiéndose cada vez más incómoda por aquella conversación.

—Es la primera vez que te presentas ante mi puerta a estas horas. Quiero imaginar que debes tener un buen motivo.

—No sé si se podría definir como un buen motivo —dijo Ava pensativa—. Está claro que, pese a mis intenciones por hacer todo lo contrario, he escogido un muy mal momento para venir a verte y eso es inaceptable.

—Anda pasa —cedió finalmente Keeley.

*

Sin saber cómo, Ava acabó en la habitación de Keeley. Ella y su acompañante de la noche anterior estaban sentadas en la cama de la pelirroja, acurrucadas una junto a la otra y observando a Ava con interés. La joven se sentó en una silla cercana, después de liberarla de una pila de ropa en un estado de limpieza indefinido.

—¿Qué ha pasado? —empezó Keeley rompiendo el silencio.

—No sé —empezó Ava dándose cuenta de que no acababa de saber qué hacía allí, ni qué la había empujado a buscar aquella conversación.

—Ahí fuera me has dicho que querías hablar conmigo —le recordó Keeley, todavía adormilada.

—Es esta nave. Tengo la sensación de que la falta de gravedad debe estar afectando una parte de mi cerebro. ¿Sabéis si hay precedentes o estudios sobre ello? Desde que llegué a Deckard no dejo de hacer cosas raras —empezó Ava intentando articular sus pensamientos con dificultad.

—¿Precedentes? ¿Qué cosas raras? —preguntó Keeley.

—Interrumpir a alguien un sábado por la mañana para tener una conversación. Yo no soy de interrumpir jamás a nadie en sus aposentos. Tampoco de tener conversaciones de este tipo la verdad —expuso Ava racionalmente.

—¿Y qué tipo de conversación estamos teniendo exactamente? —cuestionó Keeley que desde la aparición de Ava en la puerta de su habitación parecía intentar querer comprender lo que estaba pasando sin demasiado éxito y procurando no perder la paciencia.

—Una conversación con confianza y entre personas cercanas —replicó Mysa, la acompañante de Keeley, entendiendo las intenciones de Ava mejor que la pelirroja o que la misma Ava.

Ava hizo un tímido gesto con la cabeza para asentir. Para ella aquello no era precisamente habitual. Llevaba años tratando los temas relacionados con su vida interior de una única forma: hablándolos con Ryo para que la ayudara a racionalizarlos y a buscar la mejor estrategia a seguir en cada momento. Pero algo le decía que aquella no era una conversación adecuada para su instructor de conducta. Y Keeley siempre la había inspirado inexplicablemente a sincerarse en su presencia.

—¿Qué otras cosas raras has hecho desde que has llegado? —le preguntó Keeley, intentando asistir a Ava gracias a la luz que había echado Mysa.

—No lo sé. Saltarme las normas ha dejado de parecerme algo impensable si hay un buen motivo para ello —continuó Ava, que hizo una pausa antes de continuar—. Entrar en contacto directo con la epidermis de otra persona ha dejado de parecerme un riesgo sanitario innecesario.

—¿Cualquier epidermis al azar o estamos hablando de una en particular? —preguntó Keeley, como si intuyera que se estaban acercando a la clave de la conversación y empezando a mostrar más interés en ella.

—Besar a alguien de mi equipo ha dejado de ser una violación del código ético y algo completamente inadmisible —continuó Ava, sonrojándose al decir aquellas palabras y sin acabar de creerse que realmente lo hubiera hecho.

—Si estás hablando de lo que creo que estás hablando, he de decir que el problema no lo tienes tú. Es él. Hay algo en él que produce este tipo de reacciones y no hay forma de controlarlo —dijo Keeley con aparente seriedad—. Sé de lo que estoy hablando porque a mí me pasa lo mismo, quiero decir que las mujeres se vuelven locas conmigo. Por desgracia en esta nave hay más mujeres que prefieren a tíos buenos que a pelirrojas procaces.

—Estoy segura de que nuestras vidas serían mucho más simples si nos decantáramos por la pelirroja procaz —sentenció Ava, que había entendido el intento burlón de Keeley y había decidido seguirlo. De hecho agradeció el humor e irreverencia en el tono de su compañera.

—Avísanos si cambias de idea —dijo Mysa con un tono sugerente.

—Lo tendré en cuenta —respondió Ava sonrojándose de nuevo—. ¿Cómo sabes de quién estoy hablando? —dijo entonces dirigiéndose a Keeley.

—Vino ayer a la noche y tuve que denegarle la entrada porque estaba... ocupada. Imagino que tú debiste ser su siguiente opción, los gemelos duermen conectados a sus pantallas virtuales en un intento por tener sueños no subconsciente y no lo hubieran oído jamás tocando a la puerta.

—Sí, vino a mi habituación a una hora completamente intempestiva y diciendo que necesitaba que lo refugiara. No conseguí entender qué demonios debe significar eso.

—Significa que parece que tú tenías razón y lamentablemente ha decidido pasar por un periodo de duelo —expuso Keeley.

—¿Duelo? —preguntó Ava sin acabar de entender las palabras de Keeley. Iba a necesitar que su recién encontrada amiga hablara con su franqueza habitual.

—Estoy usando tus propias palabras de ayer a la noche —respondió Keeley, que no tardó demasiado en darse cuenta de que la noche anterior Ava debía haber estado más borracha de lo que al principio le había parecido e intentó explicarse mejor—. Según las palabras de Sam, está herido y afectado por lo que pasó con Alina y necesita tiempo para pensar qué es lo que quiere. No quiere establecer relaciones de tipo personal o sexual mientras recorre este camino de búsqueda y reparación personales... —estas palabras las dijo Keeley con un tono de absoluta burla hacia su amigo—. Por lo visto ayer a la noche después de la fiesta no le faltaron las proposiciones de todo tipo e intentó esconderse durante unas horas para no verse tentado mientras inicia esta etapa de celibato y reflexión emocional. ¡Yo qué sé! Insisto que el comportamiento masculino no es algo que entienda ni me interese.

Ava se dio cuenta de que tener una conversación de aquellas características con una pareja de mujeres de preferencia homosexual y que se adivinaban indiferentes a los encantos de Sam tal vez no era la idea más óptima en cuanto a búsqueda de recomendaciones se refería. A pesar de ello supo apreciar el conocimiento que albergaban las palabras de ellas.

—Teniendo en cuenta la información que me has dado y que Sam no me reveló, creo que me aproveché de la situación y de su vulnerabilidad. Malinterpreté las señales por completo, me abalancé sobre él y se vio obligado a rechazarme —dijo Ava, dándose cuenta de que exponerlo en voz alta la estaba ayudando a entender lo que había pasado la noche anterior.

—Yo creo que nadie con su aspecto y en su sano juicio debería buscar refugio a las dos de la madrugada en el dormitorio de una mujer de preferencia heterosexual y visiblemente borracha. Cualquiera hubiera podido malinterpretar las señales, créeme. Naturalmente él justifica todos sus actos resguardado en esa modestia suya que a veces parece que le impida darse cuenta de lo apetecible que es... Es una postura que yo nunca he acabado de entender.

Con las ideas un poco más claras, Ava se despidió de Keeley y su acompañante con la excusa de necesitar otra ducha fría desinfectante y disculpándose una vez más por las molestias y la imposición.

Mientras caminaba por los pasillos de Deckard de vuelta a su habitación, escogiendo el trayecto menos óptimo pero que le permitiera asegurarse de no pasar por ninguna zona donde pudiera encontrase potencialmente con Sam, Ava se dio cuenta de que la vergüenza por lo ocurrido la noche anterior se le había pasado un poco. En aquel momento y después de escuchar el parecer de Keeley, lo que la molestaba era que Sam la hubiera subestimado en lugar de tratarla como a la hembra sexualmente activa que era.

*

Llegó a su habitación con sólo cinco minutos para que empezara su sesión semanal con Ryo. Respiró hondo para recuperar la tranquilidad, consciente de que en realidad se la suponía en todo momento dueña de un equilibrio absoluto que parecía cada vez más difícil de mantener. Se sentó tras la pequeña mesa de su habitación e inició su pantalla virtual.

—Buenas días, te parece si empezamos la sesión hablando de tus progresos semanales —dijo Ryo con su sonrisa y eficiencia habituales desde el otro lado de la pantalla.

—No hay demasiado que reportar en realidad. Ha sido una semana bastante... normal —empezó Ava, sin acabar de estar del todo tranquila y sin demasiadas ganas de tener una sesión en aquel momento. Tenía la sensación de que, después de su charla con Keeley y Mysa, ya había cubierto su cupo de conversación para todo el día. Al fin y al cabo no dejaba de ser una persona increíblemente introvertida y que disfrutaba de la soledad.

—¿Normal? No creo que te hubiera escuchado antes utilizando un adjetivo tan poco específico para referirte a nada —apuntó Ryo arqueando las cejas—. ¿Hay algo de lo que quieras hablarme? ¿Cómo van los progresos con tu equipo?

—Estoy estableciendo una relación cada vez más sólida con ellos —dijo Ava, prefiriendo no mencionar cómo el alcohol y la clandestinidad habían ayudado a fomentar ese acercamiento y procurando tener más cuidado al escoger sus palabras.

—También con, ¿cómo se llamaba?, Sam, hace unos días me comentabas que tenías problemas para leerlo y que creías que tu ayudante no sentía el mismo respeto por ti que el resto de tu equipo.

Ava reflexionó un instante antes de responder. Una parte de ella se sentía tentada a decirle a Ryo que todo iba bien con Sam e intentar desviar la charla hacia algún otro tema menos espinoso, como el hecho de que se estuviera planteando matricularse en el curso intensivo avanzado de compasión, altruismo y perceptibilidad que Ryo llevaba años sugiriéndole. Pero por otra parte Ava tenía la sensación de que aquella conversación podría serle de más ayuda si revelaba el conflicto en el que se hallaba. Sólo debía encontrar la forma de no exponerse también a sí misma al hacerlo. Porque lo que estaba claro era que seguir actuando dentro de los márgenes de su pauta habitual y ser completamente sincera no era buena idea.

—Con él las cosas también han cambiado. Estas últimas semanas hemos conseguido tener una relación profesional más cordial y cercana gracias a un nuevo caso que ha aproximado nuestras metodologías de trabajo —empezó Ava, recordando cómo su viaje a Avron los había acercado por primera vez.

—Eso es bueno. Te dije que era cuestión de tiempo y de tener paciencia.

—Y ha sido así —prosiguió la joven—, pero tengo la sensación de que tal vez he malinterpretado la naturaleza de nuestra relación.

—¿Qué quieres decir?

A Ava le pareció notar un tono más inquisitivo de lo habitual en la pregunta de Ryo, pero recordó que el análisis que ella estaba haciendo de aquella situación no era objetivo y que a menudo los humanos podían sobresugestionarse para creer algo en función de su realidad o de la información que tuvieran sobre un tema. Y estaba claro que sobre el tema Sam Ava tenía mucha más información que Ryo.

—Me ha parecido ver indicios de camaradería en mi relación profesional con él —dijo Ava, asegurándose esta vez de incluir la palabra "profesional" detrás de "relación" y creyendo ver cómo el gesto de Ryo se relajaba un poco—. Es posible que en mi deseo por encajar en la sociedad de esta nave haya forzado un poco esa camaradería.

—Mostrar abiertamente que deseamos forjar una amistad con alguien es algo que define nuestra condición de humanos. No es algo que deba avergonzarte en absoluto —expuso Ryo.

—Lo sé, el problema es que tal vez esa otra persona, en este caso Sam, puede no querer corresponderme en mi necesidad por encontrar nuevos amigos. Y no querría que en ningún caso pensara que está obligado a compartir ese... —Ava se interrumpió un momento para encontrar la palabra adecuada—, compañerismo conmigo sólo porque es mi subordinado.

—Ya veo. Una vez más estás mostrando que la sensatez es una de tus mejores virtudes —dijo Ryo y Ava se preguntó dónde debía haberse metido la noche anterior aquella supuesta sensatez que tanto la caracterizaba—. Si realmente tienes motivos para creer que tu ayudante pueda sentirse incómodo por esta situación, mi recomendación es que hables con él. Expónle las cosas claramente, igual que lo has hecho conmigo. Y asegúrale que esperas que vuestra relación profesional pueda seguir siendo sólida y que no deseas que se vea afectada por esta situación. Tengo la sensación de que todo debe haber sido un malentendido.

Ava asintió, asimilando las implicaciones del consejo que Ryo le había dado. Analizó también el hecho de si aquella recomendación sería por completo aplicable teniendo en cuenta que los hechos expuestos distaban un poco de lo ocurrido en realidad. Pero por una vez, y sin que sirviera de precedente, prefirió no ser tan estricta consigo misma como normalmente. Técnicamente no le había mentido a su tutora, simplemente no había revelado toda la información que poseía sobre las circunstancias.

*

El resto de su día transcurrió sin demasiados contratiempos. Ava se había convertido en una persona de costumbres, o más bien se había dado cuenta de que llevar cierta rutina le permitía un mayor control de su comportamiento y rendimiento, así como alcanzar una sensación de bienestar y equilibrio casi innatos. Desde muy joven había aprendido a aislar y analizar su parte más anciana y primitiva. Su parte animal, aquella que no podía ser regida a pesar de toda la sofisticación, erudición y organización de la sociedad en la que vivía. Era la porción de sí misma que no la dejaba pensar con claridad si tenía hambre; que la obligaba a salir a correr un mínimo de tres veces por semana para sentir el flujo de endorfinas recorriendo su cuerpo y que a la vez le exigía beber medio litro de agua sólo terminar la sesión de ejercicio para rehidratarse; le reclamaba un mínimo de siete horas diarias de sueño para rendir intelectualmente; y le demandaba un mínimo de dos orgasmos semanales para funcionar a pleno rendimiento, tres según el momento del ciclo hormonal en el que se encontrara.

Al principio Ava había visto aquello como una muestra de debilidad. Todas sus necesidades más básicas debían estar satisfechas para permitir que pudiera desempeñarse a un nivel superior. Hasta que empezó a encontrar el placer en algunas de aquellas cosas que hasta el momento le habían parecido tan ordinarias y vulgares, como la comida o el sexo.

Pese a que la estricta legislación gremial en materia de explotación animal y agrícola hacía que la oferta culinaria postrevolucionaria fuera sin duda más limitada que en el pasado, era imposible no disfrutar de ella siempre que se huía de los batidos y barritas cuya fórmula garantizaba la nutrición perfecta y completa. Ava había aprendido a educar su paladar y disfrutar con los experimentos gastronómicos de sus contemporáneos. La apasionaban los intentos de sus compañeros para conseguir ágapes sostenibles a la vez que deliciosos.

Afortunadamente además vivía en una sociedad que había depurado el arte de la satisfacción sexual a la perfección. La oferta era interminable. Juguetes sexuales, recreaciones de realidad virtual con avatares, recreaciones con otros humanos también partícipes mediante la experiencia virtual. Tal era la satisfacción de sus usuarios que las relaciones sexuales con contacto directo entre dos o más humanos de igual o diferente sexo se veían cada vez más como una rareza, una muestra anacrónica más anterior a la revolución o, como tan a menudo pasaba en aquella nave, un inexplicable apego a épocas pasadas no mejores.

Al terminar una deliciosa sesión de recreación erótica en la que había decidido emparejarse virtualmente con un avatar que tenía rasgos sospechosamente similares a los de uno de los tripulantes de aquella nave, Ava no pudo evitar preguntarse qué la había empujado hacía unas horas a buscar la intimidad directa con Sam. Nadie le garantizaba que el Sam de carne y hueso fuera a ser un amante tan competente y eficaz como el avatar virtual que ella había escogido y programado de acuerdo a sus gustos y necesidades fisiológicas. Con la ventaja además de que aquella relación no entrañaba ningún tipo de atadura personal, ni conflicto profesional para ella y estaba a su disposición siempre que lo deseara.

Una rápida reflexión la decidió a aumentar el número de sesiones sexuales semanales, para asegurarse de que la bochornosa situación del viernes no pudiera repetirse.

DÍA 26

El lunes por la mañana Ava entró a la oficina de su equipo con energías renovadas y ganas de pasar página. Keeley, Thompson y Dupont se encontraban ya en el pequeño despacho, interactuando activamente con sus pantallas virtuales.

—Buenos días —dijo Ava a modo de saludo y para reclamar la atención de su equipo—. Tengo buenas noticias.

Keeley apartó la mirada de su pantalla para dirigirla a Ava. Los gemelos se limitaron a saludarla con un mensaje mediante sus pantallas virtuales, indicándole que estaban escuchándola.

—El traslado de Celia ha sido aprobado —dijo Ava, contenta por la celeridad de todo el proceso.

La mirada vacía que le devolvió Keeley y la falta de actividad en los chats de los gemelos le indicaron a la jefa del B-8416 que a aquellas horas de la mañana era posible que su equipo necesitara un poco más de contexto o de sucedáneo de cafeína.

—La chica de Avron que quiere integrarse en nuestra sociedad... —dijo Ava para refrescarles la memoria.

—Sabemos quién es Celia, lo que no sabemos es qué tiene que ver eso con nosotros —le dijo Keeley a modo de explicación.

—La joven ha solicitado pasar sus dos semanas de prueba con nosotros en Deckard. Está claro que si puede sobrevivir en este entorno no tendrá ningún problema para integrarse en la Tierra.

El intento humorístico de Ava se encontró con la misma reacción vacía y algo fría de su equipo. Después del viernes por la noche Ava se había convencido de haber conseguido establecer una buena conexión con ellos. Pero parecía que la única forma que tenía de encajar por completo en Deckard era en un entorno no profesional, con música y alcohol clandestino de por medio. En ese momento Sam entró también a la oficina y Ava notó la aceleración instantánea de su ritmo cardíaco nada más verlo.

—Les estaba contando a los chicos que Celia pasará sus dos semanas de prueba en Deckard con nosotros —dijo Ava intentando sonar lo más normal y profesional posible.

—Lo sé. He leído el informe que te han enviado, yo también estaba entre los destinatarios —dijo Sam con su tono adusto habitual.

Ava empezaba a tener la sensación de que era la única miembro de su equipo que se alegraba por el traslado de Celia o que había asistido a clases de empatía y buenas maneras durante sus años de formación infantil. Teniendo en cuenta que el currículum educativo del sistema de gremios era absolutamente igual para todos, sólo Sam quedaba excusado por esa aparente falta de identificación mental y afectiva con el estado de ánimo de Celia. Ni siquiera él, si se tenía en cuenta que Sam debía haberlo aprendido todo sobre la empatía, de forma completamente natural, durante sus años como un crío retozando en una comunidad de fuera del sistema.

—El tema es que, debido a nuestro trabajo en Avron, el gremio ha decidido que el equipo B-8416 se encargue de orientar a Celia durante su estancia aquí —dijo Ava, que empezaba a tener problemas para mantener el entusiasmo ante aquella audiencia y dudas sobre la idoneidad de su equipo para la tarea encomendada.

—Perfecto —se limitó a decir Sam.

A Ava le pareció adivinar una sonrisa de Keeley que le dio energías renovadas y al ver que Sam hacía el gesto de ir a salir del despacho, se dirigió a él.

—Sam, ¿puedo hablar un momento contigo en mi oficina?

*

—¿Quieres sentarte?

Ava le dijo aquellas palabras a Sam sin mirarlo a los ojos y mientras ella misma se sentaba en la silla que había detrás de su escritorio. Se había asegurado de cerrar la puerta tras de sí cuando ambos habían entrado al minúsculo despacho privado que hacía las veces de oficina de Ava y que ella raramente usaba. Prefería trabajar en la mesa comunitaria de la oficina exterior, donde estaba el resto de su equipo.

Sam hizo el gesto de ir a sentarse del otro lado de la mesa pero Ava volvió a levantarse. Ambos se quedaron de pie, uno frente al otro con el mueble de por medio.

—Quería hablar contigo... —empezó Ava titubeando un poco y sin atreverse a alzar la mirada.

—Yo también quería hablar contigo, sobre el viernes por la noche —la interrumpió Sam.

–Por eso te he dicho que vinieras –dijo Ava, en parte aliviada porque él hubiera sacado el tema–. Quería disculparme por mi comportamiento. Estaba muy embriagada. Sé que lo que hice fue completamente inapropiado.

–Ava... –empezó a decir Sam y ella se ruborizó al oírlo articular su nombre. Estaba convencida de que era la primera vez que lo oía decir aquellas tres letras una detrás de la otra.

–Déjame acabar –le dijo ella, intentando mantener la serenidad en todo momento–. Siento mucho lo que pasó. Soy tu jefa y debería haberme comportado como tal. Lo que hice no fue sólo inapropiado sino también peligrosamente contaminante. Me disculpo por haberte expuesto a mis gérmenes. Si quieres puedo hacerte llegar mi historial médico, pero en principio no debería haber nada por lo que preocuparse. Soy absolutamente disciplinada en el seguimiento de los chequeos sanitarios. En todo caso no volverá a pasar. Estaba ebria y no sabía lo que estaba haciendo. Aunque sé que eso no es justificación...

–No te preocupes, todos hemos estado borrachos alguna vez –le dijo él en un tono que a Ava le pareció conciliador y completamente sincero.

–Tenemos mucho trabajo que hacer y no quiero que nuestra relación profesional pueda verse afectada por esto. Sé que estoy pidiendo mucho y naturalmente entendería que denunciaras mi comportamiento ante el Consejo del gremio. Insisto que lo que hice fue inaceptable –prosiguió Ava, que había ido encontrando la seguridad a medida que hablaba con él y que empezaba a creer que las recomendaciones de Ryo podrían acabar rindiendo resultados.

–No te preocupes, no afectará a nuestra relación profesional y no he denunciado nunca nada ante el Consejo. No tengo intención de empezar a hacerlo ahora –sentenció Sam.

–Gracias –dijo Ava, todavía sin mirarlo a los ojos–. No puedo creerme lo que hice.

–Olvidémonos de todo y pongámonos a trabajar. Estoy aquí al lado si me necesitas.

Sam salió de la oficina y Ava se dejó caer en su silla. No acababa de estar segura de si se sentía más aliviada por el hecho de que él hubiera mostrado tanta madurez en su conversación, quitándole importancia al reprochable comportamiento de ella, o si había sido la insistencia de Sam en que no la denunciaría ante el Consejo del gremio lo que le había representado un mayor sosiego. Después del desazón inicial al darse cuenta de que Sam no compartía su atracción física, a Ava la había mantenido despierta la idea de su negligencia profesional. La organización gremial desaconsejaba las relaciones personales entre compañeros de trabajo, pero podía fingir con disimulo no darse cuenta de ello. La política en cuanto a jefes y subordinados en cambio era muy estricta y restrictiva. Con una tolerancia inexistente en casos de sospecha de acoso sexual. Por suerte parecía que aquello iba a quedarse en un malentendido que conseguiría hacer enrojecer a Ava hasta las cejas al recordarlo, al menos durante unas semanas más.

*

Ava estaba sentada en una de las mesas comunitarias del comedor de Deckard, sola. A pesar de haber leído repetidamente acerca de los beneficios de compartir las comidas con otros humanos para establecer una relación más sólida con ellos, la chica no había encontrado el valor para proponerle a los miembros del B-8416 que la acompañaran. Los gemelos raramente abandonaban su escritorio para comer. Con Sam las cosas todavía eran un poco embarazosas, a pesar de su última conversación, y Ava tenía la sensación de que Keeley tenía otros planes. A la jefa no le importó la soledad. De hecho desde su llegada a Deckard se había dado cuenta de lo difícil que podía resultar a veces estar sola en aquella nave de espacio limitado y mucha población. Ava echaba de menos aquellos momentos de aislamiento y reflexión consigo misma, uno de los muchos pequeños placeres a base de los cuales nutría su vida de equilibrio y de algo que a veces se atrevía a denominar felicidad. A pesar de estar disfrutando de la soledad, no le importó nada ver la sonrisa siempre agradable de Keeley mientras la pelirroja se sentaba a su lado con una bandeja repleta de comida.

—Parece que tienes hambre —dijo Ava, percatándose de la cantidad de ensalada de arroz integral con cuajada de leche de soja, tomates y acelgas hidropónicas con la que Keeley había llenado su plato.

—Tengo previsto hacer mucho ejercicio extracurricular —se limitó a responder Keeley con la mejor de sus sonrisas pícaras—. Me he dado cuenta de que en realidad no me diste todos los detalles sobre lo que pasó el viernes por la noche.

—Dejemos el tema —dijo Ava mirando a su alrededor en todas direcciones y analizando si alguien sentado en las mesas cercanas podía haber oído las palabras de Keeley—. Me he disculpado ante él y vamos a hacer ver que no pasó nada. Lo mejor será que todos nos olvidemos de ello.

—Realmente Deckard te debe estar cambiando. Tengo la sensación de que si esto hubiera pasado hace dos meses, hubieras sido tú misma quien se hubiera presentado ante el Consejo para denunciar tus actos. Y en cambio estás feliz por hacer ver que no ha pasado nada —reflexionó Keeley y Ava pensó que no le faltaba razón.

—Hace dos meses... hace dos semanas incluso, no me hubiera encontrado jamás en una situación tan comprometida como ésta, créeme —sentenció la jefa.

—¿Estás segura? Hace dos semanas ya habías aterrizado en el entorno de gravedad artificial de Deckard que tanto parece afectarte... —dijo Keeley, en lo que Ava quiso interpretar como un "Hace dos semanas ya habías conocido a Sam"—. En todo caso, si habéis hecho las paces a lo mejor se digna a honrarnos con su presencia para comer con nosotras —añadió Keeley en lo que sólo podía ser otra referencia a Sam.

—¿Está aquí? —dijo Ava, sin atreverse a girarse pero notando el color que le subía a las mejillas.

—Sí, y estás sentada en su mesa preferida. ¿Te he contado que las cosas son mucho más divertidas últimamente? ¡Deberías haber cedido a tus impulsos mucho antes!

—Por favor —dijo Ava, intentando que Keeley bajara la voz y temiendo que alguien pudiera escucharlas.

—Me voy a apiadar de ti sólo porque tu visita sorpresa del sábado fue una bendición. Mysa me adora desde entonces. Le gustó la sensibilidad que mostré y la paciencia que tuve contigo, o algo por el estilo —dijo Keeley intentando recordar las palabras exactas—. Así que he decidido que me caes oficial y abiertamente bien. Porque cualquiera que influye positivamente en mi vida personal y sexual sólo puede agradarme. También he decidido comprometerme con la causa de hacer feliz a Mysa y realizar todos sus deseos.

—No sé qué decir. Me alegro de haber sido de ayuda... —dijo Ava, sin acabar de saber si debía ofrecerle algún tipo de consejo a Keeley, a cambio de la ayuda que ella le había dado el otro día y en reconocimiento a su ya oficializada amistad. Sus múltiples años de estudio en relaciones interpersonales en realidad la hacían muy conocedora en la materia, sobre todo cuando se trataba de relaciones que no la afectaran a ella directamente y con las que le era mucho más sencillo mantener la distancia, frialdad y mente analítica necesarias. Pero se interrumpió al instante al darse cuenta de que, como salido de la nada, Sam había aparecido acarreando una bandeja de comida.

—Tenemos que hablar de nuestra visita a Avron. Espero que no os importe la interrupción, pero me ha parecido que la conversación no era demasiado importante en todo caso —dijo Sam mientras se sentaba a la mesa delante de ambas y le enviaba una mirada cargada de significado y burla a Keeley.

—Sólo porque hayas decidido malgastar tu juventud en la reflexión personal o lo que sea que te vaya ahora no significa que todos debamos hacerlo —le espetó Keeley a Sam—. Incluso me atrevería a decir que sientes un poco de envidia. He visto las miradas que le echas a Mysa.

—Reconozco que esta vez te has superado a ti misma y has conseguido meter en tu cama a una de las mujeres más hermosas de esta nave —concedió Sam ante el regocijo de Keeley.

—Lo sé —respondió la pelirroja—. También sé que intentaste meterla en *tu* cama hace unos meses y te llevaste una buena decepción. Tus encantos tienen límites cariño.

—Creo que Mysa está exagerando un poco las cosas —respondió Sam ante el pasmo de Ava por la naturaleza de la conversación entre sus compañeros y sin acabar de saber si sería buena idea coger su bandeja e irse a otra mesa—. Hace unos meses yo estaba con Alina y siempre he sido monógamo.

—¿Insinúas que Mysa miente? —exclamó Keeley en un tono que a Ava estaba empezando a incomodarla. Temía que la discusión pudiera escucharse en otras mesas y que el comportamiento de sus colegas tuviera consecuencias en sus carreras si el gremio decidía emprender acciones disciplinarias.

—Lo que insinúo es que seguramente Mysa malinterpretó mis intenciones. Es posible que le dijera lo bella que es, nada más que eso —sentenció Sam.

—Por suerte no hace falta que yo me limite a las palabras con ella —dijo Keeley en un tono de absoluta satisfacción—. Por eso no pienso malgastar el tiempo hablando contigo cuando puedo estar haciendo cosas mucho más interesantes y placenteras con ella.

Keeley se levantó de la mesa para irse, pero antes de hacerlo le dirigió una mirada cálida y su mejor sonrisa a Ava.

—En cuanto a ti, estoy disponible para lo que quieras, pero sólo antes de las nueve de la noche. Nuestras citas diarias son a esa hora. Sí Sam, lo has oído bien, diarias.

Keeley se marchó con paso decidido dejando a Sam y Ava en un mutismo incómodo. Ava no estaba acostumbrada a escuchar a dos humanos discutiendo abiertamente sobre su actividad sexual o sus afecciones personales con aquella falta de pudor y aquel candor. Al menos no dos humanos no ficticios o que no hubieran muerto hacía décadas y fueran objeto de su estudio. La antropóloga la hincó el diente a las acelgas crudas de variedad diminuta que tenía en el tenedor y esperó que fuera Sam quien encontrara algo que decir. Al fin y al cabo había sido él quien había decidido sentarse junto a ellas e interrumpirlas.

—La situación ha cambiado desde la última vez que estuvimos en Avron —dijo Sam, como si nada de lo que acababa de pasar entre él y Keeley hubiera sucedido.

Ava se sintió tentada a remarcar que parecía que ella no era la única que prefería hacer ver que algo no había pasado cuando no sabía cómo lidiar con ello, como la incapacidad de ella para aceptar halagos que él se había encargado de remarcar en una ocasión anterior. Pero la chica decidió al instante que no era buena idea decir nada. Al fin y al cabo ambos estaban sentados a la mesa civilizadamente, teniendo una conversación perfectamente profesional y haciendo ver que apenas 48 horas antes ella no se había abandonado a sus instintos más primarios, convirtiendo a Sam en la víctima de un intercambio no higiénico de flujos salivares sin su consentimiento.

—He visto que hay un poco de inestabilidad en la zona sí —se limitó a responder Ava en el tono más natural que fue capaz de emular, tras rememorar cómo se habían restregado sus manos por el cuerpo de él durante unos breves instantes de aquel viernes por la noche.

—No estoy seguro de que siga siendo una buena idea que vayamos a recoger a Celia mañana —prosiguió él, refiriéndose a la decisión que habían tomado aquella mañana para viajar juntos al día siguiente hasta Avron, recoger allí a Celia y acompañarla en su viaje a Deckard.

Ava hizo una pausa para recomponerse y centrarse en la conversación que Sam estaba teniendo con ella, desechando por completo el diálogo erótico alternativo que su mente había decidido iniciar sin pedir permiso y a pesar de lo mucho que la estuviera contrariando tener que ignorar aquella sensación que la había invadido al recordar el sabor de él en su boca.

—Son sólo un par de tormentas sin importancia. No quiero tener que posponer el viaje de Celia, estoy segura de que ya está lo suficientemente inquieta sin necesidad de que nosotros cambiemos los planes —dijo Ava en su tono más profesional.

—Yo tampoco quiero tener que cambiar de planes —dijo Sam—, pero Celia puede esperar un par de días más si es necesario. ¿Has visto la simulación meteorológica para mañana?

—¿No me digas que te asusta un poco de arena? —preguntó ella con genuina curiosidad.

—Pues la verdad es que sí. ¿A ti no?

Ava reflexionó antes de contestar. Siempre se había considerado una fiel adepta a la seguridad y la precaución. Algo que no podía jurar que fueran cualidades que definieran a su ayudante y, sin embargo, parecía que él le estaba llamando la atención por no darle la importancia debida a un par de tormentas de arena que ella dudaba que fueran a afectarles en absoluto.

—Al ver la previsión esta mañana me ha parecido que no habría ningún problema... —expuso Ava, que una vez más estaba teniendo dificultades para entender cuál era el objetivo de aquella conversación con él—. Y los gemelos me han prometido que esta vez nos conseguirán un transporte más acorde a los estándares de seguridad de nuestra era y más ecológico. Nada de gasolina y nada de conducción practicada por humanos y sujeta a sus errores. No sé si es eso lo que te preocupa...

—Lo que me preocupa son tu seguridad y bienestar. Una de mis obligaciones es asegurarme de que los miembros de mi equipo no corran ningún tipo de peligro en una misión de campo. Y en estos momentos no sé si eso va a ser posible.

Ava no pudo evitar sentir cómo el corazón le daba un vuelco al oírlo hablar con aquella vehemencia. Estaba segura de Sam sólo quería hacer bien su trabajo. Pero aquello de que le preocupara tanto la seguridad de ella lo dotó instantáneamente de una nueva capa de *sex-appeal*, como si le hiciera falta más.

—Si quieres podemos esperar hasta mañana por la mañana a tomar una decisión, en función de cuál sea la situación meteorológica sobre el terreno. Entonces tendremos información más actualizada y precisa — expuso Ava.

—Es posible que al final no sea nada, pero me gustaría tener la opción de anular nuestro viaje si consideramos que es necesario sí — respondió él.

—Hacemos eso entonces. ¿Crees que vale la pena que informemos a Celia de que puede haber un pequeño retraso por nuestra parte?

—Sólo si finalmente no llegamos a salir mañana. La recepción de mensajes no es precisamente inmediata en una comunidad como Avron. Además si al final todo sigue según lo previsto sólo la habríamos preocupado sin motivo.

Ava asintió y ambos acabaron su comida en una apacible quietud. Para sorpresa de ella no fue un silencio incómodo, sino el mismo tipo de tranquilidad plácida y sosegada que le gustaba disfrutar cuando estaba sola. La diferencia era que la estaba disfrutando con él.

*

Archer aceleró el paso y Madame Olenska se paró en seco con una sonrisa de bienvenida.

—¡Ah, has venido! —dijo, sacando la mano del manguito.

La capa roja hacía que pareciera alegre y vívida, como la Ellen Mingott de los viejos tiempos. Él se rió al coger su mano y respondió.

—He venido a ver de lo que estabas huyendo.

El rostro de ella se ensombreció, pero respondió.

—Bueno. Ya lo verás.

La respuesta lo desconcertó.

—¿Por qué...? ¿Quieres decir que te han alcanzado?

Ava no pudo evitar sonreír al releer aquel pasaje. De alguna manera la escena entre Newland y Ellen le recordaba el episodio reciente entre ella y Sam. Una vez más los roles estaban cambiados. Ella se sentía más bien como Newland, con su absoluto dominio del código social imperante tan fácil de aplicar si todo el mundo lo respetaba. Sam equivalía al exótico recién llegado de otra civilización, con un secreto que no había querido desvelar pese a las insistencias de Ava. La joven pasó página.

La condesa posó levemente la mano en el brazo de Archer, y él suplicó con seriedad:

—Ellen... ¿por qué no me dices lo que ha ocurrido?

Ella se encogió nuevamente de hombros.

—¿Es que alguna vez ocurre algo en el cielo?

Él permaneció en silencio y caminaron unos metros sin decir una sola palabra. Finalmente la condesa dijo:

—Te lo diré... pero ¿dónde, dónde, dónde? No hay forma de estar sola durante un minuto siquiera en esa casa que parece un seminario, con todas las puertas siempre abiertas y criados que traen té o echan un leño al fuego o con el periódico. ¿Es que no hay ningún sitio en las casas norteamericanas donde una pueda estar a solas consigo misma? Sois tan tímidos, pero a la vez tan públicos. Siempre siento como si volviera a estar en el convento... o en un escenario frente a una audiencia terriblemente educada que no aplaude jamás.

—¡Ah, no te gustamos! —exclamó Archer.

Media hora más tarde Ava estaba corriendo por la Grande Promenade, después de haber decidido que la lectura no estaba contribuyendo a que se abstrajera o evadiera de sus intereses recientes poco recomendables. Más bien todo lo contrario. Una sesión de ejercicio sin duda la ayudaría a aclarar la mente. Introdujo sus parámetros habituales en su tarjeta y en pocos instantes estaba esquivando a peatones y vehículos virtuales en las congestionadas calles de Manhattan. Artista: MGMT, tema: Kids.

Se obligó a acelerar el ritmo, sintiendo cómo se le apresuraba el corazón y su respiración era cada vez más profunda. Se aseguró de que el cansancio no estuviera afectando su postura, irguió la espalda y procuró que sus zancadas fueran lo más largas posibles. Miró a su alrededor para ser consciente de los obstáculos que la rodeaban. Si aligeraba el ritmo sólo un poco más podría cruzar la calle antes de que el aparato electrónico de señales luminosas que regulaba la circulación cambiara a color rojo, indicando que no podría pasar. Para evitar tener que detenerse, además de apresurarse, antes tendría que deslizarse por entre dos peatones que llevaba delante. Calculó el movimiento con una precisión absoluta para pasar entre ambos caminantes virtuales y habría sido capaz de cruzar aquella calle del Nueva York de principios del milenio sin ningún problema si no hubiera sido por un pequeño imprevisto.

Al principio su cerebro la hizo pensar que tal vez en realidad no le había dado tiempo a evitar a los dos peatones y había chocado contra uno de ellos. Pero no eran más que representaciones en un entorno envolvente e, incluso si hubiera decidido atravesarlos, estaba segura de que no hubiera pasado gran cosa. En cambio lo que sintió fue un golpe seco y fuerte, un choque que notó sobre todo en su hombro y la parte izquierda de su cuerpo, que la hizo perder el equilibrio y consiguió que aterrizara en el suelo sobre su trasero. Cuando la realidad simulada se disolvió Ava entendió lo que había pasado. Sam estaba agachado frente a ella, mirándola con cara de preocupación.

—¿Estás bien? No te he visto hasta que ya te tenía encima ¿De dónde has salido? —preguntó el joven visiblemente alterado por el incidente—. ¿Te has hecho daño? Tienes que haberte hecho daño por la forma en la que has chocado contra mí, por suerte yo ya estaba parando. Espero que eso haya amortiguado un poco el golpe.

Ava se llevó la mano al hombro izquierdo instintivamente. Palpó su brazo y el hombro, sentía cierta molestia por el golpe pero no creía que se hubiera lesionado.

—Estoy bien, no es nada. Tal vez un moratón pero ya está —respondió la joven ante la mirada atenta y cercana de Sam.

—¿Un moratón? Deberíamos ir a la enfermería para que te miren.

—Estoy bien de verdad. Siento haber chocado contigo. No te he visto hasta ahora. Creo que el sistema debe haber fallado otra vez. Mi entorno y tu entorno no se entienden.

—Es esta manía tuya de entrenar con la música a todo volumen y en un entorno tan hostil. Si corrieras en silencio habrías podido escucharme y eso te hubiera dejado acabar viéndome también. Como me ha pasado a mí.

Sam se levantó y le tendió la mano a Ava para que la agarrara. El gesto hizo que la camiseta de él se le despegara del cuerpo. Algo que le permitió a Ava, todavía sentada en el suelo, espiar una zona hasta el momento siempre oculta de la anatomía de él. Los ojos de ella resiguieron el tímido camino de vello que nacía en los pectorales de Sam, recorría su abdomen, se detenía en el ombligo y acababa desapareciendo tras los pantalones cortos que él llevaba puestos. Ava sintió la clandestinidad de lo que estaba haciendo y apartó la vista del cuerpo de él de inmediato. Buscó sus ojos y lo miró con cara de incógnita. No era capaz de interpretar el mensaje cifrado tras el gesto de la mano alargada de Sam.

—Cógeme la mano y te ayudo a levantarte —respondió él ante la mirada de ella.

Ava no recordaba haber necesitado nunca la ayuda de nadie para levantarse y estaba segura de estar lo suficientemente bien físicamente como para poder hacerlo por sí sola, pero prefirió no discutir. No tenía ganas de que él la aleccionara nuevamente, como acababa de hacerlo, sobre la idoneidad o falta de ella de los entornos que escogía para hacer ejercicio.

Alargó su mano derecha para encontrarse con el brazo extendido de él y sólo tocar su piel sintió aquella misma especie de descarga eléctrica que había notado el viernes anterior y que era como si le hiciera cosquillas en el estómago. La mano robusta y grande de él envolvió la suya casi por completo. Ella se dio impulso apoyando la mano que tenía libre contra el suelo pero Sam la estiró con fuerza hacia arriba. Al impulso de ella se sumó el estirón de él y Ava acabó en pie mucho antes de lo que imaginaba. Sus senos rozaron el torso de él y su cara se encontró con la de Sam a una proximidad que la hizo enrojecer al instante y la sobresaltó un poco, haciendo que perdiera el equilibrio momentáneamente. Él apoyó la mano que tenía libre sobre la cintura de Ava, recortando un poco más la distancia entre ambos con aquel gesto y asegurando la sustentación de ella. La cercanía hizo que Ava pudiera volver a percibir el sutil pero muy agradable olor de Sam. El jabón y madera seguían presentes en su esencia, pero las notas de almizcle se habían intensificado, sin duda a causa del ejercicio físico.

—¿Estás bien? —le preguntó nuevamente Sam y Ava se empezó a notar sofocada ante la situación y la cercanía física. Soltó su mano derecha de la de él y dio un paso hacia atrás para deshacerse del brazo que todavía sostenía su cintura. Sam pareció entender el mensaje al instante, retiró ambas manos inmediatamente y dio un paso hacia atrás también él para dejar más espacio ante ambos.

—Si no te importa, todavía me quedan dos quilómetros por correr —dijo Ava mientras se disponía a seguir con su sesión, comprobando en su tarjeta de identificación la distancia que había recorrido hasta el momento.

—¿Seguro que estás bien para seguir corriendo?

—Completamente —respondió ella, que empezaba a estar harta de tantas atenciones y quería completar el ejercicio antes de que se hiciera demasiado tarde.

—Si quieres cuando acabes podemos ir a meditar juntos.

La oferta la pilló tan absolutamente desprevenida que la joven accedió a encontrarse con él diez minutos más tarde para ir juntos a la sala de meditación, pese a que nunca hubiera sido una gran fan de aquella práctica y que en realidad le apeteciera más estar sola.

Había leído sobre la meditación colectiva antes. Se suponía una actividad de socialización habitual entre los jóvenes contemporáneos, Ava le había visto paralelismos al ritual de quedar para tomar un café que tanto parecía haberles gustado a algunos de sus sujetos de estudio. Tenía la sensación de que la práctica arcaica implicaba de hecho más conversación, además de la obligada ingesta de cafeína, que la meditación contemporánea. Pero lo cierto era que no acababa de estar segura de si eran costumbres parejas porque a ella nunca antes se le había presentado la ocasión para meditar en compañía. Por un lado sus contemporáneos eran más dados a la socialización virtual que a la presencial. Por otro, a Ava lo de reflexionar (su sucedáneo particular de la meditación puesto que era incapaz de dejar la mente en blanco y dedicarse a la contemplación) siempre le había parecido algo que se practicaba mejor en solitario y sin necesidad de demasiada solemnidad. Para ella sus sesiones de ejercicio eran el mejor momento para cavilar, era cuando notaba que su mente estaba más despierta. A pesar de ello vio la invitación de él como una buena ocasión para observar una parte de su propia sociedad bastante desconocida para ella.

Cuando le pareció que Sam se había alejado lo suficiente en la Grande Promenade, Ava introdujo en su tarjeta los parámetros para reconstruir su entorno virtual y que siguiera sonando música. Artista: M83, tema: Midnight City. Su reacción instintiva fue la de apresurar el paso con las primeras notas, pero su capacidad de raciocinio le aconsejó llevar un ritmo más calmado para ver cómo reaccionaba su cuerpo tras la caída. La falta de quejas por parte de su anatomía hizo que enseguida volviera a estar corriendo a la velocidad habitual y nuevamente inmersa en sus pensamientos. ¿Debía preocuparle su propia y evidente falta de socialización? Acababa de darse cuenta de que sabía más cosas sobre el arte de quedar para tomar un café –un hábito que jamás habría tenido la posibilidad de experimentar en carne propia pero sobre el que se había documentado extensamente– que sobre la costumbre equivalente contemporánea, por la que nunca había mostrado interés alguno.

*

Diez minutos más tarde, todavía recuperando el aliento tras el ejercicio y monitorizando en todo momento su pronto restablecimiento del ritmo cardíaco, Ava se encontró con Sam a la salida de la Grande Promenade.

—No voy a volver a preguntarte si estás bien porque creo que te molesta un poco –dijo él al verla.

—Si no estuviera bien sería la primera en dirigirme con urgencia a la enfermería. La temeridad o negligencia no son etiquetas con las que se me pueda definir. Creo que deberías dejar de sentirte responsable por lo que ha pasado. He sido yo quien ha chocado contra ti y no al revés. Toda la responsabilidad es mía –dijo Ava mientras no apartaba la mirada de su tarjeta de identificación para seguir viendo el progreso de los latidos de su corazón.

—Es sólo que eres bastante menuda y soy consciente de que chocar contra alguien de mi tamaño no es indoloro –intentó explicarse Sam.

—Vuelves a estar confundiendo las cosas –le respondió ella, alzando la vista para mirarlo a los ojos y nuevamente convencida de que jamás lograrían hablar el mismo idioma. En realidad estaba un poco molesta por la referencia de él hacia su talla. ¿Qué quería decir aquello de que era *bastante menuda*? Según todos los estudios que Ava había consultado, la suya era exactamente la talla media entre las hembras contemporáneas. Además, jamás se había encontrado en ninguna situación en la que unos centímetros o quilos más le hubieran parecido necesarios–. El tamaño no tiene nada que ver con todo esto. Repito, soy yo quien debería haberse fijado en no chocar contra obstáculos infranqueables. Eso es todo.

La conversación los había llevado hasta la puerta de la sala de meditación, un lugar en el que Ava no había puesto los pies hasta aquel momento. Entraron a una pequeña sala iluminada muy tenuemente y con música instrumental suave sonando de fondo que Ava fue incapaz de reconocer. Sin duda debía tratarse de algún tema compuesto después de la Revuelta. Había una docena de personas repartidas en pequeños grupos de dos o tres sentadas en el suelo elástico de la sala. Sam se descalzó sólo entrar y Ava imitó su ejemplo. Ambos se sentaron uno frente al otro, cerraron los ojos y se sumaron a la circunspección del resto de gente allí congregada.

Llevaban diez minutos en silencio, excepto por el sonido regular de las respiraciones profundas y pausadas de Sam, y Ava empezaba a sentir que iba a quedarse dormida de un momento al otro. Había reflexionado ya sobre todo lo que se le había ocurrido: había organizado mentalmente su horario de investigación para la próxima semana; había recordado que debía mirar la simulación meteorológica a primera hora de la mañana siguiente para ver qué pasaba finalmente con su misión; había decidido llamar a su padre en los próximos días puesto que hacía más de una semana que no se comunicaban; y había recordado que debería encargar un par de zapatillas nuevas para correr porque las que tenía llevaban las suelas desgastadas, pese a que estaba segura de que, después de sólo cinco años con ellas, aquel deterioro era prematuro e injustificable y ponía en evidencia el trabajo de algunos ingenieros de materiales del Gremio de Tecnólogos. Empezaba a hacerse tarde y a eso había que sumarle el cansancio por el esfuerzo físico que acababa de realizar. En aquellos momentos lo único que le apetecía era darse una ducha muy caliente y meterse en la cama. Ni siquiera la posibilidad de abrir los ojos furtivamente y contemplar la preeminente belleza de Sam, sentado delante de ella, le parecía algo más tentador que el prospecto de irse a dormir. Eso a pesar incluso de que él llevara puesta todavía su ropa de hacer deporte, que dejaba mucha más piel al descubierto que el uniforme, y estuviera descalzo. Aquello último le había permitido a Ava apreciar sus tobillos angulosos y la esbeltez de sus pies nervudos. Ella siempre había sospechado que sentía cierto fetichismo por las extremidades inferiores pero nunca se había atrevido a que la diagnosticaran profesionalmente y de forma oficial.

—Me sabe mal haber sido tan pesado antes.

—Mmmmm —Ava estaba convencida de haberse quedado dormida en aquella posición y le parecía que la voz de Sam la había despertado.

La joven abrió los ojos y vio los de color miel de Sam fijos en ella.

—¿Te he despertado? —le preguntó él sonriendo.

—¿Eh? No es sólo que... Un momento, ¿no se supone que deberíamos estar meditando callados? —dijo Ava en un susurro, alarmada ante la posibilidad de estar rompiendo la santidad del silencio de aquella sala. Que no acabara de creer en el arte de la meditación no quería decir que no respetara a aquellos para quienes sí que era útil, sobre todo en su espacio.

—Nos hemos quedado solos, así que no hay problema.

Ava miró a su alrededor, cerciorándose de que las palabras de Sam fueran ciertas. Sólo entonces se atrevió a volver a abrir la boca.

—Me estabas diciendo...

—Quería pedirte disculpas por haber insistido tanto sobre tu bienestar antes. Me temo que he sido un poco pesado. Y disculpa también si he invadido tu espacio personal en mi intento por ayudarte.

Ava recordó el tacto cálido de la mano de Sam aferrándose a la de ella, el cosquilleo que notó cuando él la agarró de la cintura para asegurarse de que no se cayera y la agitación que sintió cuando los cuerpos de ambos se acariciaron. A medida que revivía aquellas sensaciones notó el rubor subiéndole a las mejillas y esperó que Sam no se diera cuenta de ello. También agradeció el hecho de que la sociedad moderna y tecnológicamente avanzada en la que vivían no hubiera dado todavía con la fórmula para leer la mente de personas ajenas, pese a llevar muchos recursos y años de investigación invertidos en ello.

—Creo que en cuestión de invasión del territorio personal te sigo llevando ventaja —intentó responder ella con la mayor naturalidad posible, pero lamentando sus palabras sólo haberlas dicho.

Sam se rió del comentario de ella y Ava lo imitó y decidió que había llegado el momento de retirarse.

—Me voy a dormir. Ha sido un día bastante largo y el ejercicio me ha dejado agotada —dijo la joven. No estaba acostumbrada a dar por acabada una reunión social antes de su final oficial pero, ante el desconocimiento del funcionamiento de aquel tipo de sesiones, prefería no arriesgarse a tener ante sí media hora más de silencio interminable. Además tenía la sensación de que en aquella situación irse antes de ponerse en evidencia de nuevo era lo mejor que podía hacer o temía que acabaría diciendo alguna otra tontería. No quería arriesgarse a que la fragancia de él volviera a afectarle.

—Yo me quedo un rato más —dijo Sam—. ¿Es muy tarde? Quería pasarme a ver a Keeley antes de ir a dormir.

Ava comprobó la hora en su tarjeta de identificación y vio que los números 22:17 se iluminaban en ella.

—Es tarde y estará acompañada —dijo Ava, esperando que aquello fuera suficiente para que Sam recordara las palabras de la pelirroja cuando se había despedido de ambos aquel mediodía.

—¿Crees que estará de mejor humor? —dijo Sam.

—No lo sé —dijo ella con total sinceridad.

—A veces es un poco temperamental —respondió él con una sonrisa y Ava pensó que tal vez debería darle a Sam su perspectiva sobre los hechos.

—Me ha parecido ofendida por el hecho de que negaras que hubieras intentado... —Ava hizo una pausa para buscar la palabra adecuada. Si algo había aprendido en Deckard era que había que utilizar siempre léxico preciso para cada ocasión—, seducir a Mysa. Es posible que los dos tengáis memorias o recuerdos diferentes de la misma situación, pero por un momento ha parecido que alguien estuviera insinuando que otro alguien estuviera mintiendo tal vez...

Ava estaba teniendo más problemas de los habituales para producir oraciones elocuentes en aquella ocasión. No sólo tenía que hurgar en los rincones más recónditos de su cerebro para parecer empática como solía ser habitual, sino que además tenía que hacer todo lo posible para mantenerse despierta. También estaba el hecho de que, bajo ningún concepto, quería acabar en medio de las desavenencias entre Sam y Keeley, sobre todo después de verlos discutir acaloradamente aquel mediodía.

—¿Que alguien estuviera mintiendo? No, nadie estaba insinuando nada al respecto —le respondió Sam.

—Entonces no hay nada por lo que preocuparse. Excepto tal vez por el hecho de que ambos alzasteis un poco la voz en un espacio público y no guardasteis en todo momento la compostura y el respeto que se espera de dos miembros y colegas del Gremio de Antropólogos.

—No sé a lo que te refieres —respondió Sam y por un momento Ava estuvo convencida de que hablaban de cosas diferentes o estaba teniendo uno de sus sueños absurdos y surrealistas.

—A tu discusión con Keeley de este mediodía —intentó razonar ella como hacía siempre en sus experiencias oníricas sin sentido.

—¿Discusión?

—¿Prefieres llamarlo pequeño malentendido?

—Prefiero llamarlo conversación con Keeley —dijo Sam con la mayor naturalidad—. No siempre estamos de acuerdo, a veces decimos alguna cosa fuera de tono pero luego siempre se arregla. Por eso quería pasarme a hablar con ella.

—Y yo estoy segura de que en esta ocasión no ha sido más que eso que describes y también estoy segura de que puedes esperar para hablar con ella mañana por la mañana —dijo Ava, haciendo el gesto de ir a levantarse para marcharse.

Ignoraba por qué había creído que Sam necesitaba su ayuda para lidiar con Keeley cuando estaba claro que ambos se entendían perfectamente solos y no necesitaban la mediación de nadie. En todo caso y como había visto que era imposible razonar con él, Ava decidió que lo mejor era darle la razón e irse de una vez. Siempre le había parecido que Sam sentado era un poco menos imponente que Sam derecho, por aquello de que no se alzaba varios centímetros por encima suyo. Pero tenerlo sentado a su lado en aquella superficie la estaba haciendo darse cuenta de la importancia de tener alguna pieza de mobiliario entre ambos para minimizar y esconder lo formidable de su complexión.

—Te paso a ver mañana cuando sepamos cómo está el tiempo en Avron. Buenas noches —se despidió Sam, cerrando los ojos de nuevo.

Mientras se alzaba para irse, Ava sintió que en aquellos momentos no le hubiera importado que el joven se hubiera ofrecido a ayudarla a levantarse. Pero no acababa de estar segura de si era por el cansancio que sentía o por lo bienvenida que se le ocurría repentinamente una invasión de su espacio personal.

De camino a su habitación Ava pareció ser capaz de hacer toda las reflexiones que no habían encontrado su mente en la sala de meditación. No podía entender cómo aquel fin de semana había decidido que cualquier representación ficticia y virtual de Sam era mejor que aquel humano del que acababa de despedirse. No recordaba que el avatar sexual que se había construido a imagen y semejanza del original desprendiera aquel magnetismo o aquella calidez, tampoco su aroma. Pensó que tendría que ajustar un poco más los parámetros de su simulación. También se preguntó qué tipo de meditaciones debían tener a Sam tan ocupado todavía a aquellas horas.

DÍA 27

Cuando la noche anterior Sam le había dicho a Ava que pasaría a verla al saber cuál sería la situación meteorológica en Avron, la joven supuso que se verían en la oficina a la mañana siguiente. Después de haber tenido tiempo de quitarse el pijama y de darse una ducha reparadora. Después incluso de haber desayunado y de haberse tomado una bebida cargada de sucedáneos de cafeína.

Ava era consciente de haberle dado a su tarjeta de identificación toques leves en un par de ocasiones para silenciar el timbre de aviso del reloj despertador e indicarle que volviera a sonar de allí a cinco minutos. Estaba cabeceando plácidamente mientras disfrutaba de un sueño que la hacía rememorar en un bucle continuo los sucesos de la noche anterior. Aunque en su fantasía onírica Ava no evitaba la proximidad del cuerpo de Sam, sino que se aprovechaba de la situación para deleitarse con el tacto de su piel cálida y suave. Recorría lentamente el relieve de su pecho, descendiendo hasta el abdomen y atreviéndose a buscar entre la ropa de él aquella senda de vello que había descubierto clandestinamente hacía unas horas.

Estaba dispuesta a darle otra vez al botón de repetición del timbre de aviso para revivir de nuevo entre las sábanas los acontecimientos que prosiguieron a su caída de la noche anterior –habiendo decidido entre resuellos llevar las cosas un poco más lejos y servirse de Sam en la sala de meditación– cuando se dio cuenta de que el sonido que había interrumpido sus sueños no era el de la alarma, sino el de unos golpes en su puerta.

Ante la segunda tanda de golpes secos e insistentes, Ava vio que no le iba a quedar más remedio que levantarse a abrir. Con los ojos todavía entrecerrados y mientras caminaba hacia la salida intentó poner un poco de orden a su maraña de pelo. Hizo un amago por carraspear para aclararse un poco la voz. Se dio cuenta de que apenas iba vestida con un *culotte* y una

94

camiseta de tirantes y abrió la puerta ocultando su cuerpo tras de ella.

—No tenía idea de que todavía estarías durmiendo. Tampoco sabía que eras tan tímida —dijo Sam cuando sólo la cabeza de Ava se atrevió a asomar tras su puerta entreabierta. Al ver que la jefa no parecía haber reunido todavía todas las neuronas necesarias para articular palabra, Sam prosiguió—. Sólo quería que supieras que la simulación meteorológica para Avron y sus alrededores parece estable. Teniendo en cuenta tu preferencia por viajar hoy, nuestra misión sigue en pie. Salimos a las nueve. Eso sí estás lista para entonces claro.

Ava prefirió ignorar las últimas palabras de Sam, asintió levemente para indicarle que había entendido lo que decía y le cerró la puerta en las narices. Dio media vuelta en dirección al baño y empezó a desnudarse delicadamente mientras caminaba, acariciando al hacerlo su piel suave y recordando el cuerpo atlético de Sam y su rostro simétrico y hermoso. Si cerraba los ojos Ava podía ver la barba que dibujaba a la perfección el relieve de los labios rosados de él; la nuez prominente de su cuello; su mirada cálida y profunda; el brazo izquierdo flexionado y apoyado sobre el marco de la puerta, realzando su deltoide y tríceps; además de su torso esbelto, delineado bajo la ropa. Ava se metió en la ducha y decidió proseguir allí con su ensoñación erótica inacabada, ya que el objeto de ella había venido a despertarla.

*

Una hora más tarde Ava estaba en su oficina repasando los últimos detalles de su misión. Acababa de ultimar con sus técnicos la información referente al transporte cuando vio a Sam entrando en la oficina. Iba ataviado como a primera hora de aquella mañana, con la camiseta de tirantes del uniforme reglamentario del gremio. Ava se alegró de tener que estar yendo a un lugar de clima no temperado como Avron y de poder pasar con Sam un par de horas a solas mientras llegaban a su destino. Apartó la mirada del cuerpo de su ayudante justo antes de que él la descubriera observándolo pero tenía la sensación de que Keeley sí que la había agarrado en su reconocimiento ya que la pelirroja lanzó una mirada descarada en su dirección.

—¿Todo a punto? —preguntó Sam sin ser consciente de ser el objetivo de miradas ajenas.

—Sí —respondió Ava sin poder borrar de su cara aquella sonrisa sutil y plácida que la acompañaba desde primera hora y delataba lo bien que se había permitido comenzar el día.

—Veo que estás más despierta que esta mañana —dijo Sam divertido.

—Ajá —se limitó a afirmar ella.

Keeley volvió a mirarla, preguntándole con los ojos qué significaba aquello. Pero Ava hizo un gesto para que su amiga desestimara cualquier conjetura indecorosa que hubiera podido hacerse a partir de las palabras de Sam.

*

—¿Es habitual esto de la comunicación temprana y a domicilio? —dijo Ava sin poder evitar hacer aquella pregunta cuando ella y Sam estuvieron solos dentro de su nave transportadora camino a la Tierra.

—Te dije que te diría algo en cuanto supiera cuál era la situación meteorológica —respondió él.

—Lo sé, es sólo que esperaba que me dieras esa información en la oficina y no prácticamente al alba y cuando yo ni siquiera estaba en condiciones para procesarla —explicó Ava con su sonrisa del día.

—Hubiera sido demasiado tarde. Una misión de estas características requiere preparación previa —explicó Sam en lo que Ava se atrevería a valorar como un tono defensivo—. Tal vez te ha parecido que no he hecho nada esta mañana e incluso he llegado a la oficina después de ti, porque es cuando me has visto entrar. Pero lo cierto es que llevo horas en pie ultimándolo todo y asegurándome de que el equipo esté a punto.

—No quería insinuar que no estuvieras haciendo tu trabajo —se disculpó Ava, que no entendía cómo un intento humorístico de ella parecía estar tomando la forma de un conflicto diplomático—. Es solo que me ha sorprendido tu método.

—Tranquila, no volverá a repetirse. A partir de ahora todas mis comunicaciones de este tipo serán a través del servicio de mensajería instantánea de Deckard —sentenció Sam, todavía en tono de ofensa.

Ava abrió la boca para intentar aliviar la situación pero decidió que seguramente nada de lo que dijera conseguiría arreglar las cosas. Tenía la sensación de que, en su tentativa por tener una conversación distendida y algo insolente con Sam, había conseguido todo lo contrario a aquello que se había propuesto. Evitar que Sam volviera a pasarse a primera hora de la mañana por su habitación sin avisar no podía estar más lejos de sus intenciones. También le había quedado claro que su capacidad para hablar con la más mínima pizca de irreverencia era un caso perdido e imposible y que debía abstenerse de volver a hacerlo en el futuro.

*

El equipo de Malm fue el encargado en aquella ocasión de transportarlos desde el lugar de aterrizaje de su nave hasta Avron. No hubo conducción de flamantes coches de épocas pasadas para Ava puesto que el vehículo en el que viajaban se llevaba solo. Aunque tal vez lo que más echó

96

de menos ella respecto a su anterior traslado por tierra a la comunidad de fuera del sistema fue la música. El silencio absoluto e incómodo se alargó durante todo su trayecto. Ava y Sam respetaron aquel código de mutismo sin que ella acabara de saber quién lo había dictado. Para entretenerse durante el recorrido hasta Avron, ella estuvo inmersa en un ejercicio mental de invención propia en el que se obligó a calificar de mayor a menor sus muchas obsesiones desdeñables y triviales, como su adicción a una pasta comestible hecha a base de cacao y azúcar molidos o su insaciable curiosidad cuando se refería a los detalles más íntimos sobre la vida personal de aquellos a quien conocía. Cuando se dio cuenta de lo elevada que era la posición de Sam en su *ranking* de obsesiones inconfesables prefirió desechar el pasatiempos e intentar adivinar qué debía tener ocupada la mente de su ayudante en aquellos momentos. El gesto de él no delataba nada.

Cuando llegaron finalmente a las puertas del poblado, Malm se despidió de Sam y Ava con un comentario cargado de significado.

—Naturalmente esperaremos aquí cualquier otra cosa que podáis necesitar. Estamos a vuestro servicio para lo que queráis. Nos ha quedado claro que sois el equipo antropológico beneficiado por más favoritismos de Deckard. Lo que tiene el nepotismo...

Ava escuchó las palabras de Malm sin inmutarse. Había oído demasiadas veces lo privilegiada que era como para que algo así siguiera afectándole. Estaba segura de que lo mejor sería darle a Malm una dosis habitual de su remedio en aquellas situaciones, cuando vio algo que sin duda no esperaba. Sam se puso delante de Malm, mirándolo fijamente a los ojos y con una actitud poco amigable.

—En el B-8416 no nos gusta que nos acusen de según qué. Pero, por favor, si realmente crees que abusamos del nepotismo no te cortes. Haz un informe al respecto. Estoy seguro de que el gremio estará encantado de leerlo.

Ava iba a sugerirle a Sam que dejara a Malm en paz pero no hizo falta. Su ayudante se retiró sin necesidad de que ella le dijera nada y se le unió en el camino hacia la entrada de Avron.

—¿Por qué le has dicho eso? —le preguntó ella en cuanto lo tuvo al lado y estuvieron fuera del área de audición de Malm.

—No me ha gustado su comentario y sé que te mortifican las insinuaciones sobre supuestos favoritismos —le respondió él, con cara de no acabar de entender a qué venía la pregunta de ella.

—A mí tampoco me ha gustado, pero eso no quiere decir que haya que ponerse de esa forma.

—Es verdad que tú prefieres hacer ver que algunas cosas no suceden y ya está.

—¡No me refería a eso! Su comentario ha sido una falta de respeto, algo inaceptable. Además del hecho que tengo más rango que él –dijo Ava convencida de que lo que estaba diciendo tenía mucho sentido pero sin acabar de ver que Sam la estuviera entendiendo del todo e intentado encontrar la forma de hacerse más inteligible–. Lo que quiero decir es que al principio yo hacía exactamente lo mismo que has hecho tú.

–¿Te ponías delante de tíos del tamaño de Malm y les decías en su cara que se callaran? –preguntó Sam en lo que a Ava le pareció interpretar como incredulidad.

–Ajá –asintió ella sin acabar de entender por qué a Sam le sorprendía que ella pudiera hacer lo mismo que él acababa de hacer sin demasiados problemas.

–¿Y cómo solían terminar las cosas?

–Con la innecesaria sensación de irritabilidad e incomodidad provocadas por el hecho de tener que confrontar a alguien en su cara. Hasta que me di cuenta de que era completamente innecesario e inútil.

–¿Y ahora los dejas en paz porque no te gusta la confrontación personal?

–Por supuesto que no. Nunca dejaría de hacer algo sólo para evitar un conflicto personal al que no quiero enfrentarme –respondió Ava–. Ahora, en casos como éste, donde tengo que interactuar con gente maleducada o insubordinada que además no acaba de hacer bien su trabajo, suelo abusar precisamente de aquello que me acusan. Relleno un informe negativo de ellos exponiendo todo aquello que me ha parecido negligente, lo envío a sus supervisores y me aseguro de llamar a mi padre para dejárselo saber y que él también hable con los supervisores de esa persona si lo cree necesario.

Sam dejó de caminar, se paró con cara de perplejidad y miró a Ava de arriba abajo hasta incomodarla. Ella sentía como si de alguna forma nunca la hubiera observado de aquella forma y tenía la sensación que él la estaba apreciando desde una nueva perspectiva.

–Perdona por mi intromisión –dijo Sam cuando apartó la mirada fija en Ava y volvió a ponerse a caminar–. Tu método es mucho mejor que el mío. De haberlo sabido hubiera dejado que te defendieras tú sola.

–Todavía no me he encontrado en ninguna situación en la que valerme por mí sola no haya surgido en un resultado más positivo que si hubiera sido de otra forma –dijo ella con seguridad–. A pesar de ello y de tu intromisión, mi lectura de lo ocurrido me indica que debo darte las gracias por haberme respaldado. ¿Es lo adecuado en este contexto verdad? –preguntó sin acabar de tener la certeza absoluta de estar interpretando correctamente todas las señales.

Sam le devolvió una sonrisa a modo de respuesta. No era una de aquellas medias sonrisas que le había visto otras veces, en las que bajaba la mirada y se permitía sonreír para sí mismo sin compartir con los demás la fuente de su satisfacción. En aquella ocasión era una sonrisa completa e infecciosa que Ava no pudo evitar imitar.

*

El gesto cálido en el rostro de Celia parecía indicar que se alegraba de verlos. Ava había estado dudando hasta aquel momento sobre cómo los recibiría la joven. Pese a que le costaba ponerse en la situación por la que debía estar pasando Celia, puesto que nunca se había tenido que enfrentar a una migración tan definitoria y radical como aquella, Ava se había obligado a intentar meterse en la piel de la joven. Se había forzado a pensar en lo que estaría sintiendo ella si estuviera a punto de dejar el mundo en el que se había criado y se fuera a vivir a un sitio desconocido y completamente distinto. Un escalofrío le recorrió la espalda mientras intentaba devolverle a Celia una sonrisa sincera.

Sam y Ava se habían encontrado con la joven en la misma sala fría y húmeda donde se reunieron con ella cuando la conocieron por primera vez, los tres tomaron asiento en las mismas sillas y en la misma posición donde lo habían hecho la última vez y reinó el silencio.

Los miembros del B-8416 no habían acordado en aquella ocasión cuál de los dos guiaría la conversación, enfrascados como habían estado hasta el momento en su intercambio de opiniones sobre el altercado entre Sam y Malm. Pero Ava tenía la sensación de que, precisamente por su pasado en una de aquellas comunidades, su ayudante era la persona perfecta para empezar a hablar y ella lo asistiría en todo lo que le fuera posible.

—¿Qué tal has estado? —preguntó Sam y Ava respiró con alivio, viendo que él estaba no sólo de cuerpo presente en aquella ocasión.

—Bien. Ocupada... —respondió Celia tímidamente y sin atreverse a encontrarse con la mirada directa de Sam. Ava se dio cuenta enseguida y se preguntó si la joven no tendría precisamente los mismos problemas que ella con los ojos intensos de Sam. Era natural que alguien de la edad de Celia sintiera atracción, cierto respeto hacia alguien como Sam o una mezcla de ambas cosas. Y esto lo decía Ava desde la más absoluta objetividad.

—¿Qué te ha tenido tan ocupada? —preguntó Sam en un tono que, sin ser el peor que Ava le hubiera escuchado a su ayudante, tampoco era lo más cordial que hubiera salido nunca de su boca y que no creía que pudiera estar ayudando a hacer que Celia se sintiera más cómoda en ningún caso.

—Los preparativos... —respondió Celia visiblemente contrariada y siguiendo sin poder levantar la mirada.

Sam hizo el gesto de volver a lanzar una pregunta en la dirección de Celia pero Ava prefirió actuar a tiempo.

—Claro, debes haber tenido que acabar muchas cosas antes de embarcarte en esta aventura —empezó Ava sin acabar de estar segura de qué iba a decir exactamente y encontrando sus palabras a medida que salían de su boca. Improvisar siempre la había horrorizado y en general estaba completamente en contra de abrir la boca si no sabía exactamente aquello que diría y en el orden exacto en el que lo haría, pero le había parecido que en aquella ocasión bien valía la pena que se saltara una de sus normas autoimpuestas.

Sam lanzó una mirada desafiante en dirección a Ava, como para indicarle que aquella era su conversación, pero ella le devolvió la mirada cargada del mismo desafío y continuó hablando sin dejar que él pudiera decir nada.

—Imagino que debes haber tenido que empezar a despedirte de gente, preparar el equipaje y hacer ese tipo de cosas. Si todavía tienes gestiones por ultimar y hay algo en lo que podamos ayudarte antes de irnos, no dudes en decírnoslo. Estamos aquí para eso —prosiguió Ava sin hacer prácticamente pausas excepto para ver si Celia necesitaba decirle algo. La joven la miraba complacida y sonriendo—. Además piensa que esto es sólo una estancia de prueba. En dos semanas volverás a estar aquí y podrás acabar con lo que sea que hayas dejado pendiente antes de tu marcha definitiva, si es que entonces decides irte e integrarte definitivamente en nuestro sistema.

La puerta de la habitación se abrió y Serila, la mujer que Sam y Ava habían conocido en su visita anterior, entró.

—Siento interrumpir pero necesitaría hablar con uno de vosotros sobre vuestra marcha. Hay un pequeño problema —dijo Serila.

—Claro. ¿Sam puedes ir con Serila para ver qué pasa? Yo me quedo con Celia —Ava había vuelto a ser más rápida, además de aplicar el poder que le daba su rango. No se le escapó la cara de contrariedad de Sam al salir de la habitación.

Ava se giró nuevamente hacia Celia y la miró con una de sus mejores sonrisas casi naturales. La joven la correspondió con un gesto completamente innato.

—Quiero asegurarme de que tengas en cuenta que Deckard, tu destino para estas dos semanas de prueba, no es exactamente aquello que te encontrarás si finalmente decides integrarte al sistema de gremios —prosiguió Ava, que empezaba a dudar sobre si la elección de la joven acerca de su destino provisional era la más adecuada—. Idealmente, después de esas dos semanas, se te transferiría a uno de nuestros centros educativos en la Tierra para un periodo de integración y después podrías decidir cuál es tu futuro.

—¿Escogiendo una profesión? —dijo Celia.

—Y empezando tu formación para poder ejercerla en el futuro.

—¿Y si no tengo las cualidades necesarias para poder escoger una profesión?

—Si quieres podemos hablar con Sam sobre ello pero en principio no creo que haya ningún problema. Hemos hablado con Serila y el currículum tampoco dista tanto del impartido por los gremios. Además estas dos próximas semanas podemos insistir en aquellos temas que te hagan sentir más insegura. Y el periodo de integración está precisamente para acabar de asegurar que no haya problemas.

Celia asintió, Ava se atrevería a decir que se la veía aliviada pero seguía estando preocupada. Esperaba que entre todos pudieran ayudar a la joven. Sabía que no sería fácil y que la correcta elección de una profesión sería clave para su integración.

La puerta de la estancia se abrió y entró Sam.

—No sé si teníais prisa por llegar a Deckard, pero es mejor que vayáis cambiando de idea. Nos quedamos en Avron hasta próximo aviso —dijo Sam airado—. Ava, ¿podemos hablar un momento?

—Sí claro —dijo ella, haciendo un gesto para que Sam se sentara a su lado y les explicara a ambas lo que fuera que era tan urgente.

Sam pareció nuevamente contrariado, como si esperara que su compañera saliera de la habitación para hablar con él a solas. Pero Ava estaba empezando a reconocer los indicios de una relación de confianza forjándose entre ella y Celia y quería seguir avanzando en esa dirección. Además de no haber sido nunca muy partidaria de mantener secretos, aunque los acontecimientos de los últimos días no lo avalaran necesariamente. A pesar de ello, Celia pareció entender también las intenciones de Sam y se levantó al instante.

—Es mejor que os deje tranquilos —dijo la joven con su sonrisa habitual y dirigiéndose a Ava—. Quiero ver qué ha pasado y podemos seguir hablando después.

En cuanto Celia hubo abandonado la habitación, Ava se dirigió hacia Sam para intentar entender la impertinencia de su ayudante.

—¿Se puede saber qué te pasa ahora? ¿Era necesario que Celia se fuera?

—Supongo que no —dijo Sam como dándose cuenta por primera vez de lo descortés de su comportamiento—. Pero es que te había avisado de que podíamos tener problemas.

—¿Qué problemas?

—Te dije que ésta no era una simple tormenta de arena y que había que ir con cuidado...

—Y lo hemos hecho. Hemos consultado la previsión meteorológica 20 minutos antes de salir para aquí.

—Parece que todavía podríamos haber sido más prudentes. La tormenta ha tomado una dirección diferente a la prevista. No llegará a Avron pero sí cerca y se ha prohibido todo transporte en la zona desde ya y durante las próximas horas. Vamos a tener que quedarnos aquí esta noche.

Espero que podamos irnos mañana por la mañana.

Ava no acababa de entender qué demonios le pasaba a su ayudante, pero había pasado del punto en el que el mal humor de Sam le pareciera una muestra más de sus muchos atractivos. Para ella empezaba a convertirse en algo simplemente difícil de aguantar. Tal vez Keeley tenía razón y lo que Sam necesitaba era descargar un poco todo el estrés y frustración acumulados. Ava no acababa de conocer cuáles eran exactamente las condiciones del periodo de celibato que el joven se había impuesto. Esperaba que aquello no implicara también que estuviera privándose de los placeres y beneficios de la masturbación. Se preguntaba si no debería tener una conversación con él explicándole cómo una dieta equilibrada, un horario estricto, ejercicio regular y una buena dosis de orgasmos programados durante la semana habían hecho de ella una de las personas con mejor humor y más equilibradas que conocía. Aunque Ava no acababa de estar segura de que aquella conversación fuera del todo adecuada en un contexto profesional y tampoco creía que tuviera el coraje (desvergüenza en realidad) para abordar aquel tema con Sam.

Sam seguía mirándola a los ojos indignado. Como si fuera Ava quien hubiera provocado a propósito que se quedaran allí. Como si ella fuera la responsable por las décadas de abuso a las que sus antepasados habían sometido aquel planeta dejándoselo en un estado de deterioro y alteración meteorológica que apenas estaban empezando a intentar reparar.

Aquella sería la primera noche de ella en una comunidad de fuera del sistema pero Ava supuso que no podía ser tan diferente al primer día en una nueva escuela interna. Lo primero era enterarse de dónde y a qué hora servían la cena.

*

Estaban sentados uno junto al otro en una larga mesa comunitaria llena de habitantes de Avron que compartían comida y conversación. Celia estaba situada unos sitios más allá y sonreía a menudo en su dirección, como para asegurarse de que no les faltara de nada. Ava volvió a inspeccionar con su cuchara el plato de caldo de alubias que tenía delante. Tenía un aspecto excelente pero no estaba segura de hasta qué punto sería seguro comérselo. Le había parecido que algunos de los ingredientes de su guiso podían ser de origen animal y dudaba sobre las implicaciones éticas que aquello podía tener. Tampoco estaba del todo convencida respecto al vaso lleno de agua que acababan de servirle.

—Tranquila, seguramente tienes más posibilidades de contaminarte con algo en Deckard que aquí —le dijo Sam como leyendo sus pensamientos.

Ava lo miró alarmada, tal vez había algo que ni él, ni Keeley, ni los demás le hubieran explicado acerca de Deckard. Era evidente que algunas cosas eran muy diferentes en la estación espacial respecto a la Tierra pero, ¿era posible que se hicieran excepciones también en la desinfección de alimentos?

—Me refiero a que los estándares de limpieza, esterilización y potabilización del agua en Avron y otras comunidades de fuera del sistema son calcados a los que podamos usar en Deckard, donde no estamos físicamente conectados al resto del sistema precisamente —explicó Sam—. En cuanto al pollo, ten en cuenta que se debe haber criado en completa libertad. Y su sacrificio se ha hecho siguiendo prácticas compasivas y humanitarias para garantizar que no sufriera. Pero tengo la sensación de que cuanto menos detalles tengas sobre eso, mejor.

Ava se tranquilizó un poco y decidió llevarse una cucharada de alubias con pollo a la boca, se moría de hambre y el olor le parecía muy apetitoso. Además siempre se había considerado una sibarita a quien no le costaba degustar cosas nuevas y lo que le había explicado Sam aliviaba parte de sus cuestionamientos éticos en cuanto a la ingesta de ciertos animales. El sabor del guiso no la defraudó. Hacía tiempo que no probaba nada tan bueno como aquello. Tendría que pedir la receta para hacérsela llegar al diseñador de la dieta en Deckard. Aunque le horrorizó la idea de tener que llevarse unas gallinas a la nave para que picotearan en libertad y que luego habría que sacrificar ahorrándoles todo tipo de dolor y angustia.

Con el estómago un poco más lleno y para borrar de su mente la imagen que había grabado la idea de tener que matar a unas aves para comérselas, Ava encontró la forma de comenzar una conversación sobre la que hacía un rato que llevaba discurriendo.

—Siento no haber sido más empática antes —empezó, dirigiéndose a Sam.

Él la miró, arqueando las cejas, como sin acabar de entender de lo que ella estaba hablando.

—Quiero decir que he estado reflexionando y creo que empiezo a entender por qué estabas tan alterado cuando me dijiste que tendríamos que quedarnos aquí esta noche.

—¿Alterado? —dijo Sam molesto y Ava se preguntó si no hubiera sido mejor hablar de cualquier otra cosa durante la cena. El problema era que la cháchara por excelencia entre sus sujetos de estudio, y aquello que se le ocurría imitar, siempre había sido la meteorología y había algo que le decía que aquel tampoco era el tema ideal en aquellos momentos.

—Me refiero a que entiendo que estuvieras tan —Ava hizo una pausa, buscando bien entre el mucho léxico que conocía, antes de escoger su próxima palabra. La elección equivocada podía provocar que el individuo que tenía delante todavía estuviera más malhumorado de lo que ya lo estaba, si es que aquello era posible—... entiendo que estuvieras un poco preocupado cuando te diste cuenta de que el tiempo no era adecuado para volver hoy a Deckard.

Sam continuó mirándola sin pronunciar palabra, como esperando que fuera ella misma la que se sacara sola del embrollo en el que se estaba metiendo voluntariamente.

—No sé hasta qué punto debe ser fácil para ti volver a estar conviviendo en una comunidad de fuera del sistema. Desde un punto de vista emocional no tiene que ser sencillo —terminó Ava, convencida de que hubiera sido mucho mejor limitarse a hablar sobre el tiempo o simplemente estar callada y escuchar las conversaciones del resto de comensales.

—¿Desde un punto de vista emocional? —urdió Sam, sin que Ava acabara de estar segura de si su tono era de ultraje o de burla—. Tengo la sensación de que por el simple hecho de que no me haya criado en cautividad como tú y el resto de tus conocidos crees que puedes tratarme como a uno de tus objetos de estudio.

Ava se dispuso a intentar refutar aquellas palabras pero Sam no la dejó.

—La emotividad no tiene nada que ver con mi fastidio por tener que quedarnos en Avron más de la cuenta. La falta de comodidad tiene mucho más que ver con ello. Créeme, cuando veas las duchas y los servicios comunitarios tú también vas a lamentar no haber sido más conservadora en tu análisis de las simulaciones meteorológicas esta mañana.

*

Un par de horas más tarde las palabras de Sam empezaron a cobrar mucho sentido para Ava. A causa de la tormenta Avron se había visto obligado a acoger a numerosos visitantes. Además de los miembros del B-8416, Malm y el resto de su equipo también tendrían que pasar allí la noche, así como algunos habitantes de una comunidad cercana de fuera del sistema que habían ido a Avron a intercambiar hortalizas y otros alimentos. A Ava y Sam los destinaron a una de las tiendas de campaña comunitarias que hacían las veces de dormitorio para huéspedes. Sólo entrar a la estructura armada a base de tela impermeable y madera, Ava notó una mezcla entre olores corporales y humedad. Fue Serila quien los acompañó hasta una litera pequeña y destartalada al fondo de la tienda de campaña, informándolos de que las luces se apagarían a las nueve y media puntualmente y que a partir de esa hora también quedaba interrumpido el uso de agua corriente. Ava sacó su tarjeta de identificación, procurando que no la vieran hacerlo para intentar seguir el consejo de Sam durante su primera visita, y comprobó que faltaban apenas cinco minutos para el toque de queda. Dudaba de que tuviera tiempo para volver hasta los baños comunitarios a intentar lavarse la cara y los dientes en ese tiempo. Tampoco tenía muy claro qué utensilios debería utilizar para hacerlo. Nadie le había ofrecido toallas estériles o jabón cutáneo hidratante.

Serila se despidió de ellos, dándoles las buenas noches y Sam se quedó mirando a Ava con una cara que muy bien podía querer decir: "¿Lo ves? Te lo dije". Pero optó por otras palabras.

—¿Arriba o abajo?

—¿Mmmm? —articuló Ava, que seguía preocupada por la idea de irse a dormir sin siquiera lavarse la cara y empezaba a dudar sobre la calidad del aire en aquel lugar. Avron y su aire natural no adulterado se podían tolerar durante unas pocas horas de visita pero a Ava no le gustaba la idea de pasarse toda la noche respirando aire sin purificar y cuyo nivel de humedad no se controlaba en todo momento para asegurar la idoneidad para con su organismo y el pH de su piel.

—Te decía si prefieres dormir arriba o abajo. A mí no me importa trepar hasta el piso de arriba de la litera pero ten en cuenta que peso más que tú y estoy seguro de que este armatoste hará un ruido increíble cada vez que me mueva.

—No parece que vayas a tener mucho sitio para moverte —reflexionó Ava mientras medía visualmente la superficie de la cama, que no podía superar el medio metro de ancho por el metro setenta u ochenta de largo, y lo comparaba con el talle de su compañero—. Pero será mejor que suba yo hasta el piso de arriba.

—¿Necesitas ayuda? —preguntó Sam, refiriéndose sin duda a la ausencia de una escalera en las literas.

—Necesitaría un cepillo de dientes con pasta antiséptica, una mascarilla facial purificadora, una sesión de realidad virtual relajante y una habitación que no tuviera que compartir con 50 personas y que tuviera paredes de verdad. Pero no, no necesito ayuda para subir hasta mi cama.

Ava dijo estas palabras mientras se desabrochaba las botas sentada en la cama de él. Era curioso cómo se había acostumbrado a aquel calzado a lo largo de aquellas semanas en Deckard. Dejó las botas bien escondidas bajo la cama de Sam por miedo a que alguno de sus vecinos cercanos pudiera confundirse a la mañana siguiente y se las pusiera por accidente. No quería ni pensar en la posibilidad de unos pies ajenos y desconocidos dentro de sus zapatos. Una vez hecho esto, subió por los hierros oxidados que unían las dos camas, hasta la de arriba.

Seguía sentada sobre la superficie dura y estrecha donde debería pasar el resto de la noche, sin saber qué hacer exactamente a continuación, cuando escuchó la voz de Sam proveniente del piso de abajo.

—A juzgar por lo que me ha parecido adivinar esta mañana, te gusta dormir con poca ropa. Mi consejo, por sucios que te parezcan los pantalones y calcetines que llevas puestos, ni se te ocurra quitártelos para dormir. Vamos a pasar frío de madrugada.

Ava hizo caso sin protestar y se metió, completamente vestida, bajo la única manta que cubría la cama. Prefirió no acercársela demasiado a la cara para evitar una mayor contaminación de su cutis facial, tan castigado por un día como aquel y, básicamente, por no querer saber a qué olía la frazada que estaba cubriendo su cuerpo.

Pocos segundos más tarde de empezar a notar las muchas durezas del colchón sobre el que reposaba y de que se apagaran las luces, se comenzaron a oír respiraciones profundas e incluso ronquidos en camas cercanas. Ava intentó darse la vuelta para encontrar una postura más cómoda y toda la estructura metálica de la litera se quejó con su movimiento.

—¿Estás despierto? —susurró procurando que no la oyera más que Sam.

—¿Cómo quieres que esté dormido con este colchón? ¿O es que tú has tenido suerte y el tuyo tiene más de cinco centímetros de grosor y algo de blandura? —susurró él a su vez.

—Me temo que no.

—Me imaginaba...

—Tenías razón. No acabo de estar segura de si debería pedirte disculpas o no —continuó Ava en voz baja y mientras sus ojos abiertos empezaban a acostumbrarse a la oscuridad y miraban al techo.

—¿Por qué?

—Por haber presupuesto erróneamente cuáles eran tus motivos para no querer quedarte.

—La norma social debe indicar que sí deberías disculparte. Y ya sabemos lo mucho que a ti te gusta respetar las normas sociales —respondió él divertido.

—Eso ya lo sé, lo que me hace dudar es tu reticencia a ajustarte a las normas sociales...

—¿Es éste tu primer intento por ser sarcástica? —replicó Sam, alzando un poco la voz y provocando la interrupción momentánea de los ronquidos de su compañero más cercano de litera.

Ava esperó a que su vecino reanudara su respiración profunda, para confirmar que siguiera dormido, antes de volver a hablar.

—No, me estaba limitando a manifestar mis observaciones. Pero en realidad no quería saber si estabas despierto para hablar de este tema —dijo ella en un susurro.

—¿Eres consciente de que mañana nos levantarán al alba, verdad? —respondió Sam, ignorando lo que ella le había dicho.

—La verdad es que no. ¿Es éste otro de los motivos por los que preferías dormir en tu colchón de última generación en Deckard en una habitación cuya temperatura, humedad y pureza del aire están controladas en todo momento para ser perfectas? —preguntó Ava, sin obtener una respuesta de Sam–. Voy a interpretar tu mutismo como una afirmación.

–Harás bien, pero de verdad que nos van a despertar mañana muy temprano.

–Y quieres dormir.

–Sí –respondió Sam en un bostezo.

–El viernes pasado no tenías tanto sueño –dijo Ava.

Ella había pronunciado aquellas últimas palabras en un tono tan bajo, para evitar que nadie que no fuera Sam pudiera oírlas, que dudó de si él lo habría podido hacer realmente.

–Creía que teníamos un pacto tácito según el cual el viernes pasado nunca ocurrió –respondió él finalmente, sin trazas del sueño de hacía apenas un momento.

–Y lo tenemos. Pero teniendo en cuenta que estamos en medio de la nada, pasando frío y yéndonos a dormir con todo tipo de bacterias, con todo tipo de desconocidos y con los calcetines sucios puestos, he pensado que tal vez podemos hacer alguna otra excepción esta noche.

–¿Por qué querríamos hacer más excepciones? ¿No es suficiente con el olor a moho?

Sam había vuelto a alzar la voz un poco más de la cuenta y a Ava le pareció escuchar una interjección para que se callaran que no supo distinguir de dónde provenía. Ella se incorporó en la cama, se agarró al lateral del colchón con las dos manos y dejó que su cabeza y parte de su tronco se suspendieran en el aire, del revés, sobre la cama de Sam. La postura provocó que parte de su pelo cayera sobre su cara y quedara tendido en el aire. A Ava le pareció apreciar la sutil fragancia a extracto de coco de la loción para lavarse el cabello que había usado aquella mañana. Se preguntó si Sam también podría notarlo, tenía la sensación de que el pelo debía ser la única parte de su cuerpo que oliera mínimamente bien en aquellos momentos. La joven buscó el rostro de Sam en la oscuridad y empezó a hablar todavía más bajo que hasta entonces.

–Me ha parecido interpretar que nuestra relación de amistad tiene sus limitaciones y me gustaría ponerle remedio.

–¿Qué quieres decir? –dijo él.

La aparición de Ava había provocado que Sam se incorporara en la cama, flexionando los brazos y entralazando los dedos de las manos tras la nuca. Cuando decidió asomar la cabeza, Ava no había calculado lo difícil que sería decir aquellas palabras bajo la atenta mirada de él.

–Quiero decir que nos hubiéramos ahorrado algún que otro... bochorno si me hubieras dicho por qué necesitabas refugio aquella noche –empezó ella, encontrando la seguridad a medida que hablaba–. No sólo no me hubiera abalanzado sobre ti, respetando así tu voluntad de abstinencia, también te hubiera ofrecido asilo. No te pregunté qué tuviste que hacer finalmente.

—Volver a mi habitación y no abrir la puerta —resumió él—. Es lo que debería haber hecho desde el principio en lugar de molestaros a ti y a Keeley, a la que veo que le ha faltado tiempo para hablar contigo y contarte algo que yo le dije asumiendo que sería discreta.

—Fui yo quien la obligué a contármelo. No te enfades con ella —dijo Ava, al darse cuenta de que sin querer había desvelado algo que se suponía que no sabía y había traicionado la confianza que Keeley había depositado en ella. Por eso había odiado siempre hablar de terceras personas a sus espaldas. Le resultaba imposible recordar qué se suponía y qué no se suponía que sabía sobre los sujetos de sus charlas clandestinas.

—No me importa que te lo contara —añadió él.

En la oscuridad de aquella enorme tienda de campaña cargada de olores y ruidos nocturnos, los ojos de Sam y Ava se contemplaron unos segundos más. Hasta que finalmente ella apartó con la mano derecha el pelo que caía sobre su rostro, incorporó su cuerpo hacia arriba y volvió a tumbarse en la cama. Ava estaba convencida de que Sam se había quedado finalmente dormido, cuando escuchó su voz desde la litera inferior.

—Me sabe mal que tengas esa sensación sobre nuestra amistad —empezó él con su tono más suave—. A veces me cuesta hablar de algunas cosas. Estoy seguro de que puedes entenderlo.

—Con Keeley no te costó —argumentó Ava con toda la lógica que la caracterizaba.

—Las cosas son diferentes con Keeley.

—¿Por qué? —preguntó ella—. ¿Es la preferencia que tenéis ambos por las mujeres?

—Es sólo que hace más tiempo que la conozco —sentenció él—. Aunque estoy seguro de que si Keeley hubiera bebido lo mismo que tú el viernes pasado, y no hubiera tenido compañía, a lo mejor incluso podría haberse olvidado de que soy un hombre y en realidad nunca le he parecido muy deseable.

—Ya te gustaría a ti —dijo Ava entre risas.

—Sí —respondió él, riéndose también.

DÍA 28

Apenas se acertaban a adivinar los primeros rayos de sol de la mañana. Ava estaba retorcida por el frío, envuelta en la misma manta cuyo olor le había parecido tan desagradable al acostarse la noche anterior, pero a la que en aquel momento se agarraba tanto como podía. Estaba en posición fetal, abrazándose a sí misma mientras intentaba dormir un poco más sobre aquella superficie dura e incómoda. Entreabrió los ojos ligeramente, para intentar determinar por la luz que entraba cuánto tiempo le debía quedar para seguir reposando, y se llevó un buen susto al hacerlo. Sam estaba de pie junto a su cama, observándola.

—¿Qué haces? —preguntó ella extrañada por su presencia.

—Iba a despertarte —respondió él con toda naturalidad.

—¿Por qué? ¿Te has propuesto despertarme dos días seguidos? —preguntó ella todavía arrullada en la cama, sin poder acabar de abrir los ojos.

—No, porque en el fondo me caes bien —se limitó a responder él.

—¿Mmmmm? —masculló ella.

—Calculo que la alarma general sonará de aquí a diez minutos y, después de que se levante todo el mundo, difícilmente quedará agua caliente para todos.

Las palabras de Sam llegaron a su mente con mayor celeridad de la que Ava creía que fuera posible a causa de su estado. Todavía entre sueños, se incorporó en la cama de inmediato y se dispuso a iniciar su descenso hacia el suelo y de allí a los baños comunitarios. El hecho de que su cerebro no acabara de estar funcionando por completo hizo que no recordara que en realidad estaba durmiendo en el piso superior de una litera. Se disponía a levantarse de la cama, irguiendo su cuerpo, cuando se dio cuenta de que el pie que había ido a apoyar en el suelo estaba de hecho suspendido en el aire. Eso produjo un pequeño desequilibrio. Sam se dio cuenta e hizo el gesto de ir a agarrarla para ayudarla pero Ava no se lo permitió, interponiendo la palma extendida de su mano izquierda entre ambos, a la vez que trataba de recobrar el equilibrio y dejaba que su trasero y el resto de su cuerpo se cayeran sobre el duro colchón.

—Es cierto que sueles no necesitar ayuda. Lo había olvidado —dijo él divertido.

—Ajá. Sólo acepto ayuda para despertarme en caso de que peligre mi suministro de agua caliente.

*

La ducha había sido mucho más fría de lo que Ava podía haber esperado o deseado cuando saltó casi literalmente de la cama con la esperanza de llegar a tiempo para conseguir agua caliente. También mucho más corta en realidad, puesto que en Avron la ración de agua por individuo era todavía más limitada que la provista por el sistema de gremios. Pero Ava pensó que debería agradecerle de nuevo el aviso a Sam. A causa del madrugón se había podido duchar en relativa soledad. Y la intimidad en un baño público era algo que Ava apreciaba especialmente. Si había algo que agradeció especialmente al mudarse de los internados, donde pasó buena parte de su niñez, a la institución de enseñanza superior, donde inició sus estudios como antropóloga, fue tener una habitación con baño propio. Sabía que lo de la timidez no tenía mucho sentido y que debía hacer algo para superar aquella incomodidad crónica que sentía cada vez que debía desnudarse en público. Pero no podía evitarlo.

Ya vestida y todavía intentando secar su pelo mojado con una de las piezas de felpa raídas, pero esperaba que limpias, que había encontrado a la entrada del recinto de duchas, Ava se dispuso a salir. Era un trayecto corto en realidad pero en algún punto de aquel laberinto de pasillos llenos de duchas comunitarias Ava se desorientó y giró en la dirección contraria a la salida. Cuando se dio cuenta de su error, empezó a maldecir aquella capacidad crónica que tenía de perderse en los lugares más inverosímiles. Hasta que vio algo que hizo acallar de golpe aquella reprimenda interior hacia sí misma.

Ya se había puesto los pantalones del uniforme pero su espalda estaba todavía desnuda. Su brazo derecho, doblado en el aire, hacía el gesto automatizado de ayudar a pasar su cabeza de cabello húmedo y oscuro por el cuello de la camiseta. Mientras se ponía aquella prenda Sam se giró en dirección a Ava. Su torso todavía estaba descubierto cuando los ojos de ambos se encontraron. La primera reacción natural de Ava hubiera sido dejar que su mirada se perdiera en algún punto de aquella senda de vello que empezaba entre los pectorales de él y recorría su línea alba. La segunda reacción natural de Ava hubiera sido la vergüenza por haber sido pillada en aquella delicada posición. Pocas cosas, ni siquiera el ridículo hecho de que se hubiera perdido, podían justificar el rostro de *voyeur* satisfecha con el que sabía que su cara la estaba delatando en aquel momento. Pero no hubo tiempo para ninguna de esas reacciones. Sólo darse cuenta de la presencia de ella, Sam volvió a girarse de inmediato y acabó de estirar la camiseta para esconder su cuerpo en ella. Ava decidió darle intimidad y salió, sorprendida de no ser la única integrante tímida del B-8416.

*

—Parece que has tenido un día de lo más entretenido en Avron, completamente desconectada del sistema —dijo la voz masculina del hombre de sesentaitantos años que ocupaba la pantalla virtual que Ava tenía delante.

Ella estaba sentada sobre la cama, en su habitación de Deckard, con una mascarilla verde de extracto de esencia de pepinillo en la cara y su ropa más cómoda, después de un baño relajante y desinfectante para compensar el estrés y sobreexposición a los elementos de las últimas horas. En cuanto terminara la conversación con su padre, Ava tenía prevista una sesión de hidratación intensiva.

—Todo por culpa de una simulación meteorológica errónea —respondió Ava mientras se acercaba la taza de té verde con menta que tenía entre las manos para inhalar su fragancia fresca y dulce—. No sé si tal vez deberías hablar con alguien en el Gremio de Informadores. La meteorología es una de sus responsabilidades y tengo la sensación de que no están dedicando todos los recursos que tienen a su disposición para hacer bien su trabajo. No puede ser que a estas alturas de nuestro desarrollo tecnológico sigamos dependiendo de simulaciones que pueden llegar a cumplirse o no. Deberíamos estar prediciendo y no simulando.

—Estoy seguro de que todo el mundo está trabajando tan bien como puede —dijo su padre con aquella cara amable y paciente que lo caracterizaba. Ava quiso rechistar pero decidió no hacerlo, pensó en los beneficios de tener a alguien como él, un ideólogo absoluto, en la junta de dirección de los gremios. La antropóloga también cayó en el hecho de que hacía sólo unas semanas ella se hubiera considerado a sí misma incluso más idealista que él.

—Por lo demás veo que estás completamente instalada en Avron. ¿Es menta fresca eso que estabas oliendo en tu té?

—Ajá, el encargado de suministros de la nave no puede encontrar la forma de negarse a traer ninguno de los artículos en mis comandas —dijo Ava con una sonrisa mientras le pegaba un trago a su bebida con cuidado para no tocar con el líquido la mascarilla que llevaba puesta.

—Es prácticamente imposible denegarle suministros a un antropólogo, claro. Pero piensa que la normativa está así para que podáis

111

trabajar con total libertad, no para que os aprovechéis de ella –le dijo su padre.

Ava respiró profundamente recordando por qué le resultaba tan difícil saltarse las normas, había tenido a un buen maestro.

–En Deckard es difícil no interpretar la normativa con cierta creatividad –intentó justificarse ella, dándose cuenta de la debilidad de su argumento sólo decirlo en voz alta.

–Lo sé y por eso siempre he dudado de que ése sea el entorno idóneo para ti y para tu carrera.

–Ya hemos hablado sobre este tema. Creo que un entorno así servirá para fortalecer cierta parte de mi personalidad. Y realmente creo que eso puede beneficiarme mucho a nivel profesional.

–Confío en ti pero si cambias de opinión no tienes más que decírmelo. Estoy seguro de que podríamos encontrarte algún otro destino interesante sin demasiados problemas.

El padre de Ava sonrió mientras decía aquellas palabras y ella se preguntó quién era el que parecía insinuar en aquel momento que podía saltarse las normas, con la mayor impunidad, y sin que ello le supusiera ningún remordimiento o dilema ético.

–Por el momento sigo en fase de integración en el equipo y es importante que no piense en nuevos horizontes hasta que no acabe con esta etapa. Tú mismo me has recordado muchas veces lo importante que es no dejar las cosas a medias –explicó Ava.

–Tienes toda la razón, pero no te obsesiones y tómate las cosas con calma. Ya sabemos que a veces te exiges demasiado –dijo él–. En todo caso he decidido enviarte una pequeña sorpresa para ayudarte un poco.

Ava siempre había tenido la sensación de que su padre no podía evitar tratarla con un poco más de benevolencia y flexibilidad que al resto de personas de su entorno.

–Jeff, no tienes que enviar nada. El jefe de suministros me odia lo suficiente sin necesidad de que tú agraves la situación. Lo único que te pido es que sigas escuchándome cada vez que hago una sugerencia, como el problema con la joven de una comunidad de fuera del sistema que ha sido transferida a Deckard para su periodo de prueba.

–Por supuesto que seguiré escuchándote, pero voy a enviar la sorpresa de todos modos. Buenas noches Ava.

Ava se despidió de Jeff y se dispuso a aclararse la mascarilla facial. Mientras lo hacía pensó que debería llamar a su padre más a menudo. Desde que había llegado a Deckard sólo habían hablado una vez por semana y sabía que a él le gustaba intentar tener conversaciones más frecuentemente. Desde que la dejó en su primer centro de internación con apenas siete años, Ava y Jeff habían tenido conversaciones virtuales al menos dos o tres veces por semana. La joven pensó que debería hacer un esfuerzo mayor para encontrar tiempo. Ava siempre se había llevado bien con él, sentía gran admiración por su trabajo y lo consideraba alguien cálido, amable y comprensivo. El mejor padre que pudiera haber deseado. Sólo había algo que nunca había acabado de entender sobre Jeff y era precisamente por qué había decidido convertirse en padre. Sin duda había sido mucha responsabilidad y algo que podría haber tenido consecuencias irreparables en su vida profesional. Naturalmente agradecía la decisión de él, sin ella Ava hubiera podido acabar siendo educada por un progenitor menos comprensivo o menos adecuado para ella. Pero, pese a la enorme gratitud que sentía hacia Jeff, seguía sin acabar de comprender sus motivaciones cuando decidió acogerla.

Tal vez le costaba entenderlo porque se imaginaba a sí misma sola. No veía la necesidad de tener descendencia propia, tampoco le veía el aliciente, pero sentía una gran admiración por aquellos hombres y mujeres de su sociedad que decidían contraer la responsabilidad de educar y querer a los humanos del futuro. A ellos les debían la continuidad de su sociedad. Por suerte había tantos de sus contemporáneos dispuestos a ejercer de progenitores que Ava no tenía que plantearse la posibilidad de hacerlo también algún día. Su contribución era mucho más beneficiosa para todos en su trabajo diario con el Gremio de Antropólogos.

Ava volvió a reflexionar sobre esa imagen que tenía de sí misma y de su vida, aquello que quería para ella. Se dio cuenta de que, en caso de decidir alterar el perfecto equilibrio que había diseñado para sí misma, se decantaría más por la opción del emparejamiento en lugar de la descendencia. No era la primera vez que aquella idea se le pasaba por la cabeza pero habían pasado muchos años desde la última vez que contempló la posibilidad de compartir una parte de su vida en compañía de alguien. Además, naturalmente, primero debía volver a conocer a alguien adecuado y capaz de encajar con ella en todos los sentidos, algo que se le antojaba prácticamente imposible. Sobre todo una segunda vez.

DÍA 29

A la mañana siguiente Ava leía plácidamente el periódico en la cafetería de Deckard mientras saboreaba una bebida caliente a base de sucedáneo de cafeína y una tostada de pan integral con conserva dulce de esencia de albaricoque. La joven parecía comprender mejor que nunca aquello de que la vida se compone de pequeños placeres, una expresión que había advertido a menudo entre sus sujetos de estudio pero que Ava no había acabado de entender por completo hasta que su pequeña aventura en Avron la había privado de muchas de las comodidades que daba por sentadas. En aquellos momentos, con una taza de bebida reconfortante en las manos y recién duchada con agua caliente y mucho jabón ultrahidratante, Ava tenía la sensación de que la joven Celia no tendría ningún tipo de problema para integrarse en su sociedad. Ni que fuera únicamente por el hecho de que los colchones eran mucho más cómodos que en Avron y las camas más grandes. Mientras seguía enfrascada en su lectura, Keeley se le sentó al lado con una sonrisa radiante.

–Buenos días –dijo Ava en forma de saludo, con una sonrisa que ella misma se atrevería a calificar como auténtica.

–Perfectos días sí –respondió Keeley igualmente sonriente.

–No sé si atreverme a suponer pero, a juzgar por tu cara, parece que las cosas van bien con Mysa.

–Atrévete a suponer todo lo que quieras –le respondió Keeley–. Se puede decir oficialmente que he convencido a la morena perfecta de que soy la pelirroja perfecta para ella.

–No tenía la menor duda de que podrías hacerlo –le dijo Ava, que en realidad se dio cuenta de que sí que había tenido sus dudas. No porque no confiara en las cualidades de Keeley, sino porque sabía demasiado bien lo complicadas que podían ser las relaciones de pareja.

Todavía perdida en aquellos pensamientos, Ava vio que la puerta de la cafetería se abría. Celia entró tímidamente y, al verla, Ava le hizo una señal con el brazo en forma de saludo. Cuando llegaron a Deckard la noche anterior Ava le había dicho a Celia que se encontraran allí a la mañana siguiente. Sólo después de ver a la nueva tripulante de Deckard, Ava se dio cuenta también de que no estaba sola. Ava reflexionó sobre la posibilidad de que quien la acompañaba fuera el especialista que el gremio había destinado para asegurarse de que el periodo de prueba de la joven fluyera con absoluta normalidad, cuando se dio cuenta de que el supuesto especialista en cuestión era Luka, uno de sus compañeros de San Francisco.

—¡Luka! —exclamó la jefa de investigación al darse cuenta de la coincidencia, levantándose de la mesa y yendo a encontrarse con él—. Creía que estabas en San Francisco.

Ava hizo el amago de ir a abrazar a Luka, pero él le hizo un gesto con la mano para que no lo hiciera.

—Acabo de llegar hace media hora. Estoy recién salido de la nave transportadora y no he tenido ni tiempo para desinfectarme debidamente. No creo que ceñirme con los brazos en forma de saludo sea lo más adecuado —le dijo él a modo de justificación.

Ava se quedó un poco contrariada ante la explicación. Por un lado los argumentos de su amigo eran perfectamente válidos, y agradecía la deferencia y prudencia que estaba mostrando. Por otro lado, tenía la sensación de que tal vez había coartado una muestra sincera de afecto por unas pocas bacterias que seguramente serían inofensivas.

—Siento no haberte avisado de que me habían destinado a Deckard, pero me enteré ayer —continuó Luka—. He llegado con el tiempo justo para encontrarme con Celia. Tenemos programada la primera sesión con ella en un cuarto de hora y hemos venido a encontraros para ir para allí.

—¿Encontrarnos? —preguntó Ava sin acabar de saber por qué Luka había usado la segunda persona del plural.

—A ti y a Sam. Él también está incluido en nuestras sesiones.

—Claro —comprendió Ava, que notó enseguida la ausencia de su ayudante.

Keeley, que se había acercado a ellos y escuchaba a una distancia prudente y con una de sus mejores sonrisas, se aproximó entonces más hacia el grupo. Ava se dio cuenta de su presencia y se encargó de introducirla a Luka y Celia de inmediato. Keeley podría haberse presentado ella misma, según la costumbre habitual, pero Ava prefirió usar el método arcaico en deferencia a Celia.

—¿Sam no debe estar todavía en el despacho, verdad? —le preguntó Ava a Keeley discretamente después de haber hecho las presentaciones.

—A estas horas, sería toda una novedad —dijo Keeley entre dientes y manteniendo la discreción para con Celia y Luka.

—Me imaginaba —dijo Ava, sintiendo cómo su cerebro intentaba discurrir para encontrar una solución–. ¿Hay posibilidades de que lleve consigo su tarjeta de identificación para avisarlo de ese modo?

–Pocas –respondió Keeley y Ava sabía que tenía razón. Había visto a Sam usando la tarjeta en ocasiones siempre muy concretas–. ¿Por qué no hacemos una cosa? –preguntó la pelirroja–. Yo me encargo de llevar a Celia a nuestro despacho y le presento a los chicos. También le conseguiré algo de desayuno. Y tú puedes encargarte de Luka y de buscar a Sam.

Ava asintió agradecida ante la propuesta de Keeley. Era consciente de que la técnica de su equipo no tenía responsabilidades directas en cuanto a Celia se refería, aquello era una tarea profesional que recaía únicamente en ella, Sam y Luka. Pero agradeció el gesto de ella, sobre todo aquellas primeras horas en las que ni Luka ni Celia acababan de saber dónde estaba todo. Además le preocupaba especialmente el bienestar de Celia, que no dejaba de ser una recién llegada no sólo a la nave sino también al sistema de gremios.

*

Ava y Luka avanzaban por los pasillos de Deckard guiados por ella en busca de Sam.

–Tengo la sensación de que tú debes ser la sorpresa de la que mi padre me habló anoche –dijo Ava mirando a su amigo.

–Pues no me extrañaría porque creo que iban a enviar a otro especialista y a última hora las cosas cambiaron.

–¡No me puedo creer que haya hecho una cosa así y haya alterado tu horario de trabajo! –protestó Ava, sintiendo que las artimañas de su padre hubieran afectado también a su amigo, aunque contenta de verlo.

–Me llamó ayer y me dijo que estás haciendo muchos esfuerzos para encajar en Deckard pero que Ryo le había hablado del mucho valor que tiene ver una cara amiga y conocida en un entorno nuevo u hostil.

–Y es cierto, pero tenía pensado venir a veros a todos a San Francisco en un par de fines de semana para ver caras amigas. No había ninguna necesidad de todo esto.

–Está un poco preocupado por ti, eso es todo. Es la primera vez que has hecho lo contrario de lo que él deseaba –dijo Luka, justificando a Jeff.

–Sigue sin entender que haya decidido venir al rincón más apartado de la galaxia...

–Me temo que no lo entiende, no. Pero, en todo caso, su intromisión ha sido buena y así podremos estar juntos un poco más que un fin de semana.

Ava sonrió pensando en las perspectivas de pasar tiempo junto a Luka. Lo cierto era que no se había relacionado demasiado con los otros miembros de aquella nave, más allá de la fiesta de hacía unos días. A Keeley, desde que estaba con Mysa, la veía menos que antes. Y tenía la sensación de que con Sam, por temas profesionales y no profesionales, había estado pasando una cantidad innecesaria y excesiva de tiempo últimamente. Un cambio de aires le vendría bien.

—¿No me vas a contar nada de él antes de presentármelo? —dijo Luka de repente y no fue necesario que especificara nada más.

—¿Qué has leído sobre él?

—No demasiado, su expediente es increíblemente...

—Exiguo, sí lo sé. En todo caso lo que necesitas saber es que se crió en una comunidad de fuera del sistema.

—Me imaginaba que debía haber algo así, para que el gremio hubiera decidido destinar a vuestro equipo para una misión como ésta.

—A mí me llevó un poco más que a ti deducirlo —dijo Ava resignada—. Ten en cuenta que es bastante diferente a la mayoría de gente que conoces, así que no intentes aplicar ningún tipo de lógica humana con él.

—¿No crees que te estás pasando en tu caracterización?

—Juzga tú mismo y ya me contarás. Pero en todo caso queremos que le caigas bien, así que míralo directamente a los ojos. Dale la mano en forma de saludo, ni se te ocurra hacer mención de bacterias o tener reparos por ello —dijo Ava, observando la cara de incomodidad de Luka—. El equipo médico de la nave es excelente así que no te preocupes por el hecho de que pueda contagiarte algo. Y no te molestes en presentarte siguiendo el protocolo habitual, ya me encargo yo de hacer las presentaciones. Oh, y procura ignorar su sentido del humor. Sea lo que sea que diga, no es personal. Créeme.

—¿Nada más?

—Ahora mismo y que puedas necesitar para hacer tu trabajo, nada más. Esta noche y bajo los efectos de alguna sustancia estimulante, tal vez sí —añadió Ava con toda la concisión y desafección que pudo.

Luka miró a su amiga con curiosidad y ambos entraron a su destino: la sala de meditación, donde Ava esperaba encontrar a su ayudante.

La habitación estaba vacía excepto por Sam, sentado en el suelo con los ojos cerrados, descalzo y retorcido en una posición que parecía todo menos cómoda. Había llevado su pie izquierdo bajo su cadera derecha y el pie derecho estaba cruzado al lado de su rodilla izquierda, poniendo de relieve sus muslos apenas cubiertos por los pantalones cortos que llevaba. Su torso estaba girado hacia la parte derecha de su cuerpo y Ava no pudo evitar seguir con la mirada el relieve dibujado por sus costillas y los músculos de su espalda contorneada, que se adivinaban a través de la tela de la camiseta sin mangas de él. Ava se quedó momentáneamente hipnotizada por la plácida imagen de Sam inhalando y exhalando rítmicamente. Notó la aceleración de su propio ritmo cardíaco. En un acto reflejo se llevó la mano al escote como para darse aire, cuando se dio cuenta de lo patética de la situación. Se había agitado de aquella manera por el simple hecho de que su ayudante estuviera ejecutando a la perfección una postura de yoga con mucha piel descubierta.

El bochorno se vio acrecentado por la mirada de Luka en su dirección, indicándole que debería hacer algo si quería que Sam se diera cuenta de que estaban allí.

—Sam —dijo Ava tímidamente, todavía incomodada por la idea de interrumpir a alguien durante una sesión de meditación pero consciente de que tenían una importante reunión a la que atender—. Ejem, Sam...

Sam abrió los ojos lentamente y se dio cuenta de la presencia de Luka y Ava en la habitación.

—Me sabe mal interrumpir pero tenemos nuestra primera sesión con Celia en 10 minutos —dijo Ava.

Sam asintió apenas perceptiblemente y se levantó. Su casi metro noventa de estatura se alzó ante Ava y su acompañante. Antes de que Ava pudiera iniciar los trámites de introducción, Sam se dirigió hacia Luka alargándole la mano

—Hola, soy Sam —dijo en forma de saludo.

A pesar de las muchas reticencias que Luka debía tener ante la idea de estrechar la mano de alguien, que además estaba sudoroso, Ava vio que su amigo le dio la mano a su ayudante sin protestar. Sin duda más intimidado por la presencia de Sam que por unos pocos gérmenes.

—Él es Luka, nuestro experto en protocolo gremial —explicó Ava para acabar de formalizar las presentaciones.

—Creía que *tú* eras nuestra experta en protocolo gremial —dijo Sam, dirigiéndose a Ava con aquella sonrisa infecciosa que decidía ostentar a veces—. ¿Para qué necesitamos a otro exactamente?

—*Yo* soy una antropóloga especializada en investigación con un gran conocimiento en protocolo gremial y no gremial —lo rectificó Ava visiblemente exasperada—. Pero para la correcta integración de Celia es necesario que un experto en protocolo se asegure de que nuestra actuación sea completamente acorde a la normativa y código social vigentes.

—Lo sé, estaba bromeando —dijo Sam todavía sonriendo mientras se secaba el sudor de los brazos con una toalla, un gesto que estaba consiguiendo distraer a Ava más de lo que le gustaría.

—¿Crees que podrás acabar con lo que sea que estés haciendo y unirte a nosotros cuanto antes? —preguntó ella consciente de que estaba mirando al horizonte en lugar de fijar sus ojos en Sam y de que su tono sonaba hostil, algo que nunca le había gustado—. Nuestra primera sesión con Celia empieza en cinco minutos y no me gusta la impuntualidad.

—Lo sé, allí estaré —respondió Sam, frotando todavía su piel de color de bronce para secarla.

*

Teniendo en cuenta que la sala de meditación estaba en el lado opuesto de Deckard donde se encontraba el despacho del equipo B-8416 destinado a la reunión, Ava dudaba que Sam pudiera llegar realmente a tiempo. De hecho empezaba a dudar incluso de que ella y Luka lo hicieran. Ella y su acompañante se despidieron de Sam y empezaron su trayecto hacia la reunión. Ava sabía que si había alguien que estaría todavía más disgustado que ella ante la idea de empezar tarde la sesión con Celia era Luka.

—Tengo algo que confesarte. Estoy un poco confundido... No, tal vez perturbado es un marcador más adecuado para describir esta sensación —empezó Luka y Ava pareció entender al instante aquello de lo que hablaba su amigo.

—¿Tú también? Interesante —dijo ella, haciendo una anotación mental para añadir aquel detalle a sus apuntes—. Yo llevo semanas así. Te diré que con el tiempo he llegado a poder racionalizarlo.

—Es tan... —empezó Luka en lo que Ava entendió como un intento por encontrar las palabras adecuadas para su descripción.

—... primitivamente masculino —sentenció ella, que le llevaba ventaja a Luka en cuanto a su análisis de Sam.

—Me atrevería a decir que podría llegar a ser un espécimen muy interesante para un estudio antropológico en profundidad.

—Y yo que si ese estudio llega a hacerse algún día, no me importaría en absoluto presentarme voluntaria para dirigirlo —dijo Ava.

—Me he dado cuenta. Pero he de decir que, en contra de lo que puedas creer, tengo la sensación de que Sam estaría más que complacido con la idea. Deberías ir con cuidado.

Ava prefirió no preguntarle a Luka qué quería decir con aquello. Una cosa era reconocer con absoluta naturalidad que se sintiera turbada por Sam, Luka también lo había hecho. La otra era insinuar que lo suyo era más que una simple atracción causada por el magnetismo y carisma de Sam. ¿Qué implicaban las palabras de Luka exactamente? A lo mejor el antropólogo se refería a que Sam pudiera gustarle la idea de ser el objeto de un estudio centrado en él, pero Ava dudaba que ese fuera el caso. Sam nunca se había destacado como alguien egocéntrico o vanidoso. Por otro lado Luka podría estar malinterpretando las señales. Era cierto que ambos se habían formado como antropólogos especializados en el comportamiento humano pero Luka había abandonado aquella línea de estudios hacía años, centrándose en el protocolo gremial. Además acababa de conocer a Sam y carecía de *inputs* suficientes para poder caracterizarlo todavía. Una reflexión tras la cual Ava prefirió aplicar su norma no escrita de ignorar ciertas cosas con las que no sabía cómo lidiar y hacer ver que Luka no había dicho nada.

*

Cuando por fin llegaron a la puerta del despacho B-8416 Ava comprobó su tarjeta de identificación, dándose cuenta con horror de que pasaban dos minutos de la hora acordada para el comienzo de la primera sesión. El bochorno fue todavía mayor cuando, sólo entrar, vio a Celia sentada en la mesa circular de la habitación junto a Sam, recién duchado y luciendo el uniforme del Gremio de Antropólogos como sólo él podía hacerlo. Ava se había preguntado a menudo si lo habrían escogido a él como modelo para diseñar los uniformes porque no conocía a ningún miembro del sistema de gremios a quien la ropa le sentara tan bien o cuya anatomía se ajustara mejor a la tela de aquel atuendo. Pero en todo caso aquello no era relevante en aquel momento y Ava no sabía exactamente qué había provocado que su mente decidiera tener aquel pensamiento justo entonces.

Antes de poder manifestar su sorpresa por verlo allí y por el hecho de que hubiera llegado antes que ellos —cuando acababan de dejarlo en la otra punta de la nave, cubierto de sudor y con una ropa poco apropiada para una reunión profesional— Sam les dio la bienvenida a Ava y Luka con su mejor sonrisa.

—Os estábamos esperando. Tranquilos, acabamos de empezar.

Mientras se sentaban Luka le lanzó una mirada de reproche a Ava. Era evidente que había una ruta más corta y rápida hacia aquella sala y se preguntaba por qué no la habían tomado y por qué iban a ser ellos los responsables de comenzar tarde.

*

—Tal vez podrías empezar explicándonos qué te decidió a querer integrarte en el sistema de gremios —dijo Sam una vez que la sesión se dio por iniciada oficialmente con la llegada de todos sus asistentes.

—No lo sé —respondió Celia con timidez.

—¿No sabes por qué quieres formar parte de nuestro sistema? —dijo Sam con aspereza.

—Sam, tal vez podríamos empezar con una cuestión diferente — intervino Ava—. Creo recordar que tú nos explicaste que tuviste problemas para responder a esa misma pregunta en tu primera sesión con un par de antropólogos, cuando decidiste dejar tu comunidad.

—Sí, pero ésta no es nuestra primera sesión con Celia y le dije que era importante que ella sí que lo supiera —argumentó Sam.

—Y estoy segura de que ella tiene parte de esa respuesta pero estas dos semanas tienen que ser una forma de acabar de hallarla. ¿No crees? –dijo Ava, dirigiéndose entonces a Celia–. La última vez que hablamos me dijiste que te preocupaba no ser capaz de poder encontrar una profesión.

—Ajá –afirmó Celia.

—Estos días puedes observar desde cerca a nuestro equipo de antropólogos para ver cómo trabajamos. En la nave también hay miembros del Gremio de Salud, tanto en la enfermería como en la cocina, y del de Tecnólogos. Podemos coordinar visitas con todos ellos para que veas más profesiones desde cerca –dijo Ava–. Pero ten en cuenta que en Deckard hay sólo una muestra limitada de aquello que podrías encontrar en la Tierra en tu integración posterior.

Celia asintió.

—Luka te acompañará en tus visitas para asegurarse de que se hagan siguiendo el protocolo en todo momento, pero yo o cualquiera de los miembros de mi equipo estaremos encantados de acompañarte también, claro –añadió Ava y pareció que Celia agradecía la idea.

—Es posible que uno de los temas que preocupen a Celia sea precisamente el desconocimiento de dichas profesiones –intervino Sam.

—Por supuesto –dijo Ava, dándose cuenta de su omisión–. Perdónanos si damos por hecho que tienes algún conocimiento que en realidad no posees. Y sobre todo no te sientas avergonzada por ello. Somos nosotros quienes deberíamos ser más conscientes de que no todo el mundo tiene que saberlo todo sobre el funcionamiento de nuestro sistema. Por eso es tan útil y valioso tener a alguien como Sam en el equipo para guiarnos. Luka puede entregarte un documento donde encontrarás un organigrama con las profesiones clasificadas por gremios. Hay una explicación al lado de cada una de ellas, con las responsabilidades de aquellos que las escogen, y puedes preguntarnos por cualquier cosa que no esté clara.

—¿Qué más cosas te inquietan? –continuó Sam sin que Ava acabara de estar segura de si Celia ya había procesado toda la información que le habían dado hasta entonces.

—Encajar... –respondió la joven.

—No te preocupes por eso, encajar es difícil para todos –respondió Ava de inmediato.

—Vas a tener que explicarnos qué quieres decir con lo de que encajar es difícil para todos. Parece que te incluyas... –dijo Sam.

—Es cierto que mi padre es miembro de la junta de dirección gremial, una de las mentes que ayudó a diseñar esta sociedad –empezó a explicar Ava, dándole contexto a Celia para que entendiera lo que ella creía interpretar como el origen del escepticismo de Sam hacia sus problemas para integrarse–. A pesar de ello, la mayor parte del tiempo no me es fácil encajar. Sobre todo cuando llego a un lugar nuevo donde todo es diferente y no conozco a nadie —añadió, convencida de que podía ayudar a la joven con aquel punto particular

—¿Como Deckard? —preguntó Sam con curiosidad genuina.

—Sí —concedió Ava—, pero me he dado cuenta de que al final se acaba convirtiendo en una cuestión de tiempo y de trabajo. Además Celia ya domina el arte de la sonrisa. Encajar no debería ser un problema. Pero tal vez tú puedes añadir algo.

—Sí, que será difícil —sentenció Sam—, que de hecho puede que no sea posible y Celia debe ser consciente de ello.

—¿Qué quieres decir con que no sea posible? —preguntó Ava un poco alarmada por la negatividad de Sam.

—Quiero decir que, si es difícil para ti integrarse en un lugar nuevo proviniendo del mismo sistema, si vienes de fuera de él las cosas son todavía más complejas —argumentó Sam.

—Los periodos de integración en nuestros centros educativos están diseñados precisamente para hacerlo más fácil —razonó Ava.

—Sí, pero a veces las cosas no salen según lo previsto —dijo Sam, interrumpiendo su discurso a pesar de que su gesto sugiriera que tenía más que decir.

Ava reconoció el mutismo melancólico que siguió a aquellas palabras de Sam, el mismo que él había mostrado en una conversación anterior con Celia al rememorar su pasado. La antropóloga hizo una búsqueda exhaustiva en su interior para reunir toda la calidez que era capaz de encontrar y lanzarle una mirada cargada de aquella emoción a Sam. Con ella esperaba alentarlo a seguir hablando, aquella sesión era para lograr el bienestar de Celia.

—En mi comunidad fuimos dos los miembros que pedimos el traslado a la vez —prosiguió Sam finalmente, apartando sus ojos de los de Ava—. Pasamos por el periodo de integración, escogimos una profesión y dimos todos los pasos necesarios para formar parte del sistema gremial. Pero a veces la añoranza es demasiado grande. Mi acompañante volvió a nuestra comunidad después de un año. Me costó entender que en realidad aquello no había sido un fracaso.

Había emoción e incluso un poco de agitación en las palabras de Sam, Ava se percató de inmediato de ello. Cada vez que su ayudante hablaba de su periodo de transición para formar parte del sistema, Ava tenía la sensación de estar espiándolo por una mirilla que tal vez no se había habilitado para ella, pero que le permitía ver una cara suya que de otra forma se le hacía difícil de discernir. Además se sentía responsable por haber incitado aquella confesión de Sam con su mirada.

—Me temo que por el momento tendremos que dejarlo aquí —dijo Luka, dando por terminada la sesión.

Ava no acababa de estar segura de que aquel fuera el momento más adecuado para hacerlo. Celia y Sam apenas habían empezado a encontrar puntos de conexión y compenetración. Sam había comenzado a hablar con sinceridad e incluso parecía haber dejado de hacer que Celia se ruborizara cada vez que le dirigía la palabra. Pero Luka tenía otras prioridades.

—No queremos abrumar a Celia con demasiada información de entrada —dijo el experto protocolario—. Además ella y yo debemos asistir a una sesión de orientación y bienvenida a Deckard.

Celia se despidió con una sonrisa y ella y Luka salieron del despacho. Ava y Sam se quedaron uno frente al otro sentados alrededor de la mesa redonda de su oficina.

—Tu forma de lidiar con Celia está siendo muy considerada, casi delicada —empezó Sam de repente—, pero ten en cuenta que no la vas a poder proteger siempre. En dos semanas vuelve a Avron y después de eso, si decide mudarse al sistema de gremios, acabará en un centro de integración donde el choque cultural es inevitable.

—¿Volvemos a tener problemas? —preguntó Ava temiendo que una vez más las diferencias entre sus métodos y los de Sam fueran irreconciliables.

—¿Problemas? No, ningún problema. Me gusta tu forma de enfocar las sesiones y te agradezco el esfuerzo pero deja que le dé mi versión de los hechos.

—Por supuesto, la tuya es la versión más realista —dijo Ava, aliviada por saber que finalmente no hubiera tensiones entre ambos y dudando sobre si sería muy osado preguntarle a Sam por aquel acompañante que decidió integrarse al sistema con él pero que finalmente volvió a su primitiva comunidad.

Antes de que Ava encontrara la forma adecuada de formular su cuestión, Sam se le avanzó.

—Lo digo porque a veces parece que te guste guiar nuestras conversaciones con Celia más de la cuenta —dijo Sam.

—¿Qué quieres decir? —preguntó ella, convencida de que siempre había procurado priorizar lo que Sam tuviera que decir cuando hablaban con Celia.

—Quiero decir que tanto hoy como el último día en Avron me has interrumpido cuando estábamos hablando con ella y has guiado tú la charla cuando se supone que yo tengo más experiencia en este tipo de situaciones.

—No quería ofenderte y desde luego no quería parecer que estuviera intentando monopolizar la conversación —se explicó Ava.

—Es importante que Celia se enfrente a aquello que la ha decidido a querer integrarse en nuestro sistema.

—Naturalmente.

—Y sin embargo has acudido en su rescate cuando le he planteado esa cuestión. Tienes que dejar de protegerla cada vez que intento que encare sus problemas –le dijo Sam con una mirada cálida pero seria.

–Puede ir enfrentándose a ellos gradualmente –argumentó Ava.

–No tenemos demasiado tiempo para eso.

Ava concedió con la mirada. Aquel no era el único motivo por el que a menudo intervenía en las conversaciones entre Celia y Sam.

–No es sólo eso... –Ava reflexionó antes de continuar, sin acabar de saber cómo decir lo que tenía que decir–. Supongo que no hace falta que te diga que eres un hombre muy apuesto.

Sam la miró con una cara de perplejidad y desconcierto genuinos. Ava se dio cuenta de que, al margen de que Sam pareciera inconsciente de sus encantos, el comentario de ella debía haberle sonado a completamente gratuito e intentó darle un poco de contexto.

–Me ha parecido observar que a Celia en todo caso es posible que sí que le parezcas atractivo y eso podría causar que a veces le sea un poco difícil hablar contigo –empezó Ava, fingiendo que ella misma era ajena e inmune a tal atractivo–. Por eso intercedo cuando identifico este tipo de situaciones.

Él ponderó las palabras de Ava en silencio. Se movió con nerviosismo en la silla, entornando los ojos e interrogándola con la mirada. Ella le devolvió una mirada franca y directa, asegurándole que aquello que le había dicho era cierto.

–Gracias por darte cuenta. No tenía ni idea –dijo Sam visiblemente abochornado–. ¿Hay algo que pueda hacer?

"Encoger medio metro, vestir con ropa holgada, no mirar nunca a nadie a los ojos, engordar 30 quilos, ponerte una bolsa de papel en la cabeza... Y ni siquiera así creo que fuera posible", pensó Ava para sus adentros esperando no estar sonrojándose y nuevamente agradecida de que sus colegas del Gremio de Tecnólogos prosiguieran con el gasto desmesurado de recursos pero la tecnología para leer la mente siguiera estando tan lejos de ser posible.

–Intenta usar un tono más relajado y distendido con ella... –dijo Ava en voz alta, convencida de que aquello no podía hacer ningún daño.

Sam asintió.

–Voy a volver a hacer una sesión de meditación esta noche después de correr. ¿Quieres acompañarme? Me refiero a la meditación, claro. Corriendo es mejor que no volvamos a encontrarnos –dijo él, dejando completamente desprevenida a Ava con su propuesta.

–Eh... creo que los dos nos dimos cuenta el otro día de que la meditación no se me da bien. Además me gustaría aprovechar que Luka está aquí para pasar un poco de tiempo con él –dijo Ava, que no estaba acostumbrada a tener que decir que no a invitaciones de tipo social.

–De acuerdo. Avísame si cambias de opinión. Ya sabes dónde encontrarme si me necesitas.

Sam salió del despacho y Ava se dio cuenta de que en realidad no tenía idea de dónde encontrarlo, quería pensar que su subordinado no se pasaba el día en la sala de meditación pero era cierto que a veces no le habían quedado claras cuáles eran sus responsabilidades cuando no estaban o planificando una misión o en una misión.

—Debe ser la primera vez que alguien le dice que no —dijo Keeley misteriosamente mientras se sentaba delante de Ava, en el sitio que Sam acababa de dejar vacío, y la observaba con una de sus sonrisas pícaras.

—¿A quedar para meditar? Lo dudo. Se me ocurren pocas actividades más aburridas —dijo Ava ajena al doble significado del que Keeley había cargado sus palabras—. Se ha ido y me he olvidado de preguntarle cómo se las ha apañado para llegar aquí antes que nosotros.

—¿Realmente crees que te lo hubiera explicado?

—No, pero espero que tú sí que lo hagas. Como para ti no tiene secretos —dijo Ava intentado formular una sonrisa que pareciera auténtica, sin demasiado éxito.

—Para mí nadie tiene secretos —añadió Keeley—. Te cuento cómo ha llegado hasta aquí a tiempo si tú me cuentas cuál es tu historia con el estirado experto protocolario.

—¿Con Luka? Estudiamos juntos en San Francisco durante los años de doctorado.

—¿Nada más?

—¿Te parece poco? Casi cinco años de mi juventud que no recuperaré nunca pero amenizados gracias a su mente privilegiada y la de algunos de nuestros otros compañeros. Nunca nos faltaron las conversaciones estimulantes.

—Me parece poco sí e increíblemente insustancial. Sobre todo si tenemos en cuenta que le has dicho que no a quedar para meditar al sujeto con el que llevas semanas obsesionada y el motivo que has dado es que quieres pasar tiempo con Luka...

—Somos amigos —argumentó Ava con completa racionalidad, pero se dio cuenta de que Keeley no se daba por satisfecha con su explicación—. Además no estoy obsesionada con Sam —Ava pronunció aquel nombre en un suspiro apenas audible—. Ha sido todo fruto de una perturbación momentánea de los receptores hormonales en mi amígdala cerebral. Pero ahora ya está. Y dejemos el tema, siempre acabo hablando de las cosas más peculiares contigo.

—Es todo culpa mía, sí. Provoco la peculiaridad en la gente —añadió Keeley cargando sus palabras de significado nuevamente—. En todo caso, he cambiado de opinión. Creo que es mejor que tú le preguntes a Sam cómo ha llegado hasta aquí esta mañana. Me asusta pensar que esté habiendo un alejamiento entre vosotros y creo que es bueno que tengáis temas de conversación.

Ava se vio tentada a decirle a Keeley que técnicamente tenían un pacto verbal según el cual debía darle aquella información, ella había cumplido con su parte del contrato. Pero supuso que toda insistencia sería en vano. Era la primera vez que se sorprendía a sí misma no velando por el cumplimiento de un acuerdo.

*

Ava quería asegurarse de llegar puntualmente a su cita de las nueve con Luka en una de las salas de recreación de la nave que él había reservado para su encuentro. No podía hacer tarde por segunda vez consecutiva con él en un mismo día pero le fue casi imposible que no sucediera. Lo cierto era que había ignorado las salas de recreación de a bordo y su oferta de entretenimiento hasta entonces y no acababa de estar segura de dónde estaban. Pero se negaba a hacer aparecer su mapa virtual después de semanas viviendo en Deckard. Eso combinado con su innegable sentido de la desorientación acabó provocando una pérdida momentánea de la jefa de investigación entre los pasillos, escaleras y pasarelas de su hogar.

Al entrar finalmente a su destino, con sólo unos pocos segundos de tardanza sobre la hora acordada, encontró a Luka. El hecho de que él no estuviera mirando el reloj en su tarjeta de identificación le indicó a Ava que seguramente había preferido no esperarla y ya estaba gozando de los efectos relajantes de la sustancia estimulante de diseño escogida para la ocasión.

—¿Y bien? —preguntó Ava al sentarse en una de las cómodas butacas de piel artificial blanca que decoraban la sala y observar la cápsula que había junto a un vaso de agua, en el reposabrazos de su asiento—. ¿Qué hemos escogido?

—Algo muy ligero. La idea es abstraer la mente de sus preocupaciones a la vez que provocar una conversación intelectualmente sugestiva.

—Suena bien —dijo Ava al ingerir la cápsula, haciendo reposar su espalda y cabeza en el asiento abatible y elevando los pies con el movimiento—. ¡El Gremio de Entretenimiento! —añadió de repente, incorporándose al darse cuenta de su omisión.

—¿Qué pasa con el Gremio de Entretenimiento? —respondió Luka desde su asiento.

—Quiero decir que en Deckard también hay miembros de este gremio. No demasiados pero sí algún diseñador de sustancias estimulantes e incluso algún creativo de realidad virtual. Tal vez Celia pueda hablar con ellos también.

—Recuérdamelo mañana. Ahora no quiero sacar mi pantalla virtual para tomar notas. Habíamos pactado no hablar de trabajo —dijo Luka—. Pero dime, ¿es genuina esta preocupación tuya por Celia?

—¿Genuina? ¿Qué quieres decir? —preguntó Ava, nuevamente en posición de reposo.

—¿Si realmente te preocupa lo que le pase cuando se integre al sistema o es sólo que te has dado cuenta de cómo te mira Sam cada vez que le hablas a Celia con tu tono más suave y tus palabras más cuidadas? Nunca pensé que fueras capaz de simular tanta empatía... Desde luego en clase no se te daba tan bien.

Ava analizó una a una las palabras de su amigo, consciente de la transformación química que estaba comenzando a sufrir su organismo a causa del comprimido que había tomado y sin acabar de saber cómo la afectarían aquellas sustancias exactamente.

—¿Qué quieres decir? Mi mente no acaba de entender tus palabras. Quiero decir que las entiende, una a una, individualmente. Pero es incapaz de inferir un significado o mensaje conjunto cuando las pone una junto a la otra —explicó Ava, consciente de que en una situación normal jamás hubiera reconocido no estar entendiendo algo.

—Quiero decir que si estás poniendo en práctica algún tipo de maniobra de seducción con tu ayudante en un intento por experimentar antropológicamente sobre el terreno, mi sensación es que está funcionando y te iba a recomendar que pararas al instante. Pero tu respuesta parece indicar que no lo estás haciendo y pido disculpas por mi intromisión.

—Soy consciente de los límites éticos impuestos a alguien de mi cargo —respondió Ava intentando poner freno a su relajación cerebral y procurando recuperar parte de la formalidad en sus palabras—. Y desde luego no estoy haciendo ninguna investigación empírica dentro de mi propio equipo, si eso es lo que estás insinuando.

—No y lo siento. Pero te aconsejo que tengas en cuenta esa posible atracción hacia ti por parte de tu ayudante y que tomes las medidas necesarias para atajarla de inmediato.

—Soy perfectamente consciente de cuáles son mis obligaciones como jefa de equipo —argumentó Ava que lo que quería atajar era aquel tema de conversación y los consejos de Luka de inmediato—. Creía que íbamos a no hablar de trabajo. Por qué no me cuentas qué habéis estado haciendo en San Francisco sin mí...

—Ya sabes, intentando cambiar el mundo —dijo Luka—. Estamos coordinando una reunión con la junta de dirección de los gremios para hablar sobre la posibilidad de retirar a los educadores del Gremio de Antropólogos y formar su propio grupo.

Ava escuchó a su amigo. No acababa de saber si aquella sensación de apatía hacia sus palabras era fruto del narcótico que se había tomado o de una evolución natural de sus intereses. Tenía la sensación de que, a causa de algunos de los cambios producidos en su vida desde su traslado, empezaba a verlo todo desde una perspectiva un poco distinta. El caso era que pocas cosas le parecían menos llamativas en aquel momento como la creación de un nuevo Gremio de Educadores. Y la posibilidad de irse a ver cómo meditaba Sam se le hacía de repente más seductora que nunca.

*

Tres cuartos de hora después de hartarse del discurso infinito de Luka sobre temas que casi consiguieron hacerla bostezar delante de él, Ava se excusó con el peor pretexto que su mermado cerebro fue capaz de urdir y se fue de la sala recreativa. Estaba convencida de que estaba retirándose a su habitación para irse a dormir cuando se dio cuenta de que en realidad su cuerpo la estaba llevando a la sala de meditación donde esperaba encontrar a Sam. Mientras avanzaba por los pasillos de Deckard Ava supuso que todavía no se le habían pasado los efectos de la droga que había tomado y que, sin duda, debía haber algún tipo de ingrediente desinhibidor en ella. Sólo así se podía explicar el ritmo frenético con el que caminaba sin saber exactamente aquello que esperaba o buscaba en su reunión con Sam, pero recordando que él le había dicho que sabía dónde encontrarlo. No estaba saltándose ninguna norma social. No estaba molestándolo en una sesión de meditación privada. Sam le había especificado que podía unirse a él si cambiaba de idea. Y, a juzgar por su movimiento decidido, Ava lo había hecho.

Pero aquella noche todavía tendría tiempo para cambiar de opinión una vez más. Llegó a la puerta de la sala de meditación y, cuando se disponía a entrar a ella, Ava vio a Sam en su interior. No la sorprendió que su ayudante no estuviera solo. Entendía perfectamente bien que ella no fuera el único miembro de Deckard con debilidad por los morenos altos, misteriosos y seductores. Entre los tripulantes con los que Sam conversaba distendidamente Ava distinguió a una ayudante de uno de los otros grupos de investigación antropológica, era castaña y escultural; a una técnica del departamento tecnológico objetivamente perfecta y con piel de ébano; a una última hembra que Ava no sabía de dónde había salido pero recaía en la categoría de fotogénica y exótica; y a un técnico varón del departamento de recreación histórica que, con poca luz y el cerebro un poco perjudicado, casi podía confundirse con Sam. Se atrevería a decir que aquel era el grupo de personas más bello, y con los pies desnudos más sugerentes y hermosos, que había visto reunido en una misma habitación. Una habitación en la que Ava no podría encajar jamás.

La joven se retiró de la puerta con cuidado para no ser vista y empezó su camino de vuelta a su habitación intentando ignorar las imágenes que su cerebro sobreestimulado había empezado a producir y que tenían como objeto a Sam y al resto de sus compañeros en la sala de meditación en una orgía de desenfreno y placer. Ella se preguntaba si la dejarían observar desde una esquina de la habitación, para que pudiera tomar notas, si se lo pedía. En aquellos momentos pocas cosas se le antojaban más estimulantes que la idea de atender con su cuaderno y un lápiz a una sesión de sexo múltiple entre Sam y otros humanos igualmente bellos, pero le horrorizaba la idea de tener que volver a aquella sala e interactuar con cualquiera de ellos para pedirles permiso.

Cuando las escenas cada vez más lascivas que su cerebro parecía no poder parar de generar consiguieron avergonzarla por lo erótico de su contenido e incluso hacer que no acabara de saber cuál era la ruta a seguir, Ava se paró un instante en medio del pasillo. Sin duda aquella sustancia estaba afectándole más de lo que había creído. Analíticamente se podía decir que el *voyeurismo* era una cualidad que la había caracterizado siempre pero había dos sentimientos que la embargaban y que no reconocía como propios. Por un lado estaba aquella sensación de recelo que le habían provocado los acompañantes de Sam por disfrutar en lugar de ella de la compañía de él. La inquietaba especialmente pensar sobre de cuántas otras cosas, más que la simple conversación, disfrutarían todos juntos aquella noche. Por otro lado estaba aquella turbación por las imágenes que su cerebro no cesaba de generar. ¿Desde cuándo alguien tan racional y contemporáneo como ella sentía celos o pudor?

—Ava, ¿estás bien? —dijo una voz detrás suyo, que ella reconoció como la de Sam, y se giró en su dirección—. Te he visto yéndote de la sala de meditación y he intentado hablar contigo por si querías entrar y unirte. Llevo unos minutos caminando tras de ti por los pasillos e intentando llamar tu atención. ¿No me oías cuando te llamaba?

—Me he tomado una sustancia recreativa que parece haber afectado mi cerebro de una forma inesperada. He llegado a desubicarme durante unos instantes, pero parece que ahora todo está en orden —dijo Ava, haciendo esfuerzos por no explicarle todo lo que le pasaba por la cabeza a Sam pero intentando dar una justificación razonable a su comportamiento.

—¿Estás segura de que estás bien? Puedo acompañarte a tu cuarto si quieres.

—No, no. Estoy bien. De verdad. Puedo encontrar mi habitación sin ningún problema —explicó ella intentando simular la máxima normalidad posible pese a que en aquellos momentos su mente se empeñara en hacerle creer que Sam, alzado frente a ella, estaba completamente desnudo. Ava se observó a sí misma dejando que su mirada se recreara en el cuerpo de él. La mandíbula ancha, el hueco entre los huesos de la clavícula, los hombros redondeados, el torso esbelto, los pezones tiesos, el relieve de las abdominales. Por suerte encontró la voluntad de parar con aquel reconocimiento apenas unos centímetros por debajo de la cintura de él y cerró los ojos. No estaba segura de qué hubiera podido pasar en caso de seguir descendiendo.

—¿Estás segura de que estás bien? —le dijo él obligándola a abrir los ojos. Al hacerlo Sam apareció nuevamente vestido y Ava respiró aliviada—. Puedes unirte a nosotros mientras se te pasan los efectos de lo que sea que te hayas tomado. A juzgar por el tamaño de tus pupilas hay para rato —dijo Sam y Ava no estaba segura de si la estaba mirando con una sonrisa traviesa o simplemente ella volvía a estar imaginando cosas.

—No, es mejor que vuelva a mi habitación. Mañana tenemos un día bastante largo. Buenas noches —dijo ella con autoridad, girándose para marcharse y simulando la máxima normalidad y serenidad.

Unos minutos más tarde Ava entraba a su habitación. Pese a que su mente seguía obsequiándola con imágenes de lo más gráficas de Sam y sus acompañantes, la frecuencia entre ellas empezaba a disminuir y Ava creía que estaba comenzando a regresar de aquel extraño viaje. Era la última vez que se tomaba algo sin saber exactamente qué era y, sobre todo, cuáles iban a ser los efectos en su organismo.

DÍA 30

Miró a su alrededor y se dio cuenta de que estaba en la entrada de un elegante establecimiento público donde servían comidas y bebidas y en el que los comensales parecían disfrutar por igual de la conversación, la luz tenue y los ágapes. Una ligera opresión y estrechez hizo que se llevara las manos a la cintura de inmediato. Pudo palpar la tela sedosa que se ajustaba a sus caderas y estómago. Una mirada furtiva dirigida a sí misma la dejó apreciar un vestido negro que apenas alcanzaba a taparle las rodillas y que se abrazaba a su cuerpo casi sin dejarla respirar. Pensó que tendría que tener una conversación con Keeley acerca de su indumentaria en misiones virtuales posteriores. Una ojeada alrededor del local le permitió localizar un espejo a un par de metros, se sorprendió contemplándose complacida en él. Su media melena lucía suelta y lacia, peinada de aquella forma para la que ella raramente tenía tiempo o paciencia de conseguir. Los tirantes del vestido ponían de relieve sus brazos delgados pero bien dibujados y un escote que parecía demostrar que podía sacársele un poco de partido.

Seguía consintiendo su faceta más vanidosa y robando miradas furtivas a su reflejo, mientras observaba a los clientes del restaurante, cuando vio que Sam se acercaba hacia ella. Ni en la más sugerente de sus fantasías podía habérselo imaginado así. Su ayudante iba enfundado en un traje chaqueta de tres piezas que se ajustaba a su cuerpo como un guante. Los puños de una camisa inmaculadamente blanca asomaban por debajo de las mangas de la americana que llevaba desabrochada y bajo la cual se veía un chaleco que parecía abrazar el tórax de Sam con el mismo ensañamiento que el vestido de ella lo hacía con el suyo. Tal vez en realidad no haría falta que hablara con Keeley acerca de la indumentaria en misiones virtuales...

—Creo que nuestra mesa ya está lista —le dijo Sam, mientras le ponía la mano en la espalda, a la altura de la cintura, en un gesto que la hizo sobresaltarse y andar más tiesa—. ¿Cómo está tu francés?

—Como el resto de lenguas romance en desuso. Un poco oxidado –dijo Ava, que en realidad se defendía mejor en algunas otras de las diversas lenguas usadas por sus sujetos de estudio.

Ella recordó que la primera vez que ambos se transportaron virtualmente a París para una misión él no había manifestado interés alguno por los impedimentos idiomáticos que ella pudiera tener.

—Puedo ser tus oídos entonces –dijo él y ella apreció que las cosas hubieran cambiado, aunque la oferta de Sam le pareciera innecesaria.

Ava y Sam se sentaron en una mesa cuadrada y no demasiado grande en mitad del comedor del restaurante, uno frente al otro. Él la miró fijamente y ella se dio cuenta una vez más de que la luz cálida era la que más lo favorecía. Hasta el límite de hacer casi imposible mantener su mirada fija en él. Una voz en la mesa de al lado le dio la excusa perfecta a Ava para apartar su mirada de la de Sam.

—C'est très beau... –dijo la joven sentada al lado–, et donc, il n'a était pas possible de faire une reservation à Le Chateaubriand ?

—Aquí al lado no están muy satisfechos con las reservas –contribuyó Sam al instante.

—¿Por qué lo dices? El sitio le parece bonito –dijo Ava, volviendo a mirarlo pero procurando mantener los oídos en la mesa de al lado.

—Sí pero le ha preguntado a su acompañante por qué no había reservado en Le Chateaubriand. Y eso precisamente me pregunto yo. Keeley, ¿por qué no tenemos mesa allí? –dijo Sam divertido.

—No seas así y deja que escuche –lo hizo callar ella.

—Tienes curiosidad por la conversación de al lado.

Ella lo miró cargada de reproche, pero con una sonrisa que indicaba que en realidad no la molestaba el comentario de él.

—Naturalmente. Estamos trabajando –dijo Ava.

—Pero eso no quiere decir que no podamos pasarlo bien. ¿Has decidido ya? –le dijo él mientras le señalaba la carta viendo que el camarero se acercaba hacia ellos.

Ella lo miró con aquella cara suya de persona diligente, se giró hacia el camarero y pidió una ensalada con queso de cabra y tomates de variedad tradicional y un plato de pasta fresca con salsa pesto. Lo hizo en un francés lento pero seguro. Él se decantó por un plato de lasaña y añadió una botella de vino al pedido.

—Sam, insisto que estamos trabajando –le dijo ella, que por algún motivo no había conseguido que sus palabras fueran lo suficientemente autoritarias. Seguramente porque no le apetecía que lo fueran en realidad y se estaba dejando llevar por lo relajado y casi íntimo de la situación.

—Quería hacer algún comentario sobre lo guapa que estás –dijo Sam sin apartar la vista de Ava y consiguiendo ruborizarla–, pero no acabo de saber si harás ver que no has oído mis palabras o si le darás todo el mérito a la caracterización de Keeley. Así que no lo haré.

Ella hizo un gesto incómodo en la silla, intentando despegarse de aquel vestido que se ceñía a su cuerpo con arrebato y agradeció la llegada del vino. Sam le hizo una señal al camarero para que fuera Ava quien lo probara. A ella aquella responsabilidad la puso un poco nerviosa porque era consciente de que sus conocimientos en enología eran limitados. A pesar de ello agarró la bebida y siguió el protocolo que había aprendido sólo a nivel teórico. Se acercó la copa y olió su contenido antes de degustarlo. Al probarlo, el vino le pareció dulce pero con una pizca de acidez. Tal vez ella hubiera preferido algo más seco pero por algún motivo asumió que a Sam le gustarían aquellas notas afrutadas. Ava le hizo una señal de afirmación al camarero para que les sirviera a ambos. Cuando las dos copas estuvieron llenas, Sam cogió la suya y la acercó en dirección a ella, sin apartar ni un momento sus ojos de los de Ava. Ella imitó el gesto de él, sin acabar de saber del todo hasta qué punto debía hacer que las copas chocarán sonoramente una contra la otra o si simplemente debía producirse un simple toque entre los cristales de ambas.

—Salud —le dijo él.

—Salud —lo imitó Ava, dando otro sutil sorbo a su bebida.

Ava dejó la copa en la mesa y se dispuso a volver a ponerse a escuchar. Dirigió su mirada a la mesa de al lado pero los comensales estaban leyendo la carta y habían abandonado la conversación. El resto de mesas estaban demasiado lejos para que ella pudiera discernir lo que decían, sobre todo teniendo en cuenta que la mayoría hablaban en una lengua de la que tenía un conocimiento parcial. Volvió a dirigir su mirada tímidamente hacia su acompañante, dispuesta a realizar una pequeña prueba consigo misma para ver cuánto tiempo era capaz de aguantarle la mirada a Sam sin ruborizarse.

—Parece que hemos acabado en un entorno de realidad virtual bastante limitado en cuanto a posibilidades de escucha se refiere, ¿eh? —dijo él cuando se encontró con los ojos de ella.

—Tal vez deberíamos pedir que nos cambiaran de mesa para situarnos al lado de otros comensales. También le podemos pedir a Keeley que reinicie la misión. Con tanto ir y venir a Avron me temo que no hemos dedicado el tiempo suficiente a preparar esta misión. Y necesito completar los datos para mi artículo sobre el impacto de las actividades de ocio en el funcionamiento de una relación afectiva —dijo Ava sintiendo que aquella negligencia era responsabilidad suya.

—Tengo una idea mejor que reiniciar la misión —dijo Sam con una media sonrisa con la que Ava imaginaba que Sam podría seducir a quien se propusiera.

—¿Qué idea? —respondió ella con desconfianza.

—Llámalo inmersión plena. Podríamos simular que nosotros somos los objetos de estudio –continuó él con la misma sonrisa.

–¿Qué quieres decir?

–Quiero decir que demostremos lo mucho que hemos aprendido sobre los días previos a la Revuelta gracias a años interminables de observación y...

–Otra vez tú y tu necesidad de interacción –interrumpió Ava.

–Esta vez no estaba sugiriendo interacción, sólo entre tú y yo claro.

Sin acabar de ser consciente de lo que estaba haciendo, Ava agarró la copa que tenía delante y le dio un buen trago.

–Ya sé que te cuesta entender el concepto de dinero, pero te aseguro que a 30 euros la botella deberías saborearlo un poco más –le dijo él.

–¿Vamos a tener que pagar acaso realmente al final de la cena? –respondió Ava, entre turbada y airada.

–Hagamos ver que sí –continuó Sam, con la misma sonrisa seductora–. Pero tranquila, tienes que beber mucho más para acabar deambulando por los pasillos sin rumbo como ayer...

Ava procuró no mostrar lo mortificada que se sentía por las palabras de él. Aquella mañana al despertarse había tenido que reconstruir los acontecimientos de la noche anterior. Quería saber a qué se debía su horrible dolor de cabeza –al que pudo poner remedio químicamente de inmediato– y aquellas extrañas imágenes que parecía tener grabadas en la mente en las que Sam y algunos otros miembros de la tripulación gozaban de un festín de lujuria y sensualidad. Para deshacerse de las imágenes no encontró remedio alguno.

Mientras Ava intentaba practicar una media sonrisa incómoda por miedo a que Sam pudiera leerle la mente de algún modo misterioso e inexplicable, llegó el camarero con el plato de ensalada que ella había pedido.

–C'est pour qui la salade ? –preguntó.

–On va partager –respondió Sam, antes de que Ava pudiera reclamar su plato.

El camarero dejó la ensalada en medio de la mesa con una cuchara y un tenedor para servirla, y puso ante Sam y Ava dos platos pequeños vacíos. Sam cogió los utensilios y sirvió parte de la comida en el plato de Ava y después se sirvió a sí mismo. Ava se puso a comer de inmediato, más por mantenerse ocupada que por hambre.

–Creo que la norma indica que deberías darme conversación –dijo Sam.

–Estoy completamente bloqueada. No se me ocurre nada. Mucho menos si se supone que debería sacar un tema de conversación prerrevolucionario.

–Sería lo ideal pero sólo estamos empezando. Así que podemos permitir los temas de conversación contemporáneos.

Ava reflexionó un momento. Aquella era tal vez la ocasión idónea para pedirle a Sam que le contara un poco más sobre su inmersión en el sistema. Y que le hablara de aquella persona que había hecho la transición con él y finalmente volvió a su comunidad. ¿Se había sentido solo después de aquello? Ava estaba a punto de formular la pregunta cuando decidió que una intromisión tan grande en la intimidad de él tal vez no era adecuada. Y prefirió escoger otro tema que la tenía igualmente llena de curiosidad.

—¿Cómo llegaste antes que nosotros al despacho ayer a la mañana? Luka y yo te dejamos en la otra punta de Deckard.

—He sugerido que sacaras un tema de conversación, no que me interrogaras. Pero supongo que es una forma de empezar —dijo Sam, que parecía estar disfrutando mucho más que ella de aquella situación—. Keeley o yo deberíamos haberte enseñado ya el sistema de pasadizos en desuso de Deckard. Pueden resultar muy prácticos para llegar de un lado a otro con rapidez o sin ser visto.

—¿Qué quieres decir en desuso?

—Quiero decir que no se hace un mantenimiento de ellos, no se controla su temperatura o calidad del aire y no aparecen en el mapa oficial de Deckard. Son los pasillos originales de la nave pero con los años se han construido estructuras nuevas. Son un gran atajo, además de estar poco concurridos. Nos aseguraremos de que recibas una copia no oficial de su entramado por si algún día quieres usarlos. Pido disculpas, deberíamos haberlo hecho ya. Se nos pasó por alto.

—No pasa nada —dijo Ava, insegura de si sería buena idea transitarlos—, pero la próxima vez sería mejor que compartieras esa información conmigo antes. Luka se molestó bastante por el hecho de no llegar a la reunión a tiempo y ver que en realidad sí había una forma de hacerlo.

—Creía que erais amigos y habíais estudiado juntos durante años. Suponía que teníais confianza —dijo Sam, aparentemente sorprendido por las palabras de ella. Ava no recordaba haberse referido a Luka con los calificativos de amigo o compañero de estudios frente a Sam y se preguntó si su ayudante debía hacer sus averiguaciones de la misma forma que ella: mediante Keeley—. Si hubiera sabido que te estaba metiendo en un problema, te lo hubiera dicho de inmediato. Discúlpame.

—¿Son peligrosos? —preguntó Ava, que se acababa de dar cuenta de que no tenía ningún tipo de ganas de hablar de Luka en aquellos momentos. Sobre todo después de las palabras críticas y moralistas de su amigo de la noche anterior respecto a la relación de ella con Sam. Tenía la sensación de que si Luka pudiera verla en aquellos momentos la estaría juzgando negativamente y empezaba a no apetecerle nada interrumpir lo que prometía ser una velada de lo más agradable.

—¿Peligrosos? —preguntó Sam, sin acabar de entenderla.

—Los pasillos, como dices que no se hace mantenimiento de ellos... ¿¡Qué estás haciendo!? —exclamó Ava de repente al darse cuenta de que Sam había alargado el tenedor para pinchar uno de los trozos de tomate que había en el plato de ella.

—Compartir la comida con sus compañeros de mesa era una práctica bastante extendida entre nuestros sujetos de estudio —dijo él con total normalidad mientras se llevaba el tomate a la boca.

—¿Es esto protocolario realmente?

—Tal vez en una primera cita no, pero podemos suponer que nuestra relación ya está un poco más afianzada y hay cierta confianza —argumentó Sam convincentemente.

En aquel momento llegó un camarero que puso ante Ava el plato de pasta que había pedido y a Sam le sirvió la lasaña.

—Además como que es un entorno virtual no te tienes que preocupar por un posible contagio —continuó Sam mientras cogía un poco de lasaña de su plato y alargaba el tenedor en dirección a Ava—. Incluso esto es perfectamente protocolario.

Ava dudó un momento antes de coger el tenedor que él le estaba alargando y llevarse su comida a la boca. Pero sus dudas por hacerlo eran exactamente por el motivo contrario que en un principio podría haberse imaginado. Pese a que se encontraran en un entorno de realidad virtual completamente aséptico y que ni ella ni Sam estuvieran cenando en un restaurante parisino a principios del siglo XXI, Ava tenía la sensación de que su reacción más natural ante la aproximación de un instrumento de mesa que había estado en un plato y, lo que era peor, una cavidad bucal ajena hubiera sido de repulsión. Pero había algo casi se atrevería a decir que tentador o excitante en la idea de saborear su comida con un tenedor que había estado previamente dentro de la boca de Sam. Y Ava sabía que aquella atracción absolutamente irracional e impropia de ella hacia una fuente de comida que podría estar contaminada era lo que la había hecho dudar. Empezaba a no reconocer sus reacciones y aquello no le gustaba.

A pesar de ello fue capaz de racionalizar sus pensamientos con rapidez, convenciéndose de que el entorno virtual en el que se encontraban era lo que le proporcionaba aquella sensación de seguridad. Saboreó la lasaña, que le pareció deliciosa pese a que nunca hubiera creído que la carne de ternera fuera un alimento con el que ella pudiera llegar a disfrutar.

—¿Cómo va la recogida de datos? ¿Estás tomando notas mentales? —preguntó Sam entonces.

—No demasiadas. Prácticamente todo lo observado tiene que ver con cosas que tú has dicho o hecho... —dijo Ava con resignación.

Aquello la había hecho recordar el artículo que necesitaba acabar y la investigadora se preguntó si no debería ponerse seria y hacer que aquella misión empezara de una vez. Pero, en lugar de eso, acabó decidiéndose por beber un poco más de vino.

—Y no crees que yo sea una fuente de información fiable... —le dijo Sam sin apartar los ojos de ella mientras le servía más bebida.

—No creo que seas un buen ejemplo de sujeto prerrevolucionario. Tú mismo me has echado en cara que, por el hecho de que te hayas criado en una comunidad de fuera del sistema, tienes la sensación de que te trato como si fueras uno más de mis sujetos de estudio. No quiero caer en ese error —argumentó ella con dificultad por mantener un discurso lógico.

—¿Ni siquiera si te doy permiso para que hoy me trates como tal?

Ava fue incapaz de pensar algo lo suficientemente inofensivo y a la vez inteligente para responder a la tentadora oferta de él. No sabía si debía ser el alcohol, la luz de las velas, la música que sonaba (Artista: Tom Odell, tema: Can't Pretend), lo delicioso de la comida que les habían servido o la mirada constante de él acompañada por su conversación. Sólo sabía que no quería que aquella cena terminara nunca. Ava se preguntó cómo se las debían arreglar sus sujetos de estudio para encontrar la energía de trabajar o cumplir con otras de sus obligaciones rodeados como parecían estarlo de tantas distracciones irresistibles.

Hasta que de repente lo entendió. Un camarero puso ante ambos un trozo de papel. Imaginaba que la necesidad de ganar dinero para pagar por todas sus aficiones debía haber sido un buen incentivo.

—¿Te parece si vamos a dar una vuelta por el Sena? —dijo Sam después de que pagaran la cuenta con la moneda local que habían encontrado en los billeteros virtuales con los que Keeley los había provisto.

Ava ni siquiera dudaba ya ante aquella pregunta. Lo único que le apetecía decir era que sí. Sí a pasear hasta que se le pasaran los efectos del alcohol y los zapatos le hicieran daño y ya no se le ocurriera nada más de lo que hablar con él. Aunque lo último le parecía absolutamente imposible. Pero en lugar de eso su boca urdió las palabras más aburridas y prudentes que se hubiera escuchado jamás a sí misma. Y ni siquiera acababa de estar segura de por qué.

—Me temo que ya hemos alargado más de la cuenta este experimento. Lo mejor será que nos desconecten. Hay que volver a la mundana realidad de Deckard y pensar en preparar un poco mejor nuestra próxima misión.

*

Keeley y Ava estaban sentadas en el despacho comunitario del equipo B-8416. El resto de sus compañeros había decidido terminar ya su jornada.

—¿Vas a quedarte mucho rato más? —preguntó Keeley mientras

plegaba su pantalla virtual y se levantaba para irse.

—Debería intentar al menos encontrar uno o dos buenos destinos en los que centrarnos para nuestra próxima misión. La semana que viene vamos a seguir muy ocupados con sesiones con Celia pero tengo la sensación de que la investigación se está resintiendo —dijo Ava sin apartar la mirada de su pantalla.

—¿Y estás recibiendo presiones del gremio para acelerar la investigación? —preguntó Keeley.

—No, pero eso no significa que no deba preocuparme por seguir haciendo bien mi trabajo —respondió Ava.

—Creo que el gremio ha dejado bastante claro que tu trabajo durante los próximos días va a ser encargarte de Celia. Y estás haciendo todo lo posible para hacer una faena impecable. Date un descanso.

Ava apartó finalmente la mirada de los datos de la pantalla que tenía ante ella y la fijó en Keeley.

—¿Por qué crees que necesito un descanso?

—Es sólo un presentimiento —dijo Keeley, sin esperar más indicaciones por parte de su interlocutora para empezar a exponer su hipótesis—. Primero le dices que no a Sam a ir a meditar juntos y luego le dices que no a ir a pasear por el Sena. ¿Se puede saber qué te pasa?

—Nada —respondió Ava con completa naturalidad—. En la primera situación decidí pasar la velada con un amigo que hacía tiempo que no veía. Que luego lamentara mi decisión por lo tediosa que acabó resultando la compañía de Luka es algo que no podía haber previsto. En la segunda situación... el hecho de que sepas que ha habido una segunda situación sin siquiera haber estado presente dice mucho de los inconvenientes de la misma. No le veo mucho sentido a pasear por el Sena en plena misión supuestamente profesional y con medio equipo presenciándolo todo a través de vuestras pantallas virtuales.

—Ya veo. ¿Dirías que una parte de tu cerebro sigue estando afectada por la falta de gravedad y la presencia en esta nave de cierto individuo que, pese a que sólo es un hombre, podríamos calificar de muy tentador?

Ava se quedó pensativa mientras consideraba la pregunta de Keeley. Lo cierto era que no acababa de estar segura de cuál era la respuesta. Analizándolo objetivamente se podía decir que su cerebro seguía afectado pero cada vez estaba más convencida de que la falta de gravedad en Deckard tenía poco o nada que ver con ello. Estaba lista también para desechar la idea de que lo suyo fuera una perturbación momentánea de los receptores hormonales en su amígdala cerebral. La perturbación parecía cada vez más permanente y sus hormonas fuera de control.

—Le ha crecido la barba —continuó Keeley ante el silencio de Ava—. Una parte de la tripulación lo devora con la mirada más que antes. ¿Contigo ha sido al revés?

—El pelo facial nunca ha mermado mi interés libidinoso por un sujeto. Más bien todo lo contrario —argumentó Ava con racionalidad—. Pero no había percibido ese cambio en su aspecto. Tenía la sensación que Sam nunca había sido muy adepto a afeitarse.

La jefa de investigación removió entre los objetos que tenía encima de su mesa de trabajo hasta dar con el conjunto de pliegos de papel en los que había estado anotando algunas de sus observaciones sobre Sam. Hojeó algunas de las entradas desde sus primeros días a bordo de Deckard en busca de referencias a la barba de Sam.

—Veo que estás más interesada en seguir enterrada en tus apuntes y trabajar que en hablar conmigo, incluso a pesar de que haya sacado un tema de conversación por el que antes hubieras mostrado interés siempre. Vaticino que tu cerebro está recuperado del hechizo de Sam —dijo Keeley antes de despedirse de Ava y salir del despacho.

Pero Ava no acababa de estar segura de que su compañera tuviera razón y continuó leyendo notas al azar.

21 de julio de 2076. Línea de los hombros casi recta. Tronco triangular. Se toca la barbilla cuando escucha.

30 de julio. Jugando con la manga de su uniforme, remangándose y metiéndosela hacia dentro. Tomo notas porque no puedo aguantarle la mirada. Convencida de que él no tiene la misma sensación. Terco, tozudo. Malcarado. Observador, parece tener un conocimiento casi innato de la época estudiada que atribuye a su amplia experiencia en misiones virtuales.

2 de agosto de 2076. Sentado con las piernas separadas. Perturbador. Se toca la barba, habla con las manos. Se rasca el espacio entre el cuello y el hombro, el trapecio. Parece incomodado, molesto.

4 de agosto. Criado en una comunidad de fuera del sistema. Le habla a Celia sobre un pasado que parece haberlo marcado. Vulnerable.

7 de agosto. Olor a almizcle, jabón y madera. Manos nervudas y elegantes. Gran sensibilidad musical.

10 de agosto. El bigote apenas deja ver su labio superior. Media sonrisa. Baja la mirada cuando lo hace. Apenas mueve los labios cuando habla. Voz ronca. Sonríe con los ojos. Sabe disfrutar del placer del silencio.

11 de agosto de 2076. Perfil, su nariz, el relieve de su labio inferior. Nuez del cuello. Líneas de expresión entre las cejas cuando frunce el ceño. Leal. Sonrisa infecciosa. Es fácil juzgarlo equivocadamente.

12 de agosto de 2076. Tímido. Pese a algunas muestras de costumbres anacrónicas parece estar integrado por completo al sistema.

Desde el principio se había empeñado en asociar su atracción por Sam con una simple reacción de la parte más primaria de su persona causada por el atractivo físico de él. Una simple seducción animal. ¿Era posible que hubiera algo más y su ayudante y sujeto de estudio hubiera logrado seducir también su mente?

Ava cerró el cuaderno de un golpe seco y lo guardó en uno de los cajones de su escritorio, asegurándose de que quedara bajo llave. No se había dado cuenta hasta aquel momento de lo comprometidos que podían llegar a ser aquellos apuntes si alguien que no fuera ella los leyera. Decidió irse a su habitación sin cenar o sin ir a correr. No tenía ganas de encontrarse con nadie.

DÍA 31

Objetivamente se podía decir que había pasado uno de los días más soporíferos de su existencia y ni siquiera acababa de estar segura del motivo. Su jornada había consistido en la lista habitual de tareas que solía practicar en sus días libres. Pero absolutamente todas la habían dejado con una sensación de vacío, indiferencia e insatisfacción a partes iguales. No había logrado sacarla de su letargo ni siquiera una sesión de ejercicio corriendo por las frías y grises calles de Manhattan, pese a la buena forma física en la que se encontraba o que lo hubiera hecho a ritmo de nuevos temas introducidos en su lista musical para correr (Artista: Jack White, tema: I'm Shakin'. Artista: Gin Wigmore, tema: Black Sheep). Impasible la había dejado también una sesión de sexo virtual en la que había preferido prescindir de su avatar preferido, álter Sam, en favor de otro que en teoría debería ayudarla a abstraer su mente y curarla de algunas obsesiones que empezaban a parecerle injustificadas y malsanas.

Estaba en su habitación intentando encontrar un poco de placidez con una lectura que hacía semanas que lo único que le producía eran desencantos, pero a la que continuaba volviendo a pesar de todo. Leía y releía aquel pasaje en el que Archer acababa de regresar a Nueva York después de hacerle una visita furtiva a Ellen, intentando descubrir qué la había alejado de la ciudad, dándose cuenta a su vuelta de lo vacías que podían llegar a parecerle sus costumbres favoritas desde la irrupción de ella en su vida.

Aquella noche desembaló sus libros llegados desde Londres. La caja estaba llena de cosas que había estado esperando impacientemente: un nuevo volumen de Herbert Spencer; otra colección de las brillantes historias del prolífico Alphonse Daudet; y una novela llamada *Middlemarch*, de la cual últimamente se habían escrito críticas interesantes. Había rechazado tres invitaciones para cenar en favor de aquel festín. Pero, a pesar de que pasó las páginas con el regocijo sensual de un amante de los libros, no sabía lo que estaba leyendo y de sus manos cayeron un libro tras otro. De repente se fijó en un pequeño volumen de poemas que había encargado porque su nombre le había atraído: *The House of Life* (*La casa de la vida*). Lo comenzó y se encontró sumergido en una atmósfera como ninguna otra que hubiera respirado en un libro: tan cálida, tan rica y a la vez tan inefablemente tierna, que dotó de una nueva y evocadora belleza a la más elemental de las pasiones humanas. Se pasó toda la noche persiguiendo a lo largo de aquellas páginas encantadas la visión de una mujer que tenía el rostro de Ellen Olenska.

Ava combinaba la literatura con el cambio reiterado de los temas que sonaban en su sistema de transmisión musical. Tenía la sensación de haberlo escuchado todo tantas veces que nada podía provocar ya siquiera el sucedáneo de un sentimiento. Hasta que una canción pareció apaciguarla momentáneamente y logró sonar durante más de cinco segundos. Artista: Christina Rosenvinge, tema: Tu boca. Seguía escuchando y estaba prácticamente decidida a irse a dormir pronto por segundo día consecutivo y esperar que a la mañana siguiente las cosas fueran diferentes, cuando oyó el inconfundible sonido de los nudillos de Sam contra su puerta. Sin apenas pensar en lo que estaba haciendo se levantó de inmediato para abrir. A medio camino consiguió reaccionar, dándose cuenta de que aquella música parecía exponerla de un modo que la incomodaba. Buscó algo menos comprometido. Artista: The Bravery, tema: Believe.

Del otro lado de su umbral, Sam esperaba con su porte seguro. La media sonrisa de sus labios indicaba que estaba de buen humor.

—¿Puedo pasar? —dijo en lo que pareció una pregunta completamente retórica, puesto que empezó a avanzar hacia el interior de la habitación sólo decir esas palabras y sin esperar la respuesta de Ava.

Ella se apartó levemente para dejarlo entrar, inhalando su aroma cuando él pasó por debajo del marco de la puerta bajo el que ella también se encontraba. Lo limitado del espacio provocó la proximidad entre ambos durante un instante y Ava aprovechó para distinguir cada una de las notas de su olor.

—Es sábado por la noche —dijo ella, recuperándose del hechizo de su fragancia y sorprendida por la visita—. Tenía la sensación de que estarías recreándote con algún miembro de la tripulación, socializándote y disfrutando de algún tipo de regocijo virtual o no virtual...

—Estoy socializándome contigo... —respondió él con franqueza y mirándola a los ojos. Estaban parados en medio de la habitación con más de dos metros entre ambos. A pesar de ello, Ava tenía la sensación de que la distancia era insuficiente y el cuarto demasiado pequeño. Notaba su ritmo cardíaco acelerado y el vello de sus brazos erizado.

—¿Qué quieres? —preguntó ella sin querer que pareciera que le molestara la presencia de él allí pero, como siempre que él decidía irrumpir así en su cuarto, sin acabar de saber cuál era el código social a seguir.

—¿Qué estás escuchando? —dijo él, sin responderle y lanzando un nuevo interrogante.

—Nada, algo de principios de milenio —Ava no podía recordar el título o el nombre del artista del tema que acababa de escoger. Tenía la sensación de que el dichoso almizcle volvía a estar creando interferencias en un cerebro el suyo que, de seguir así, iba a acabar seriamente incapacitado.

Sam se sacó un objeto rectangular del bolsillo y se lo alargó a Ava. Ella abrió la caja y reconoció su arcaico contenido fabricado a base de plástico y cinta magnética para registrar sonido.

—¿Puedes reproducirlo? —preguntó Sam.

Ella procuró mantener la compostura pese al entusiasmo que le suponía el reto musical y arqueológico que Sam le estaba planteando.

—Claro —respondió, deseando para sus adentros que la cinta de casete no hubiera cedido ya al paso del tiempo y continuara habiendo algún sonido que reproducir en ella. Se subió a la silla de su habitación para poder llegar así hasta la estantería más alta. Dentro de una de las cajas que guardaba allí encontró el aparato electrónico necesario para aquella tarea. Bajó de la silla, mostrándole a Sam su hallazgo con una sonrisa genuina en los labios. Le alargó el aparato en un gesto que indicaba préstamo por un periodo limitado de tiempo.

—¿Puedo escucharlo aquí? Creo que te gustará —dijo Sam.

—Claro —dijo ella intentando seguir pareciendo lo más natural posible—, siéntate si quieres. Aquel es mi rincón —le indicó a Sam la esquina de su habitación donde yacían una buena parte parte de sus objetos y libros y el mismo lugar donde había estado leyendo hacía unos momentos.

Ava metió la cinta dentro del dispositivo electrónico siendo muy consciente de que él estaba observando atentamente cada uno de sus movimientos. Hubo un sonido como de teclas que eran pulsadas, después de eso un ruido dejó distinguir las primeras notas y las primeras líneas. Artista: The Killers, tema: For Reasons Unknown. Ava se sentó en el suelo de la esquina del cuarto junto a Sam.

—¿Dónde lo has encontrado? —dijo ella.

—¿Te gusta?

—Me encanta pero creía que habían publicado este tema en una era bastante posterior al casete.

—Estoy seguro de que estás en lo cierto —dijo Sam—. Hace tiempo que lo tengo. Era parte del material de investigación de una de las misiones que tuve que preparar antes de trabajar con Alina. Nunca devolví la cinta pero tampoco la había podido escuchar hasta ahora. Gracias.

Sam sonrió una vez más y Ava volvió a tener problemas para aguantarle la vista. Seguía notando cierto desasosiego y cada vez que su corazón parecía calmarse un poco él le lanzaba una mirada que volvía a desestabilizarlo. Si no fuera por su juventud y lo saludable que se sabía, Ava estaría temiendo por tener un paro cardíaco en cualquier momento debido a la aceleración excesiva y desenfrenada de su ritmo vital.

—¿De dónde sacas cosas como ésta? —preguntó Sam, sentado con las piernas cruzadas y resiguiendo con su mano izquierda los dibujos de la madera artificial del suelo.

—Bueno... nunca devuelvo todo el material arqueológico que me envían para ayudarme en la documentación. Y Gaff puede ser de mucha ayuda si sabes cómo tratarlo —respondió Ava.

—Sí, Keeley me ha explicado algunas cosas sobre el tema —dijo Sam riéndose con aquella sonrisa infecciosa—. También me había dicho que lo más probable sería que no te encontrara aquí esta noche.

—Le encanta hacer ver que mi agenda social está repleta. Pero no sé dónde creía que iba a estar exactamente —dijo Ava—. Ella está muy ocupada y los gemelos nunca han sido una gran compañía...

—¿Y Luka?

—Tampoco parece ser una gran compañía últimamente —respondió Ava, sin acabar de estar segura de cuáles eran sus sentimientos hacia Luka más allá de que seguía ofendida por la intromisión de él—. Tal vez es que nunca he sido excesivamente sociable.

Ava era consciente de que hablaba con él pero la mayor parte del tiempo sus ojos estaban clavados en el suelo, o en las manos de Sam jugueteando con el relieve del piso. Cuando levantó la mirada se encontró nuevamente con los ojos de él, que parecían fijos en ella todo el tiempo.

—A lo mejor Keeley se refería al hecho de que yo estaba invitada a una especie de cena virtual para jefes de investigación que organiza el gremio —dijo Ava con lo primero que le vino a la mente, queriendo llenar aquel silencio incómodo causado tras el encuentro de las miradas de ambos.

—¿Cena virtual?

—Sí, para no excluir a nadie.

—Nadie que sea jefe... —dijo Sam, que parecía divertido con los problemas de ella para mantener un tema de conversación.

Ava reflexionó un momento consciente de que efectivamente Sam no estaba invitado a aquella cena, tampoco lo estaba ningún otro de los miembros de su equipo. Apeló a la compasión de su ayudante con una mirada casi suplicante. No sabía qué decir.

—Tranquila —dijo Sam, acudiendo en su ayuda—. Sólo me gustan las cenas virtuales si son para dos y hay posibilidades de acabar la velada paseando por el Sena.

Las últimas palabras de él sólo consiguieron desconcertarla todavía más. Desde la llegada de Sam a su habitación la mente de Ava parecía estar funcionando a su máxima capacidad para encontrar explicaciones y respuestas lógicas a la presencia de él allí. Por el momento no había tenido éxito.

—Es una cena virtual porque Luka y otros antropólogos están atendiendo desde aquí, deben estar ocupando la Grande Promenade ahora mismo, así que no es buena idea si tenías pensado ir a correr —prosiguió Ava, optando por continuar con la conversación por absurdo o poco interesante que pudiera parecerle todo lo que salía de su boca en aquellos momentos—. Y mi padre... Jeff y otros miembros de la junta de dirección están atendiendo desde diferentes puntos de la Tierra.

—¿Se puede rechazar una invitación así?

—Jeff y Luka querían que fuera porque lo ven como una buena oportunidad para mi carrera —Ava se estaba aburriendo sólo oírse hablando sobre aquel tema—, y es cierto que poner excusas es complicado porque nos hemos quedado sin dolores de cabeza y otros pretextos válidos hasta no hace tanto tiempo para justificar la ausencia a un compromiso social. Lo que he hecho ha sido enviar una notificación a la organización, además de a Jeff, diciendo que no atendería y no he dado más explicaciones. No creo que haya inconvenientes.

—¿Estás segura de que no deberías haber aceptado? —dijo él en lo que parecía una muestra genuina de preocupación por ella, sus compromisos sociales y su futuro profesional.

—Completamente. Necesito reflexionar un poco antes de pensar en el futuro —dijo Ava, que decidió que había llegado el momento de acabar con aquella pantomima y empezó a levantarse—. Pero no quiero aburrirte con mis cavilaciones. Estoy segura de que debes tener cosas que hacer y no quiero entretenerte.

Sam imitó el gesto de ella, pero al levantarse aprovechó también para recortar la distancia entre ambos.

—Si quieres puedo irme, pero no me estás aburriendo y no tengo nada mejor que hacer —dijo él.

—Déjalo —le dijo ella mirándolo a los ojos con toda la decisión que supo encontrar.

—¿Qué quieres que deje? —respondió él con una de sus sonrisas perfectas y hablando en su tono más sosegado.

—Deja de intentar volver a seducirme. Deja el tono profundo y las miradas penetrantes.

—¿Por qué? —prosiguió él sin cambiar la inflexión de voz y acercándose aún más a Ava.

Ella irguió su cuerpo tanto como pudo, lamentando no haberse calzado antes de abrirle la puerta a Sam. Las botas del uniforme le hubieran dado al menos dos o tres centímetros más de altura y siempre venían bien cuando hablaba con él. La jefa de investigación decidió no dejarse amedrentar y con su gesto seguro se acercó aún más a Sam para exponerle su respuesta.

—Porque estoy segura de que ambos recordamos lo que pasó la

última vez que estuviste en este cuarto –empezó–. No me apetece lo de volver a abalanzarme sobre ti para que vuelvas a rechazarme y tener que disculparme de nuevo al día siguiente. Todo ello después de una ducha fría desinfectante y bastante cargada de vergüenza.

–Tienes razón –dijo Sam, acercando una de sus manos al rostro de ella y colocando un mechón de pelo que le caía sobre la cara detrás de su oreja. Ella notó la descarga eléctrica al sentir los dedos de él descendiendo lentamente por su nuca –. No estaría bien. También podemos hacerlo al revés y puedo ser yo quien... no sé si abalanzarse acaba de ser una expresión demasiado gentil, en todo caso serías tú la encargada de todos los rechazos en esta ocasión, si los consideras necesarios. Y yo prometo pedir disculpas en exceso si hace falta. Nada de duchas desinfectantes y nada de vergüenza.

Ambos permanecieron de pie en medio de la habitación, uno frente al otro, completamente quietos y mirándose a los ojos durante unos segundos. Las últimas notas de la música dejaron de sonar y Ava se sobresaltó con el sonido de teclas pulsadas que acompañó el final de la canción, apartando su mirada de Sam un momento. Con el comienzo de la siguiente canción –Artista: Nirvana, tema: Where Did You Sleep Last Night– Ava sintió el aroma de él más cerca que antes. Con la mano todavía en el cuello de Ava, Sam empezó a recorrer el relieve de la clavícula de ella delicadamente, para acabar agarrando su rostro. Siguió aproximándose a ella lentamente, con un ritmo dictado por las notas de la música, hasta acercar su boca a la de Ava y besarla. Ella lo había estado esperando con los labios entreabiertos. Notó el estremecimiento al sentir el cuerpo de él, sus manos, su lengua.

–No tienes idea de lo increíblemente irritante y molesto que has sido conmigo –dijo Ava un instante en el que sus labios se separaron. Sus manos palpaban la cara de Sam, su nuca, su espalda en un anhelo por sentirse más cerca suyo.

–*Tú* no tienes idea de lo increíblemente irritante que puedes ser – dijo él a su vez–. Yo, en cambio, no soy más que un humano normal y corriente con necesidad de afecto.

–Eres lo más alejado a un humano normal y corriente –replicó ella mientras Sam le acariciaba el cuello con los labios y lo desprendía de la tarjeta de identificación que llevaba puesta–, pero dejémoslo. No me apetece discutir.

Ella dejó que una de sus manos descendiera lentamente hasta la cintura de Sam, demorándose en la cavidad de su trapecio, la curva de su hombro, el relieve de uno de sus pezones. Hasta acabar encontrando refugio bajo la camiseta de él.

–Debe ser la primera vez –dijo él pausadamente, mirándola con un gesto que ella no había advertido antes en su rostro. Rodeaba su cintura con el brazo derecho mientras su mano izquierda volvía a apartar los mechones de ella que caían sobre su cara y le hablaba al oído, haciéndole cosquillas con el aliento en una de sus zonas más erógenas—... que no tienes ganas de discutir.

—Felicidades. Has descubierto la forma de no hacerme querer discutir. Sorprendente lo mucho que te ha llevado llegar a una deducción tan simple —dijo ella, acariciando la piel suave y cálida del pecho de él mientras buscaba aquel rastro de vello que llevaba días persiguiéndola en sueños.

Ava liberó los dedos de su otra mano, enredados en el pelo de Sam, para empezar a ayudarse con ambas a despojarlo del uniforme.

—Necesito ayuda —dijo Ava. Le hablaba al oído, su cuerpo contra el de él, su lengua recorriendo lentamente su cuello y sus manos retirando su camiseta.

—¿No deberíamos hablar antes sobre el protocolo a seguir? —dijo Sam, con tono serio y sin hacer ningún ademán de ir a quitarse prenda alguna.

—¿En serio? —dijo Ava, desprendiéndose de la ropa de Sam y apartándose de él unos centímetros. Sam había conseguido ofenderla nuevamente en un tiempo récord.

—Había asumido que tú sólo practicabas sexo virtual y necesitaríamos pactar las condicion...

Ava llevó su dedo índice a los labios de él, sellándolos con aquel gesto y decidiendo ignorar la ofensa.

—De ahora en adelante mejor que no asumas nada más sobre mí. Nunca. También es mejor que dejemos de hablar de una vez —dijo ella.

Él se le acercó, rodeándola con su brazo derecho y ella notó el escalofrío agradable que le produjo la palma de su mano en contacto con la piel de su espalda. Sabiendo exactamente cómo, su mano izquierda estiró la camiseta de Sam hacia ella y la derecha se fue a su mandíbula. Se puso de puntillas y sus labios se encontraron con los de Sam.

DÍA 33

Ava yacía en la cama, estirada sobre su lado derecho.
Con los dedos de su mano izquierda Sam reseguía
delicadamente el lateral del cuerpo desnudo de ella. El
relieve de las costillas, el valle de la cintura, la curva
de la cadera, la redondez de su nalga, la unión con el
muslo. Se había propuesto despertarla con aquella caricia
que a él le hacía cosquillas en las yemas de los dedos.
Pero Ava dormía profunda y plácidamente. Hasta que dejó de
hacerlo.

El timbre de aviso empezó a sonar insistentemente a un volumen
atronador. Ava se incorporó de inmediato en la cama sobresaltada y sin
saber lo que sucedía.

—¿Qué está pasando? —preguntó sin apenas poder abrir los ojos y
en estado de pánico momentáneo.

Sam se levantó de un salto y se agachó en el suelo buscando entre
la ropa apilada al lado de la cama.

—Es la alarma en mi tarjeta de identificación —dijo Sam, mientras
encontraba su dispositivo en uno de los muchos bolsillos de sus pantalones
y hacía cesar el sonido.

—¡A ese volumen! ¡Casi tengo un ataque al corazón! Ni siquiera
sabía que llevaras encima la tarjeta. Siempre había creído que sólo la
utilizabas para correr y poca cosa más.

—El volumen alto es la única forma de asegurarme de que la oiré y
me despertaré a tiempo. No llevo bien lo de despertarme en un momento
concreto cada día y ésta es la única forma de poder hacerlo... Siento el
sobresalto.

—De acuerdo —dijo Ava, entendiendo a la perfección el
razonamiento y con cada vez más dificultades para estar enfadada con él—,

olvidemos que casi me matas. Creo que estoy volviendo a recuperar mi ritmo cardíaco normal.

—Todavía es temprano. Si quieres sigue durmiendo. Yo necesito hacer unas cosas antes de la reunión —dijo Sam y por un instante Ava casi cayó en el hechizo de su voz melosa y grave y se volvió a tumbar en la cama para quedarse dormida.

—Espera un momento —atinó a decir ella despertando a la vez del encantamiento y del sueño y volviendo a incorporarse—. Tenemos que hablar antes de que te vayas.

Sam la interrogó con la mirada y se sentó en la cama junto a ella. Ava preveía complicaciones mayores para hacer funcionar su cerebro y tener una conversación seria a aquellas horas y con él en aquel estado de desnudez.

—Creo que es mejor que... —Ava tenía problemas evidentes para encontrar las palabras que necesitaba. En ocasiones pasadas había apartado la mirada del rostro de él para dirigirla a otra parte de su cuerpo, como el cuello de su camiseta o el escudo del gremio en la manga de su uniforme, y se había concentrado en aquello. Pero la ausencia de ropa en la que entretenerse hacía que el cuello de Sam la invitara más que en ocasiones anteriores a no detenerse en un sólo punto y dejar que la mirada de ella se paseara por su anatomía. Ava sacudió la cabeza, cerrando los ojos mientras lo hacía, procurando aclarar su mente y volvió a posar su mirada en los ojos de él. Aquel no era momento de mirar al suelo o al horizonte—. Creo que no deberíamos hablar de lo que ha pasado.

Sam se quedó mirando a Ava, con el mismo gesto de interrogación en el rostro y ella entendió que tendría que hacer un esfuerzo por procurar ser un poco más inteligible con él o tratar de hablar su idioma.

—No sé hasta qué punto eres consciente de la existencia de un capítulo en particular en el libro de normas y regulaciones de los antropólogos que veta cualquier tipo de relación entre jefes de investigación y los miembros de su equipo —añadió Ava, esperando que aquello fuera suficiente para que Sam entendiera lo que quería decir.

—Lo he leído y no tenía intención de hablar con nadie —dijo él, como procesando y comprendiendo finalmente el objetivo de aquella conversación. Su tono axiomático hizo que Ava sintiera la ridiculez de sus palabras y notara el rubor que subía a sus mejillas—. Pero no le digas nada a Keeley.

—¿Cómo? —preguntó ella todavía avergonzada por haber insinuado que él pudiera hablar de aquello con alguien y lamentando haber sacado el tema.

—No le digas nada a Keeley y a lo mejor conseguimos que no se entere el resto de la tripulación. Es difícil mantener secretos en Deckard —le dijo Sam.

—No quería decir que... no quiero que pienses que estaba desconfiando de ti... es sólo que...

—No hace falta que te justifiques conmigo —dijo Sam en aquel tono racional y comprensivo que siempre conseguía tranquilizarla—. Al fin y al cabo mis antecedentes no son muy halagüeños. Todo el mundo en esta nave parece tener todo tipo de detalles sobre mi relación con Alina.

—No todo el mundo —dijo Ava, finalmente segura de sus palabras—. Te aseguro que si esa información hubiera llegado a alguno de los cargos superiores ella hubiera tenido dificultades para conseguir su ascenso. Y no sé cuáles hubieran sido las consecuencias para ti. El motivo por el que quiero mantener... —Ava reflexionó un momento intentando encontrar el sustantivo más adecuado— *esto* entre tú y yo es porque estoy convencida de que, de saberse, los efectos acabarían siendo peores para ti que para mí. No olvidemos lo bien relacionada que estoy.

Ava dijo aquello esperando estarse manifestando de forma clara y transparente finalmente. No quería que Sam se llevara la impresión equivocada con sus palabras pero no podía acabar de estar segura de ello. Pese a que los últimos dos días los habían pasado juntos, despojados de cualquier tipo de pudor o intimidad, se dio cuenta de que en realidad no lo conocía. Sólo quería advertirlo para que aquello no tuviera consecuencias negativas para él. Ella sabía que, en caso de necesidad y pese a que no se sintiera orgullosa por ello, siempre podría acudir a su padre y él se encargaría de arreglar cualquier problema en el que pudiera haberse metido. Para Sam las cosas serían diferentes.

—Gracias por la advertencia. No te preocupes —dijo Sam—. Creo que ahora es mejor que me vaya.

—Me atrevería a conjeturar que debes tener una rutina matutina con la que desde luego no quiero interferir. Ve y haz lo que sea que tengas que hacer. Pero, por favor, asegúrate de que pueda verte mientras te vistes —Ava dijo aquello entre divertida y sonrojada pero queriendo recalcar la necesidad del cumplimiento de sus últimas palabras.

*

Sam y Ava se encontraron hora y media más tarde frente a la puerta B-8416. Provenían de direcciones opuestas del pasillo pero acabaron en la entrada de su espacio de trabajo a la vez.

—No quería entrar a la oficina contigo —le dijo Sam al verla, casi susurrando.

—Yo tampoco —respondió ella también en un murmuro—. Por eso he llegado tan pronto. Tú siempre llegas tarde.

—¿En serio? ¿Lo dices de verdad? —dijo Sam intentando no alzar la voz pese a su contrariedad por las palabras de ella—. Eres tú la que llega siempre tarde.

—Dejemos de discutir en medio del pasillo antes de que nos vea alguien. Entramos los dos a la vez y ya está —dijo Ava, disponiéndose a abrir la puerta mientras su mano izquierda se apoyaba sobre el brazo derecho de él, notando el relieve y la redondez de sus músculos y el calor que desprendía su piel—. Y Sam, intenta actuar con normalidad.

—Eres tú la que no está actuando con normalidad —le dijo él, impidiendo que pudiera abrir la puerta y mirando la mano de ella palpando su bíceps—. Normalmente no sueles tocar demasiado a la gente. Desde luego no a mí.

Ava se dio cuenta de lo que él estaba diciendo y retiró su mano de inmediato. Durante las últimas horas había borrado sus fronteras espaciales con Sam. Invadir el espacio personal de él era natural y se podía decir objetivamente que se regocijaba con la idea de que él hiciera lo mismo con su espacio personal. Ava reflexionó sobre cuál debía ser la distancia mínima que debía guardar con él para mantener una imagen completamente profesional y aséptica, se separó de Sam de acuerdo a sus cálculos y esperó que aquello no volviera a pasarle en un espacio público.

Tenía la sensación de que si lo miraba más de lo habitual o de una manera un poco más cálida que normalmente Keeley se daría cuenta de inmediato de que en aquellos momentos sí que había más que una relación estrictamente laboral entre ambos. Por suerte cuando entraron al despacho sólo encontraron a Celia y a Dupont dentro. Al verlos Ava tuvo la sensación de que tanto ella como Sam habían exagerado con sus precauciones y sus cautelas. Dudaba de que ninguno de los dos pudiera observar o advertir algo inusual o delatador en sus comportamientos.

—¿Entonces no eres mudo? —preguntó Celia que estaba sentada delante de Dupont y lo miraba con sus ojos inquisitivos.

—No, sólo un poco tímido —respondió Dupont y Ava dio un respingo al oírlo. Aquella era la primera vez que escuchaba la voz del técnico de su equipo.

Pese a que Dupont había articulado perfectamente cada una de sus palabras y que tenía una voz agradable, se notaba que sus cuerdas vocales estaban un poco desentrenadas.

—Dupont se ha dado cuenta de que no tengo tarjeta de identificación y ha sido tan amable de intentar hablar conmigo —dijo Celia al ver a Sam y Ava—, aunque entiendo que por algún motivo ésta no es su forma habitual de comunicarse.

—No lo es. Algunos miembros del gremio prefieren priorizar y experimentar con formas más sofisticadas de comunicación —dijo Ava a modo de respuesta e intentando ayudar a Celia a entender aquello.

—¿Más sofisticadas? ¿Por qué más sofisticadas? Por lo que me ha parecido entender para que se pueda realizar la comunicación de esta forma ambas personas deben tener una tarjeta de identificación y estar conectadas al sistema. En cambio de la forma tradicional se puede hacer sin mediación de la tecnología –argumentó Celia.

–Naturalmente tienes toda la razón aunque estoy seguro de que entre Ava y Dupont pueden darte 20 motivos por los que el otro método se considera más sofisticado –dijo Sam dirigiéndose a Celia y avanzándose a la respuesta de Ava–. Uno de los mejores consejos que puedo darte después de años de integración en el sistema de gremios es que no intentes argumentar demasiado con ellos sobre la idoneidad de sus métodos. Al menos no de forma directa.

–Sam, no veo ningún fundamento en tus palabras –dijo Ava contrariada pero por algún motivo incapaz de sentir el enfado que una afirmación como aquella le hubiera provocado en otra ocasión–. Parece como si en el sistema de gremios hubiera una única corriente de opinión y fuera imposible cambiarla o hacer razonar a sus miembros.

–Lo único que quería decir es que a veces para hacer razonar a sus miembros hay que buscar fórmulas creativas y poco ortodoxas –dijo Sam mirándola a los ojos y sonriendo al final de sus palabras.

Sam la contemplaba con el mismo gesto canalla con el que se había despedido de ella a primera hora de aquella mañana. Se habían separado tras una dilatada caricia de los labios de él a lo largo del cuello de Ava que había acabado prolongándose por su espalda y la había dejado en un estado de ensoñación y calma absolutos. Pero la pendiente ascendente en la libido de Ava provocada por aquel recuerdo cayó en picado cuando, en el mismo momento en el que notaba cómo se apoderaba de ella un calor repentino, se habría la puerta del despacho y entraba Luka.

–Me alegra ver que hoy haya podido llegar todo el mundo a tiempo –dijo el especialista en protocolo–. ¿Listos para empezar?

Ava se sentó a la mesa donde harían la sesión, asegurándose de que Celia se pusiera entre ella y Sam. Le daba miedo que, de lo contrario, se pudieran ver las chispas que saltaban entre ambos cada vez que sus miradas coincidían o que sus cuerpos estaban a menos de 20 centímetros de distancia. Objetivamente se podía decir que no estaba lista para empezar aquella reunión.

Luka dio inicio a la sesión explicando las visitas a otros miembros de la tripulación que Celia había realizado aquellos últimos días. Parecía que la joven no había estado tan ociosa aquel fin de semana como algunos miembros del B-8416. Celia había podido observar desde cerca a algunos profesionales en su entorno pero seguía preocupada por la ocasión en la que a ella le tocara escoger un oficio.

–Ava, ¿tienes algún comentario para Celia? –dijo Luka de repente y Ava se dio cuenta de que había llegado el momento de intervenir en aquella reunión y volver al mundo de los profesionales responsables con vidas productivas.

Dudó unos instantes sobre cómo empezar hasta que recordó algo que su padre le había dicho hacía no tantos años cuando ella misma tuvo que afrontar la elección de una profesión.

—Naturalmente podemos ayudarte y guiarte, podemos responder a tus preguntas pero habrá un momento en el que seas tú quien tenga que descubrir lo que quiere hacer —empezó Ava recordando los motivos que entonces habían hecho que ella dudara en su elección. Procuró apartarlos de sus pensamientos y seguir reproduciendo las palabras de Jeff fielmente—. Es posible que al principio no acabes de dar con aquello que se te da bien. No siempre es fácil saber aquello a lo que querrás dedicarte durante el resto de tu vida. Equivocarse forma parte del proceso de aprendizaje. No te preocupes y sé paciente. Encontrar una profesión te llevará tiempo. Pero ten en cuenta que la nuestra es una sociedad completamente profesionalizada. Tu trabajo definirá la persona en la que te convertirás.

Ava procuró hablar manteniendo el contacto visual con Celia en todo momento, intentando hacer justicia a la sabiduría impartida por su padre en el pasado. Por un momento le pareció que entre ambas había vuelto a establecerse cierto acercamiento o conexión.

—Sam, no sé si a lo mejor podrías hablarnos de cuál fue tu experiencia y si fue muy difícil saber cuál sería tu cometido una vez integrado —dijo entonces Ava, consciente de estar mirando a la mesa al dirigirse a él y convencida de que las palabras de Sam serían muy valiosas para Celia.

—¿Perdón? —dijo Sam y Ava pudo notar toda la calidez e intensidad de la mirada de él puesta sobre ella—. Como que le hablabas a la mesa, no he oído lo que estabas diciendo. Como ya habrás podido observar Celia, los miembros del sistema de gremios a veces tienen problemas para mirar directamente a los ojos de otra persona. Les parece una forma de interacción demasiado directa.

—Te estaba pidiendo que le hablaras a Celia de tu experiencia cuando tuviste que escoger una profesión —dijo Ava, mirándolo a los ojos esta vez y al hacerlo tuvo la sensación de que no había nadie más sentado alrededor de aquella mesa. No podía decidir si las últimas palabras de él habían conseguido ofenderle o provocarle—. Te pediría además que dejaras tus observaciones personales para otro momento y respondieras a la pregunta. Esto es importante para la integración de Celia. No olvidemos cuál es nuestro trabajo aquí —añadió Ava y le pareció ver a Keeley, que había llegado hacía unos minutos y estaba trabajando en otro rincón del despacho, curioseando en dirección a la mesa alrededor de la cual se celebraba la sesión. Sin duda la habría atraído el elevado volumen de los últimos intercambios.

—No te obsesiones con la elección profesional —dijo Sam entonces dirigiéndose a Celia—. Lo difícil será integrarte. Saber a qué dedicarse es en realidad sencillo. Piensa en aquello que te gusta o que se te da bien. Estoy seguro de que tienes algunas cualidades innatas. Y el sistema gremial tiene tan delimitadas las tareas y funciones de cada profesional que se trata de escoger aquella descripción que te llame más la atención y te guste más.

—Pero sin duda habrá más de una profesión para las que Celia tiene cualidades o que puedan llamarle la atención a priori. No es tan sencillo como eso. Yo tuve muchos problemas para escoger adecuadamente —argumentó Ava.

—Para mí fue una de las cosas más sencillas. Desde el principio me di cuenta de que se me daba bien leer a la gente, de que eran pocos los secretos que podían ocultarme —explicó él, con los ojos todavía clavados en Ava.

Mientras lo escuchaba, Ava se preguntó en qué momento debió haberse dado cuenta Sam de la atracción de ella hacia él. Si aquello que decía era cierto, y no había nada que le indicara que él estuviera mintiendo, sin duda tuvo que advertir la ofuscación que ella sentía en su presencia incluso antes de aquella noche de borrachera que por fin podía recordar sin ruborizarse. ¿Se habría dado cuenta incluso antes de que ella fuera capaz de reconocerlo consigo misma? ¿Quién más sería capaz de percibir aquel magnetismo entre ambos? Se recostó sobre la silla notando la aceleración de su ritmo cardíaco. Su único objetivo para aquella sesión, además del bienestar y aprendizaje de Celia, era conseguir que ni Keeley ni Luka pudieran sospechar sobre ella y Sam. No sería fácil.

*

Estaba sentada en el cuarto privado de su oficina, detrás de su escritorio, con la pantalla virtual desplegada e intentando hablar con Ryo. Ava había decidido saltarse su sesión con su tutora el sábado por encontrarse en un estado de apatía absoluta, pidiendo en un mensaje un aplazamiento de su charla hasta el día siguiente. Pero el domingo Ava no había recordado nada sobre su supuesta sesión de comportamiento social con Ryo por encontrarse en plena sesión de hedonismo con Sam. Era lunes y Ryo reclamaba la atención de su discípula para asegurarse de que estuviera bien. Aquella informalidad era completamente impropia de ella.

Ava seguía aturdida. Sam había continuado abusando de las miradas y, peor todavía, los comentarios que ella había interpretado como de doble sentido durante la sesión recién terminada con Celia. Tenía la sensación de que apenas habían podido esquivar las sospechas de Luka y Keeley y en aquel momento debía responder a las preguntas inquisitivas de su tutor y dar con algún conflicto social del que hablar con él. Por primera vez en su carrera tenía ganas de que llegara el fin de semana.

—Ava, ¿qué ha sucedido? Empezaba a sentir preocupación —dijo Ryo en uno de los tonos más estrictos que Ava le recordara.

—Debo pedir disculpas por mi comportamiento de los dos últimos días. Una cancelación seguida de una ausencia sin aviso. No hay justificación posible para mi actitud —dijo ella esperando que sus palabras sonaran sinceras y cargadas de remordimiento y fueran suficientes para excusarla.

—Pero sin duda debe haber algún tipo de justificación o de lo contrario tendré que creer que Jeff tiene razón y Deckard es un sitio donde reina el desorden y se acepta casi cualquier tipo de comportamiento —dijo Ryo, que parecía no haberse ablandado ni lo más mínimo por la disculpa de Ava.

La mente de la antropóloga volvió a intentar funcionar al máximo para salir de aquella situación ilesa. No sabía si sería posible. Sólo sabía que bajo ningún concepto debía contar la verdad. Ni un ápice de la verdad.

—Prométeme que no me juzgarás —empezó Ava sin acabar de estar segura de cómo seguir. Pese a que Deckard la había dotado de un poco más de experiencia al respecto, seguía odiando improvisar.

—Sabes que mi profesión prohíbe que juzgue a mis discípulos sea lo que sea que hayan hecho. Pero Ava, sigo sintiendo cierta preocupación.

—El viernes por la noche decidí visitar una de las salas recreativas de Deckard, no lo había hecho desde mi llegada —empezó Ava—. Tomé una sustancia estimulante que afectó mi cerebro y mi organismo de una forma inesperada. Durante el fin de semana tuve que intentar volver a la normalidad.

—¿Dos días para recuperarse de los efectos de una sustancia estimulante? Deberías denunciar al encargado del Gremio de Entretenimiento que te dio las drogas —dijo Ryo sin que Ava acabara de estar segura de si se había creído su historia por completo.

—Fue todo un error, se produjo una interacción con algo más que había tomado para atajar un dolor de cabeza —dijo Ava, consciente de que aquel embuste cada vez se hacía más grande. Tanto su historial en la enfermería como en el área recreativa de Deckard eran públicos y Ryo podía pillarla en la mentira si decidía consultarlos.

Por suerte Ava no había mentido nunca antes, o casi nunca, Ryo no tenía motivos para desconfiar de ella y pareció creer en la veracidad de sus palabras.

—Olvidemos este incidente que esperamos que no vuelva a repetirse —dijo Ryo con un tono todavía estricto—. No debes tomar jamás sustancias que no sabes qué reacción tendrán en tu organismo.

—He aprendido esa lección, créeme —dijo ella en lo que estaba convencida de que era la única verdad que había dicho hasta el momento.

—Hablemos del resto de tu semana. Me atrevería a intuir que a estas alturas ya debes estar completamente integrada a bordo.

—Mucho más integrada sí y en estos momentos trabajando con una joven criada en una comunidad de fuera del sistema que ha decidido formar parte de nuestra sociedad —Ava intentó dotar sus palabras del máximo entusiasmo posible pero lo cierto era que sólo tenía ganas de que aquella sesión terminara.

—Perfecto. Se puede apreciar en ti la descarga adrenalínica y la energía que sin duda te produce el hecho de trabajar como investigadora de una forma más práctica, sobre el terreno.

Ava reflexionó sobre las palabras de Ryo. Le hubiera encantado creer que su estimada tutora tuviera razón y los efectos de Deckard estuvieran empezando a dejar huella, haciéndola evolucionar como investigadora y ayudándola a afrontar nuevos retos. Pero tenía la sensación de que en aquellos momentos lo que a Ryo le había parecido interpretar como una descarga adrenalínica producida por el trabajo de campo no eran más que los efectos en su organismo causados por la segregación de una elevada dosis de endorfinas durante el fin de semana.

—No sé si tal vez quieres que retomemos el tema de Sam. Lo último que me explicaste era referente a su procedencia pero hace algunas sesiones en las que no me cuentas gran cosa sobre tus avances en tu relación con él —prosiguió Ryo con una frase que hizo dudar a Ava por un instante. Había percibido el vuelco literal que había dado su corazón cuando Ryo pronunció el nombre de Sam.

—Nuestra relación *profesional* —dijo ella remarcando aquella última palabra— se ha normalizado. Creo que hemos aprendido a comunicarnos de una forma eficiente. Seguimos teniendo muchas desavenencias en la forma de plantear el trabajo pero se ha desarrollado un respeto mutuo entre ambos. Me atrevería a decir que esas desavenencias nos están ayudando a ser más inventivos en nuestro desarrollo laboral —dijo Ava y nuevamente tuvo la sensación de no estar mintiendo. Decir aquellas palabras en voz alta la estaba ayudando, además, a darse cuenta de la gran valía de alguien como Sam en su equipo. Sin duda él estaba contribuyendo a que ella hiciera un trabajo mejor, un trabajo que no podría haber desempeñado de otra forma.

—Perfecto. Sabía que encontrarías la manera de hacer posible esa comunicación —dijo Ryo con satisfacción—. De todos modos he estado documentándome sobre la interacción con miembros criados fuera de los gremios y tengo varias sugerencias de lectura para que puedas lograr una relación más cordial y completa con él.

Ava asintió y procuró sonreír con un interés que no pareciera fingido. Se sentía tentada a decirle a su maestro que se le ocurrían pocas alternativas para que su relación con Sam fuera más completa, pero se mordió el labio inferior y siguió fingiendo atención.

La hora terminó con el convencimiento de Ava de haber

tranquilizado a Ryo por completo y con el propósito de pensar mejor aquello que le contaría a su tutora durante su próxima sesión.

*

Ava llegó al comedor de Deckard muerta de hambre y un poco más tarde de lo habitual a causa de su encuentro virtual con Ryo. Llenó su bandeja con una ensalada cargada de proteínas insectiles crujientes y se dispuso a sentarse. Vio a Luka en una de las mesas más cercanas a ella, teniendo una animada conversación con Sebastian y algunos de los otros jefes que solían comer con el coordinador de comunicaciones de la nave. Unas mesas más allá Keeley, Sam, Celia e incluso Dupont y Thompson compartían conversación. En circunstancias normales Ava hubiera optado por hacerle compañía a Luka, cuya conversación con Sebastian y otros oficiales sin duda acabaría resultando en el desarrollo de una red de contactos profesionales provechosa. Luka siempre había sido un experto en *networking* y a menudo había ayudado a Ava a desarrollarse con un poco más de comodidad en un terreno que no se le daba nada bien. Pero aquel mediodía Ava se sentía más intrigada por el hecho de que sus técnicos hubieran decidido acompañarlos en el comedor, quería interesarse por Celia y notaba el anhelo que le provocaba la idea de compartir alguna mirada furtiva con Sam.

Se sentó junto a Celia y Keeley. Los gemelos estaban frente a ella y Sam quedaba situado en diagonal. Ella había preferido escoger el asiento lo más alejado posible de él para intentar mantener aquella idea de "normalidad" por la que había abogado aquella mañana, fuera lo que fuera que quisiera decir actuar de aquel modo.

—Celia ha insistido para que te esperáramos antes de empezar a comer pero no sabíamos cuánto tardarías o qué estabas haciendo —dijo Sam cuando ella se hubo sentado a la mesa.

—Disculpad la tardanza —dijo Ava sin acabar de saber por qué tenían que esperarla para empezar a comer pero viendo que tendría que explicar cuál era el motivo de su retraso—. Tenía una sesión pendiente con mi tutor de comportamiento social y acabamos de terminar ahora.

—Con esta afirmación, Celia, puedes inferir dos cosas —empezó Sam—. Una de ellas es la independencia que suelen mostrar la mayoría de sujetos criados en el sistema de gremios hasta el punto de considerar innecesario avisar a sus colegas y amigos sobre un compromiso que hará que se retrasen. De hecho algo como comer solos les parece una práctica completamente aceptable y normal.

Celia asintió al escuchar a Sam y Ava no pudo evitar ruborizarse de golpe. ¿Era posible que él la estuviera usando a ella como objeto de estudio?

—¿Y lo segundo? —preguntó Celia mientras se llevaba el tenedor a la boca y a Ava le pareció adivinar que la vergüenza con la que la joven se había dirigido a Sam en otras ocasiones había desaparecido.

—Lo segundo es el hecho de que estos sujetos necesiten tutores de comportamiento social —prosiguió Sam, que no dejaba de mirar fijamente a Ava mientras seguía con su análisis de ella.

—Nos ayuda a estar más preparados en nuestra interacción con otros humanos —explicó Ava que juraría que unas semanas atrás se hubiera ofendido de haberse convertido en el sujeto de la conversación y el análisis antropológico de él, pero que en aquellos momentos no estaba molesta por ello—. Además no todos los necesitamos. Estoy convencida de que a Keeley no le hace falta y seguramente Dupont y Thompson tienen tutores de una escuela de pensamiento mucho más experimental que mi tutora.

Keeley concedió con la mirada sobre el acierto de las palabras de Ava. Mientras Dupont y Thompson escribían mensajes en sus pantallas virtuales dejando que Celia pudiera leerlos directamente de ellas.

—No me ha quedado claro si lo tuyo es un tutor o una tutora de comportamiento social —dijo Celia entonces, sin duda confundida por el hecho de que Ava hubiera usado tanto un sustantivo femenino como otro masculino para referirse a Ryo.

—Ryo, mi tutor/tutora, prefiere no definirse con una etiqueta de sexo binario y yo alterno el género de los calificativos con los que me refiero a él o ella para respetarlo. No he encontrado otra solución lingüística —explicó Ava, consciente de que la lengua modelo favorecida por la organización gremial parecía no poder acabar de reflejar nunca del todo la sociedad en la que vivían.

—¿Podrías hacer como Keeley y no tener tutor de comportamiento social? — preguntó Celia.

A la jefa le pareció una cuestión muy personal pero, a pesar de ello, se sorprendió respondiéndola y rememorando con su equipo una parte de su pasado que a menudo prefería olvidar.

—Empecé a trabajar con Ryo tras la pérdida de alguien que mi mente se negaba a superar, habiendo llegado a dejar de funcionar de la forma en la que siempre lo había hecho —dijo Ava, sin querer dar más detalles sobre aquel momento amargo y notando la mirada interrogante de Sam en su dirección.

—No me has contado nada sobre ello —dijo él.

—No —dijo Ava, con los ojos clavados en las patas y antenas de su comida y consciente de que todo su equipo la estaba mirando. Alzó la vista, procurando producir una sonrisa convincente—. Mi tutor insiste en que debería hablar más sobre lo que sucedió pero no siempre le hago caso en todo —explicó ella riendo y resuelta a amenizar las cosas.

—¿Entonces es una especie de consejera? —prosiguió Celia y Ava agradeció la intervención de la joven, parecía que había entendido la necesidad que sentía por dejar de hablar sobre su pasado.

—Es más bien una orientadora que me ayuda a descubrir nuevas facetas de mi carácter —continuó Ava con aquella naturalidad y sinceridad con la que había empezado—. Mis sesiones con Ryo me han ayudado a afrontar muchas carencias de mi personalidad, aunque no hayan sido la única forma de afrontar ciertas aversiones o limitaciones. Mi trabajo en Deckard por ejemplo, junto a los miembros de mi equipo, también ha contribuido a mi formación e integración social. Fue uno de los motivos por los cuales escogí este destino, sabía que me ayudaría a superar ese tipo de carencias —Ava terminó de hablar convencida de que el color de sus mejillas debía ser carmín en aquellos momentos.

—Ava tiene tendencia a caracterizar algunas particularidades de su personalidad como carencias —intervino Sam haciendo enrojecer todavía más a Ava—, aunque en realidad sean algunas de sus cualidades más fascinantes y divertidas.

—Creo que sé a lo que te refieres —dijo Celia y Ava se dio cuenta de que la joven miraba a Sam primero y luego la miraba a ella con una sonrisa cómplice.

Ava recordó cómo, aquella mañana, había subestimado la capacidad analítica y de observación de Celia. Había dudado de que la joven fuera capaz de advertir algo inusual o delatador en su comportamiento y lenguaje corporal hacia Sam. Pero la forma en la que ella los había mirado a ambos y la nueva naturalidad con la que parecía tratar a Sam hacían que Ava pensara que tal vez se había equivocado con ella. Todo indicaba que Celia había podido leer algunas de las señales sin duda transmitidas involuntariamente por ambos y deducir al menos parte de la nueva naturaleza de su relación. Ava confiaba en la discreción de Celia, pero se reprochó no haberse dado cuenta antes de aquellas cualidades de la joven.

Al final de la comida los miembros del B-8416 se levantaron con la intención de llevar a Celia a conocer al tutor de comportamiento social de Thompson y Dupont para que viera otro tipo de profesión dentro del Gremio de Antropólogos. Ava estaba decidida a acompañarlos también, por la curiosidad que le producía aquel profesional, pero no había contado con un pequeño contratiempo.

—Ava, ¿podemos hablar un momento? —dijo Keeley y Ava se dio cuenta de que la técnica había estado extrañamente callada durante la comida y en aquellos momentos la estaba mirando fijamente y sin el más mínimo rastro de su inseparable sonrisa—. Ésta es mi cara de no me puedo creer lo que está pasando —dijo la pelirroja cuando ella y Ava se hubieron quedado solas en la mesa.

Ava tragó saliva sin saber qué decir. Había logrado esquivar las preguntas indiscretas de Ryo aquella mañana pero las preguntas indiscretas de Keeley siempre eran de una naturaleza distinta y mucho más difíciles de esquivar. También eran mucho más indiscretas en realidad.

—Creo que tienes algo que explicarme, ¿no? —prosiguió Keeley todavía sin el más mínimo indicio de una sonrisa en su rostro.

—No sé de qué estás hablando.

—Es posible que engañes a media nave con esa carita cargada de inocencia e ingenuidad fingida pero a mí no —continuó Keeley, pero en ese punto toda la seriedad se borró de sus facciones dando paso a su mueca juguetona habitual—. Tranquilízate. Estaba bromeando. Sam me lo ha contado todo.

—¿Qué te ha contado Sam exactamente? —dijo Ava, intentando mantener la calma y no delatarse.

—Él es bastante más discreto que yo en cuanto a los detalles más jugosos y personales. Una verdadera pena... pero ha revelado lo suficiente como para que tenga que darte las gracias por haber mejorado muy significativamente su humor —dijo Keeley.

—¿Y exactamente cómo se supone que le he mejorado el humor? —prosiguió Ava, que sólo ver el gesto pícaro que se dibujaba en los labios de Keeley, prefirió detenerla antes de que empezara a hablar—. Me ha pedido que no te dijera nada.

—Porque quería ser él quien me lo explicara primero —dijo Keeley satisfecha y con absoluta naturalidad.

—No es que yo no quisiera explicártelo —dijo Ava entonces y se sintió aliviada por no tener que mentirle también a Keeley—. Llevo toda la mañana exhausta porque mi cuerpo estaba experimentando una serie de sensaciones pero mi cerebro tenía que hacer ver algo diferente.

—Parece que estás más habladora que últimamente y un poco más espontánea también.

—Creo que son las hormonas que han producido una desinhibición momentánea de mi corteza orbitofrontal —racionalizó Ava.

—Estoy segura de que ha sido eso y me pregunto dónde más se habrán provocado desinhibiciones momentáneas o incluso permanentes en tu organismo. Si te cansas de Sam, por favor, no olvides que Mysa y yo estaremos encantadas de acogerte —añadió Keeley de aquella manera que conseguía sonrojar a Ava—. Pero no te preocupes, no le contaré nada a nadie.

—Sam me ha dicho específicamente esta mañana que no hablara contigo sobre este tema o todo Deckard acabaría sabiéndolo... —expuso Ava.

—Tiene la teoría de que fue culpa mía que media nave supiera lo de su relación con Alina —dijo Keeley—. Pero lo cierto es que la separación no fue fácil para él y acabó hablando de sus problemas con más tripulantes de lo necesario.

Ava no estaba segura de qué versión acabar de creerse, si la de Sam o la de Keeley. Tenía la sensación de que eran dos seres tan volubles e impulsivos que cualquiera de los dos podía haber hablado más de la cuenta en un momento dado. Sólo esperaba poder mantenerlos a ambos bajo control en aquella ocasión.

—Sam me ha pedido que te diera esto —dijo Keeley alargándole a Ava un trozo de papel—. Me he tomado la libertad de leerlo.

—Por supuesto —respondió Ava con una sonrisa y desplegando la nota. En su interior Sam había escrito "Nos vemos en tu cuarto esta noche". Ella recorrió con el dedo el relieve de aquellas letras en el papel. Había que sumar la caligrafía elegante y clara entre los muchos atributos de Sam.

—Hay otra cosa de la que quiero hablar contigo —dijo entonces Keeley, volviendo a adoptar el gesto serio del principio de su conversación e interrumpiendo los pensamientos de Ava—. No sé cuáles son tus intenciones con Sam pero quiero que sepas que él tiene las ideas claras.

—¿Mis intenciones con Sam? —repitió Ava sin acabar de saber cuál era el objetivo de aquella línea de conversación. A veces tenía la sensación de que Keeley y Sam sí que hablaban el mismo idioma, pero nunca se habían molestado en darle un diccionario para ayudarla a descifrarlos.

—Entendería perfectamente que lo único que quisieras fuera pasarlo bien. Una relación con un sujeto criado fuera del sistema es una buena fuente de experimentación y tal vez pienses que te permitiría conseguir mayor conocimiento para tu investigación. Sam tiene muchos atractivos, pero le han roto el corazón demasiadas veces.

—¿Le han roto el corazón? —preguntó Ava, convencida de que era imposible sobrevivir una fractura de aquel órgano.

—Se ha llevado demasiados desengaños en sus relaciones interpersonales —explicó Keeley intentando ser lo más clara posible y vocalizando bien todas sus palabras—. Lo han dejado demasiadas veces sin darle explicaciones.

—No sé cuáles son mis intenciones —explicó Ava con sinceridad—. Hasta ahora no me había parado a pensarlo. No sabía que Sam fuera tan vulnerable.

—Sólo a veces, trátalo bien. Haz introspección personal, háblalo con tu tutor de comportamiento social o lo que sea que necesites. Pero descubre qué es lo que quieres y sé sincera con Sam. Y no le digas una palabra de todo esto o me matará —añadió Keeley con una rectitud que Ava no recordaba haberle escuchado antes.

Ava asintió conmovida por la pasión con la que Keeley intentaba proteger a su amigo. Sabía que había un vínculo especial entre ambos. Se había dado cuenta ya el primer día a bordo de Deckard de ese algo intangible entre los dos, pero había malinterpretado la naturaleza de aquella relación desde el principio. Sintió un nudo en la garganta provocado por la emoción que le había causado la vehemencia de Keeley para defender a Sam. Aunque, si se detenía a pensarlo, en realidad llevaba sensible desde que había tenido que recordar ante su equipo la muerte de Josh cuando les había hablado de su necesidad por buscar la ayuda de Ryo. O tal vez lo que la había afectado incluso antes que eso eran algunos de los recuerdos sobre su antiguo amante que su intimidad con Sam había logrado evocar en ella. Fuera lo que fuera, enseguida lamentó el estado de agitación en el que parecía encontrarse. Segregar lágrimas en público era algo que no había hecho nunca y que no tenía intención de empezar a hacer entonces. Debía recomponerse al instante.

—En todo caso espero que te hayas burlado de Sam. Su celibato autoimpuesto ha sido francamente corto —dijo Ava, ayudándose a encontrar alivio cambiando el tono de aquella conversación.

—Lo he hecho y le he devuelto el cumplido: ha metido en su cama a una de las mujeres más hermosas de esta nave —respondió Keeley.

—Te confundes —dijo Ava en un susurro para que nadie pudiera escucharlas—. He sido yo quien lo ha metido en la mía.

*

Sabía que aquella sensación que la embargaba no debía de ser más que una subida brusca y transitoria de adrenalina. Pero no por ello sus efectos eran menos agradables o placenteros. Avanzaba por los pasillos de Deckard notando la energía y el bienestar que la embargaban. Se sentía joven, hermosa, feliz. Hasta que la música interior (Artista: Muse, tema: Feeling Good) con la que acompañaba sus pasos dejó de sonar de golpe.

—Te estaba buscando —le dijo Luka cuando ambos se encontraron en el pasillo.

—Me has encontrado —dijo Ava.

—¿Quieres repetir la combinación entre sustancias y conversación estimulante esta noche? —preguntó él.

—Voy a tener que decir que no. Nuestro último viaje recreativo me dejó con pocas ganas de repetir en una temporada.

—¿Qué quieres decir? —preguntó Luka con lo que Ava calificaría como preocupación genuina.

—Nada extraordinario más allá de la desubicación momentánea, un poco de hiperactividad y alucinaciones.

—Creo que yo también experimenté alguno de esos síntomas, pero no alucinaciones. ¿Qué viste exactamente?

—Eh... es bastante complicado de describir...

—Deberías ir a ver al neurólogo de a bordo y hablarle sobre ello. Tal vez pueda establecer una correlación entre las alucinaciones y alguno de los sucesos de tu vida cotidiana. Algo latente en tu subconsciente que se manifestó de esa forma.

—Lo tendré en cuenta pero no sé si vale la pena gastar recursos de esa manera. No fue nada en realidad —expuso Ava—. Prefiero no volver a experimentar con sustancias recreativas en una temporada. Ryo también me ha recomendado que no lo hiciera.

—Naturalmente —convino Luka.

Ava no podía creerse que deshacerse de Luka fuera tan sencillo como citar una recomendación de su tutora de comportamiento social. Por un momento le hubiera gustado seguir hablando con él y explicarle alguno de los acontecimientos que la estaban afectando y sin duda habían tenido que ver con aquellas alucinaciones. Pero recordó su conversación con él la última vez que ambos hablaron de Sam y abandonó la idea de inmediato, volviendo a recuperar el cierto recelo que llevaba días sintiendo hacia su amigo. La suya con Luka no era una relación como la de Keeley y Sam. También tenía la sensación de que hacía sólo unas semanas hubiera podido compartir con él una parte mayor de aquello que ocupaba su mente. Ava no acababa de estar segura de si Luka se había mostrado siempre tan inflexible y disciplinado. Tal vez era ella quien había cambiado en realidad. De alguna manera era como si desde la llegada de ella a Deckard ambos estuvieran madurando o evolucionando de formas diferentes.

*

Yacía boca abajo sobre la cama, relajada por el movimiento de los dedos de él recorriendo el relieve de su espina dorsal. Notó el escalofrío que sacudía todo su cuerpo desnudo cuando Sam se acercó para besarla en la nuca, haciéndole cosquillas con el aliento.

—¿Puedo preguntarte una cosa? —dijo Ava todavía estirada.

—Ajá —respondió él mientras retiraba algunos mechones de pelo que caían sobre la espalda de ella para seguir besándola.

—No entiendo por qué me rechazaste cuando te besé después de la fiesta. Me dejaste convencida de que te parecía repugnante.

—E imagino que ya no lo crees...

—Estoy bastante segura de que no —dijo Ava girándose para encontrarse con la mirada de él.

—¿No se te ocurrió pensar que tal vez necesitaba tiempo para procesar mi última ruptura afectiva?

—No me pareció que fueras del tipo que necesita procesar ese tipo de cosas —dijo ella con sinceridad.

—Supongo que puedo proyectar esa imagen a veces.

—¿Estabas pensando en ella aquella noche?

—En parte sí. Tampoco podemos olvidar el hecho de que tú estabas increíblemente borracha —dijo él con una sonrisa burlona.

—¿Y no te gusta la gente borracha? —preguntó ella, insegura sobre cuáles serían los inconvenientes atribuidos a su elevado índice de alcoholemia de aquella noche.

—No me gusta iniciar un acercamiento físico o sexual en un entorno no virtual con una persona en estado de embriaguez. Sobre todo si dicha persona ha mostrado signos anteriores de disgusto cuando me he aproximado a ella físicamente de una forma directa.

—Nunca he mostrado disgusto. No contigo —protestó Ava.

—En nuestra primera misión en París fuiste fría como una piedra. Diste un respingo cuando te cogí de la mano. Y allí estábamos en un entorno virtual.

—Supongo que sí que fui un poco fría... —dijo Ava y Sam aprovechó la concesión de ella para volver a aproximarse y proseguir con sus caricias, besándola en el cuello y descendiendo hasta el comienzo de su esternón—. No se te ocurrió pensar que no fue disgusto sino todo lo contrario lo que sentí cuando me agarraste de la mano. Deberías ser más consciente sobre tu aspecto físico y la reacción que puedes provocar en los demás —le dijo Ava en un tono que casi sonaba a reprimenda—. Sigo sin entender por qué me rechazaste aquella noche.

—Supongo que quería que pudieras acordarte de lo que había pasado a la mañana siguiente —dijo Sam mirándola fijamente a los ojos y resignado a continuar con aquella conversación si era necesario.

—Al fin y al cabo eres un bárbaro civilizado... —respondió ella, incorporándose un poco para acercarse más a él y empezando a besar su torso.

—Una frialdad, la manifestada por ti en nuestra primera misión a París, que continuaste mostrando conmigo desde entonces —interrumpió entonces Sam.

—¿Cómo? —respondió Ava sin saber de dónde procedía aquella afirmación y como despertando de un letargo. Creía que la conversación había terminado y habían vuelto a iniciar el periodo de placer.

—El día que chocaste contra mí corriendo. Intenté ayudarte y te apartaste como si tuviera algún tipo de enfermedad contagiosa —expuso él airado.

—Aunque en ningún momento descartara el contagio infeccioso como una posibilidad tras el contacto directo contigo, tienes demasiada cara de salud como para que eso me preocupara realmente. Fue el olor lo que hizo que me apartara —intentó explicar Ava.

—Olía mal...

—Irresistiblemente bien. Cuando me ayudaste a levantarme, la cercanía hizo que volviera a sentir tu aroma. Me dio miedo que el almizcle volviera a desconcertar a mis feromonas y acabar abalanzándome sobre ti de nuevo —dijo Ava ante la mirada de incomprensión de Sam—. Además fue una invasión de mi espacio personal en toda regla. ¿Qué esperabas que hiciera?

—Y no te gusta que invadan tu espacio personal...

—Por lo general no. Contigo es diferente y he intentado luchar contra esa atracción desde que nos conocimos —explicó ella, consciente de que por primera vez estaba desnudando su psique además de su cuerpo ante él—. Ha sido como un apetito que sólo se puede satisfacer con un alimento. No importaba lo que fuera que comiera, seguía estando insatisfecha.

—Me alegro de que dejaras de luchar contra ello.

—No me diste demasiadas opciones cuando te presentaste en mi puerta por enésima vez armado con una cinta de mezclas con temas que parecían perfectamente escogidos para la ocasión y tu mirada más seductora. ¿Cómo sabías que no iba a volver a ser fría contigo?

—No lo sabía, pero valía la pena intentarlo —dijo él mientras la miraba nuevamente y ambos acordaban tácitamente que aquella conversación había concluido definitivamente.

DÍA 35

Había sido idea de Sam. Ava había manifestado sus reticencias desde el principio y había argumentado en contra de ello con más convicción o vehemencia que en ocasiones pasadas. Hasta que empezó a dudar sobre si los motivos de sus argumentos se debían al hecho de que la misión le pareciera realmente fútil o a que sintiera que debía decirle que no a Sam en todo para guardar las apariencias. Finalmente él consiguió convencerla por motivos que Ava esperaba que fueran profesionales y justos y nada tuvieran que ver con los sentimientos que él despertaba en ella. No acababa de estar del todo segura tampoco de cuál era la esencia de aquellos sentimientos en realidad.

De modo que allí estaban. Virtualmente transportados a París de nuevo. Empezaron con aquella caminata por el Sena que ella le había denegado la ocasión anterior. El objetivo, según él, no era más que la observación durante su paseo para ayudarla en aquel artículo que ella no lograba terminar sobre el impacto de las actividades de ocio en el funcionamiento de una relación afectiva. Ava se había mostrado escéptica hasta el último momento pero a medida que paseaban sintió que una vez más su resolución inicial había sido equivocada.

—Tenías razón —dijo ella, sin apartar la vista del horizonte parisino.

—Lo sé. A veces me cuesta que te des cuenta de que en realidad también me tomo nuestra investigación en serio. Por suerte me sueles conceder el beneficio de la duda mucho más a menudo de lo que me pareció que lo harías la primera vez que nos conocimos —respondió Sam.

—Creo que ambos nos formamos una idea prematura y errónea del otro —dijo ella, permitiéndose buscar la mirada de complicidad con él durante un instante.

Ava y Sam siguieron caminando durante un rato, la mayor parte del tiempo sin hablar. A ella le hubiera gustado imitar a sus sujetos de estudio y conversar más pero no podía olvidar que de hecho se encontraban allí con objetivos profesionales y que sus técnicos podían verlos y escucharlos en todo momento. Tomó notas mentales sobre algunas de las muestras de afecto que presenciaron en su camino: la pareja que compartía un helado, sentada en un banco con vistas al río; el hombre que caminaba dando una de sus manos a un niño de pocos años y con la otra alrededor de la cintura de una mujer; los adolescentes que se besaban con pasión en medio de la calle.

—Realmente eres una *voyeur* sin complejos —le dijo Sam, al ver que Ava no apartaba la vista de los jóvenes.

—¿Complejos? ¿Por qué tendría que tener complejos por estar contemplando una muestra tan sincera y hermosa de amor joven? —dijo ella, todavía pendiente de los adolescentes.

—¿No te da vergüenza que puedan agarrarte mirándolos de esa forma?

—Te recuerdo que esto no es más que una recreación virtual. Además, lo más probable es que les pasara exactamente lo mismo que al último sujeto que me agarró mirándolo con devoción *voyeurística*. Que sintieran más vergüenza que yo... —dijo Ava, refiriéndose a aquella ocasión en la que lo había sorprendido vistiéndose en las duchas de Avron.

—Recuérdame que retomemos este tema de conversación cuando no haya gente escuchando —dijo Sam—. Ahora deberíamos ir yendo hacia la Île Saint-Louis si no queremos llegar tarde.

—¿Llegar tarde? ¿A dónde? Lo que deberíamos es ir acabando la misión... —dijo Ava sin entender aquello de lo que Sam estaba hablando.

—Antes de irnos hemos preparado una pequeña sorpresa con Keeley y los chicos.

—¿Una sorpresa? ¿Qué sorpresa? Odio el concepto de sorpresa y que algo me coja desprevenida. No puedo pensar ni en una sola ocasión en la que algo inesperado pudiera provocarme mayor satisfacción que algo que hubiera planificado previamente —dijo Ava contrariada.

—¿Estás segura? —dijo él con una sonrisa que Ava interpretó al instante. Sin duda haber conocido a Sam en Deckard era algo que no hubiera podido haber planificado jamás.

Ava hizo el gesto como de ir a responderle.

—Déjalo —la interrumpió Sam—. Ya retomaremos también este tema. Ahora hemos quedado para ir a tomar un café.

Sam la agarró de la mano y la guió hasta el Pont de la Tournelle para cruzar el río hasta la pequeña islita situada entre los dos márgenes del Sena. A ella le gustó la idea de caminar así junto a él y por un momento se sintió como uno más de los muchos parisinos paseando por las calles de aquella bonita ciudad. Como una más de sus sujetos de estudio.

En una de las callejuelas estrechas de la isla entraron a un pequeño café con mesas redondas y sillas de madera. Dentro los esperaban Celia y Dupont.

—He supuesto que esto te gustaría más que quedar para ir a meditar —dijo Sam a modo de explicación y mientras se sentaba junto a sus compañeros.

—Cualquier cosa me gusta más que quedar para ir a meditar —dijo Ava, que tenía que reconocer que aquella también había sido una sorpresa agradable—. ¿Es ésta tu primera experiencia en una realidad virtual Celia?

—Sí —respondió la joven.

—¿Qué te parece?

—Extraño —reconoció.

—Es extraño sí. Saber que en realidad no estás aquí aunque tu cuerpo sienta como que sí. Fíjate —dijo Ava, cogiendo a Celia de la mano—. Incluso mi mano está fría a pesar de que en realidad no venga del exterior.

Celia asintió.

—¿Qué habéis estado haciendo? —preguntó entonces la joven.

—Dando un paseo. Ha sido muy interesante —explicó Ava.

—¿Has podido reunir todos los datos para tu artículo? —dijo Dupont, sobresaltando a Ava.

—Cada vez que te escucho me asusto un poco. Deberías intentar hablar más a menudo. Tienes una voz muy interesante.

—Deberías hacerlo más a menudo, sí —añadió Celia.

—No estoy seguro de que sea una buena idea. ¿No os gusta comunicaros conmigo de la otra forma? —preguntó Dupont. En aquel entorno virtual el técnico no manifestaba ninguno de los síntomas de tener las cuerdas vocales poco usadas que sí eran evidentes en la realidad.

—No es eso, pero a veces tengo la sensación de que no hablo contigo por pereza —dijo Ava, que hasta aquel momento no se había dado cuenta de ello—. Me gusta más poder escuchar simplemente lo que dirás, en lugar de tener que leerte y mecanografiar yo también una respuesta.

—Hace tiempo que se le digo y a mí nunca me ha hecho caso —intervino Sam—. Si lográis convencerlo estaré muy impresionado.

—A lo mejor no has encontrado la manera más creativa de intentar convencerlo —le dijo Ava, recordando una de las cosas que él le había dicho a Celia en una de sus sesiones.

Sam concedió con la mirada, obsequiándola con una de sus medias sonrisas canallas y *sexys*.

—¿Has tenido tiempo para pensar? —dijo Sam entonces, cambiando el gesto y de tema para referirse a Celia.

—¿Sobre qué? —preguntó la joven.

—¿Sobre si sigues queriendo integrarte a este sistema o volver a Avron?

—Sam —intervino Ava—. Éste no es el momento. Deberíamos estar en una sesión protocolaria para eso. La estás atosigando un poco.

—Deja que hable —dijo Sam con su tono más amable pero ignorando las palabras de Ava.

—He estado pensando sobre ello sí —dijo Celia—. Creo que me gustaría seguir con mi proceso de integración y ver qué es lo que pasará. En estos momentos me gustaría seguir viviendo en el sistema de gremios.

—¿Satisfecho? —preguntó Ava, queriendo dar aquella conversación por terminada. Debían respetar la privacidad de Celia, que por el momento seguía no siendo miembro del sistema de gremios y cuyo derecho a la intimidad estaba protegido por una normativa mucho más estricta y proteccionista que si fuera una ciudadana gremial.

—No hasta que me diga si ya ha encontrado el motivo para ello —continuó Sam, sin intención de abandonar aquel tema—. ¿Qué hace que quieras quedarte en este mundo?

—Me gusta la idea de tener oportunidades y parece que en el sistema de gremios las tendría —explicó Celia tímidamente—. También tengo la sensación de que sería de más utilidad integrada que viviendo en una comunidad independiente.

—¿Has pensado en una profesión? —prosiguió Sam.

—Sam —volvió a intervenir Ava—. Celia, no hace falta que sigas contestando a sus preguntas. Están siendo muy entrometidas e inadecuadas para el contexto en el que nos encontramos.

—Ava y yo solemos estar en desacuerdo en muchas cosas y una de ellas es la forma de lidiar contigo —añadió Sam.

—No me gusta que estéis en desacuerdo por mi culpa —dijo Celia, que mostraba más angustia por aquellas últimas palabras de Sam que por el resto de las preguntas que él le había hecho.

—No tienes la culpa de nada. Estábamos en desacuerdo por todo mucho antes de conocerte —explicó Sam, intentando tranquilizarla—. De hecho la voluntad por ayudarte es una de las cosas que nos ha unido profesionalmente. Es sólo que ambos creemos que hay que ayudarte de formas diferentes. Yo prefiero ser más directo, para prepararte para lo que te espera en los próximos meses. Ella prefiere asegurarse de que no vayas a padecer ningún tipo de contrariedad.

—Gracias Ava —dijo Celia sonriéndole a la jefa con sinceridad—. No te preocupes. De hecho me ayuda que Sam me obligue a enfrentarme a mis propias dudas y conflictos.

—De acuerdo pero si en cualquier momento sientes que no quieres contestar algo, dilo. No te sientas intimidada —dijo Ava.

—No lo haré —sonrió Celia.

—Ahora que todo el mundo parece tener claro que no estoy intimidando a nadie, ¿has escogido ya una profesión?

—No y creo que necesito un poco más de tiempo para pensar en ello –dijo Celia con decisión y mientras miraba a Ava con una sonrisa.

–Naturalmente, piensa en ello tanto como quieras. Todavía tienes tiempo –dijo Ava.

–Sí, pero piensa también que el tiempo no es infinito –intervino Sam–. Y que no todo el mundo es tan paciente o comprensivo como Ava.

–Sam, no tienes ningún tipo de fundamento para hacer esa afirmación –intervino Ava–. Celia, te aseguro que la mayoría de integrantes de los gremios son como mínimo tan razonables como yo.

–Tranquila Ava, creo que Sam está un poco celoso porque él no te conoció antes y no pudo hacer su periodo de integración contigo, como lo estoy haciendo yo –dijo Celia con una sonrisa.

A Ava la afirmación de Celia le hubiera parecido completamente simplista y fuera de lugar en cualquier otra situación. Una broma inapropiada que habría que ignorar con una sonrisa incómoda, sino fuera por la reacción que las palabras de Celia provocaron en Sam. ¿Estaba sonrojándose realmente el algo más que ayudante de Ava? Ante la reacción de Sam, con la mirada baja y el rubor en la cara, Ava pensó que debería volver a considerar las virtudes analíticas de Celia. Parecía que una vez más había sabido leer algo en uno de ellos con implicaciones personales. Ava también pensó que debería intentar volver a tratar aquel tema cuando estuviera a solas con él. Llevaban tantos temas de conversación acumulados...

–Seguramente deberíamos dejar el tema de Celia para una sesión de protocolo –pudo decir finalmente Sam, sin levantar la mirada y evitando el contacto con los ojos de Ava en todo momento.

–Estoy completamente de acuerdo –intervino ella, todavía sorprendida por la reacción de él–. No acabo de estar segura de cuál es el funcionamiento orgánico de este tipo de reuniones sociales pero creo que alguno de nosotros debería plantear un tema de conversación. ¿Alguna idea?

–¿Tal vez podemos volver a hablar sobre la necesidad de Dupont de usar su voz más a menudo? –propuso Celia.

*

Ava fue la primera en ser desconectada de la realidad virtual y junto a Keeley se aseguró de que la transición de Celia al mundo real fuera tranquila y sin incidentes. Una vez desconectado, Dupont se ofreció para acompañar a la joven al comedor comunitario. La falsa ingesta de alimentos y bebida durante su sesión virtual le había provocado hambre y algo de confusión estomacal a Celia.

Ava y Keeley, ya solas, se encargaron entonces de desconectar a Sam.

—Creía que os habíais olvidado de mí –dijo él cuando volvió a estar consciente–. Estoy muerto de hambre. Voy a comer algo.

—No tan rápido –le dijo Keeley–. La enfermería me ha pedido que recoja unos datos para actualizar la información sobre tus constantes vitales tras una recreación virtual. Necesito pincharte un dedo y recoger muestras de sudor. Quítate la camiseta.

Sam seguía en el asiento donde había permanecido conectado a la misión de realidad virtual cuando estaba inconsciente. Desde aquella posición, cruzó los brazos. Se quedó mirando a Keeley y después a Ava, ambas de pie ante él, sin hacer el menor amago de desvestirse.

—¿Cuál es el problema? Yo te he visto con menos ropa. Estoy segura de que Keeley también lo ha hecho y en todo caso es inmune a tus encantos –dijo Ava, al darse cuenta de las reticencias de él.

—Es tímido –se limitó a explicar Keeley, mientras lo miraba con sus ojos más burlones.

—¡Tímido! –exclamó Ava, antes de reflexionar un momento y darse cuenta de que en realidad lo que decía Keeley no era una novedad para ella–. Es posible que le haya observado esa característica en una ocasión anterior. ¿Por qué eres tímido?

—¿Por qué eres tímida tú? –ofreció él a modo de toda respuesta, todavía sentado con los brazos cruzados y con ambas mujeres observándolo una junto a la otra.

—De acuerdo al propio análisis que he hecho sobre mi personalidad y que en ningún caso tiene validez científica, puesto que la percepción que tengo de mí misma está completamente sesgada, creo que se debe a cierta inseguridad acerca de mi apariencia física. No me considero lo suficientemente parecida al cánon de belleza imperante. Es una cualidad muy vigesimónica en realidad. Seguramente una aberración en mi personalidad fruto de mis estudios –explicó Ava con total seriedad–. En tu caso no se puede aplicar el mismo principio. Tú te adaptas a la perfección al cánon de belleza universal.

—Veo que todavía no habéis hablado sobre el pasado de Sam –dijo Keeley.

—¿Qué parte de su pasado? –preguntó Ava dándose cuenta nuevamente de que Keeley conocía a Sam mucho mejor que ella.

—No acabo de estar seguro de que me guste esta línea de conversación –exclamó él antes de que la pelirroja pudiera contestar y poniéndose de pie–. Es más, estoy seguro de que atenta contra mis derechos y mi privacidad como ciudadano gremial cuya infancia ha transcurrido fuera del sistema.

—Keeley... –interpeló Ava, sin dejar que la talla de él la impresionara en aquella ocasión.

—La parte de su pasado referente a su hogar antes de llegar a nuestro sistema –respondió Keeley, dirigiéndose entonces a Sam con una de sus sonrisas pícaras–. Tienes que llevarla algún día. Estoy segura de que le encantaría.

–Sam, sabes que respeto tu derecho a mantener tu pasado no gremial en la más estricta privacidad, pero necesito que Keeley continúe explicando esta historia –dijo Ava, demasiado divertida por la situación como para actuar con sentido común o decoro.

–¿No necesitas mis datos para la enfermería? –se limitó a decir Sam, quitándose entonces la camiseta.

–Esto tampoco va a funcionar –le dijo Ava con una sonrisa–. Pero gracias igualmente por obsequiarnos con una imagen tan estimulante. Keeley...

–Voy a decir solamente que en Bath, la antigua comunidad de Sam, no lo consideran especialmente atractivo o extraordinario. El suyo es un aspecto de lo más anodino allí –explicó la pelirroja mientras cogía el dedo índice derecho de Sam para hacerle un pinchazo y depositar la aguja y gotas de sangre en un pequeño recipiente.

–Imposible... –dijo Ava, divertida por la situación y sin apartar la vista de Sam por un instante.

–Incluso yo reconozco que es difícil de creer –dijo Keeley mientras pasaba un trozo de tela delicadamente por la espalda de él para recoger restos de sudor–, con semejante exhibición de belleza ante los ojos. Pero lo de la belleza es algo que les sobra en Bath y allí Sam no es más que una más de las muchas caras y cuerpos bonitos.

Ava no acababa de estar segura de hasta qué punto Keeley estaba bromeando o diciendo la verdad. En todo caso estaba decidida a leer un informe detallado sobre la comunidad de él, para la que ya tenía nombre, aquella noche. Seguía con la vista clavada en Sam, que le devolvía una mirada fija y cargada de ofensa. Ava tenía la sensación de que podrían resolver aquella desavenencia más tarde y la estimulaba pensar en lo placentero que podría llegar a ser el método que tendría que emplear para conseguir el perdón de él.

–Ava, ¿podemos hablar?

La voz de Luka la estremeció un poco. No lo había oído entrar y sabía que, por mucho que Sam estuviera parcialmente vestido para que Keeley pudiera recoger las muestras necesarias, la presencia de Ava allí era difícilmente justificable. La forma en la que ella había estado contemplando a su ayudante carecía también de todo tipo de coartada profesional.

–Claro –se limitó a decir Ava, aparentando normalidad–. ¿Keeley te encargas de enviar las muestras?

Y sin necesidad de preguntárselo a Luka, Ava empezó a caminar en dirección a su oficina porque tenía la sensación de que aquella conversación que su compañero le había solicitado se llevaría mejor en privado.

—Voy a tener que llamarte la atención por la falta de seguimiento del protocolo en tu misión virtual de esta tarde —empezó él en cuanto ambos estuvieron en el despacho y Ava hubo cerrado la puerta—. Celia también ha formado parte de ella.

—Ha sido sólo para que tuviera una primera toma de contacto con este tipo de realidades simuladas. Nada importante en realidad —explicó Ava.

—Sí que es importante. Yo debería haber estado presente en todo momento. Más si tenemos en cuenta que habéis estado hablando con ella sobre su futuro —dijo Luka y a Ava la estremeció la idea de que él hubiera estado con sus técnicos observando la misión. Había habido demasiadas cosas comprometidas en ella—. Me acabo de encontrar a Celia en el comedor comunitario y me ha parecido entender que ése había sido el caso.

—Ha sido una conversación informal —explicó Ava, un poco más tranquila por el hecho de que Luka no hubiera presenciado personalmente la misión—. Me aseguraré de volver a tratar todos los temas en nuestra próxima sesión. Pero tengo la sensación de que lo relajado de la situación le ha ido bien para sincerarse un poco más y perder el miedo o el respeto que nuestro sistema le causa a veces.

—Me parece un argumento válido, pero deberías haber pensado en incluirme en la misión en ese caso —dijo Luka.

Ava iba a explicarle que no tenía idea de que Celia fuera a aparecer en la misión virtual y por lo tanto no podía haber previsto la necesidad de avisarlo, cuando se dio cuenta de que si lo hacía lo único que conseguiría sería delatar a Sam y meterlo a él en problemas. Por algún motivo tenía la sensación de que él había decidido dejar a Luka fuera de sus planes a propósito.

—Tienes razón y es algo absolutamente injustificable —dijo Ava con toda la convicción que pudo y con la sensación de que últimamente se estaba convirtiendo en una experta de los pretextos y las evasivas—. No volverá a repetirse y ha sido una falta de respeto absoluta hacia el gremio y hacia tu trabajo. Pero tengo la sensación de que también puede haber sido útil para Celia. Tal vez no hubiéramos logrado que se sincerara de esta manera de otra forma.

—Realmente Deckard te ha cambiado —dijo Luka entonces.

—¿Qué quieres decir?

—Quiero decir que antes nunca hubieras podido imaginar una situación en la que saltarse el protocolo de esta forma hubiera sido justificación alguna para cualquier tipo de resultado. Admiro tu capacidad de evolución y entiendo que esta experiencia transformadora debe estar siendo muy interesante para ti. Pero ten en cuenta que el sistema de gremios fue creado con una intención y que todas las normas y protocolos fueron escritos con un objetivo: mantener la máxima igualdad de oportunidades entre todos sus miembros.

—Lo sé —dijo Ava con aspereza.

—A veces parece que lo hayas olvidado —continuó Luka con rectitud—. Estás invirtiendo horas en la correcta integración de Celia e incluso has usado esa influencia que sólo alguien como tú puede tener en el gremio para asegurarte de su bienestar. Pero piensa en los muchos otros jóvenes que como ella intentan integrarse cada día en nuestro sistema y que no han podido seducirte con su mejor sonrisa. Celia no ha sido la única en seducirte, claro. Te advertí sobre tu relación con tu ayudante. Piensa en las consecuencias éticas por el hecho de que alguien como tú, con tu cargo y tu parentesco, tenga un devaneo con un subordinado. Dime si ése es el ejemplo que te gusta darle a alguien como Celia.

Ava no supo qué responder. Quería decirle a Luka que no tenía razón, que ella siempre había sido alguien que velaba por los intereses y el bienestar del gremio ante todo. Y que dejara de meterse en su vida privada. Pero tal vez su amigo tenía razón y últimamente había cedido demasiado, había pasado por alto demasiadas cosas, había mentido demasiadas veces, había desobedecido demasiadas reglas, había descuidado su carrera y había ignorado el consejo de muchas de las personas que siempre habían estado cerca de ella. Y todo para primar su propio bienestar y darle cabida a una obsesión. Para poder estar con una persona que acababa de irrumpir en su vida. Para primar una vida privada que en realidad invadía sus competencias profesionales. Para alimentar sus deseos irracionales por alguien que ni siquiera conocía.

*

Sam la estaba esperando en el interior de su habitación. Ava no tenía idea de cómo habría podido entrar sin que ella le hubiera abierto la puerta pero prefirió no preguntar. Sólo verlo se alegró de aquella capacidad crónica de él para infringir la normativa. Algo que en aquella ocasión hacía que ella no tuviera que aguardar su llegada. Verlo hizo que rechazara todos aquellos pensamientos que la habían acechado después de su conversación con Luka. ¿Qué podía haber de incorrecto o inapropiado en aquella sensación que la embargaba cada vez que pensaba o estaba con Sam?

Ava había previsto que él siguiera molesto por la burla a que lo habían sometido junto a Keeley. Por un momento sus pensamientos regresaron al método que debería emplear para reconciliarse. Esperaba que a él le costara perdonarla y verse obligada a tener que suplicar una tregua durante horas.

—Tengo que contarte algo —dijo Sam al verla entrar en la habitación.

—Lo sé. Nunca deberíamos haberte tratado así, pero no pude resistirme. ¿Sabrás perdonarme? —dijo Ava intentando imitar el tono seductor que le había visto poner en práctica a él tantas veces y acercándose a Sam dispuesta a iniciar su larga y placentera penitencia.

—No es eso —dijo él y sólo entonces Ava fue capaz de apreciar la gravedad de su tono y sus palabras—. Tengo noticias. En realidad no es nada, pero tenemos que hablar.

Ava se apartó unos centímetros de Sam. Retiró su rostro del torso de él, separó sus manos de su cuerpo y desde la distancia buscó sus ojos.

—Acaban de notificarme la concesión de mi traslado voluntario —empezó Sam, dando paso a un silencio incómodo.

Ava pensó que seguramente en aquellos momentos se esperaba de ella que le preguntara algo a Sam acerca de lo que acababa de decir. Pero su boca no podía urdir vocablo alguno y su mente no acababa de descifrar el significado completo o las implicaciones de lo que él estaba explicando.

—Permaneceré en Deckard hasta el final de la estancia de Celia pero después de eso debo trasladarme a otra estación para empezar a trabajar allí —continuó él.

—¿Traslado voluntario? —acertó a decir ella finalmente, empezando a comprender lo que Sam estaba insinuando.

—Lo solicité hace algunas semanas. Entonces no sabía... Fue antes de conocerte. Estaba confundido, estaba dolido. No podía soportar la idea de quedarme en esta nave. Me ahogaba la idea de continuar aquí... sin ella.

Ava no podía haber previsto nunca el dolor que le causaría oírlo hablar sobre su antigua amante con aquella vehemencia. Sintió un pinchazo en el estómago cuando Sam dijo "ella" y se dio cuenta de que el nombre propio que estaba sustituyendo aquel pronombre no era Ava sino Alina.

—No sabía que iba a conocerte. No sabía que sucedería esto... —continuó Sam, acercándose a Ava y poniendo uno de los mechones de pelo de ella tras su oreja, de aquella forma en la que a él le gustaba hacerlo.

—Claro —dijo Ava, recuperando la razón y el juicio que parecían haberla abandonado hacía semanas. Cogió la mano de él y la retiró de su cuello, rehuyendo el contacto con Sam.

—Pero no tiene que cambiar nada en realidad —dijo Sam—. Estaré en una pequeña estación de investigación experimental no demasiado lejos de aquí. Podemos vernos los fines de semana, podemos hablar cada día. Puedes enseñarme toda suerte de sistemas de recreación virtual para que sigamos en contacto —dijo él con una sonrisa y haciendo un amago de volver a acercarse a Ava.

—No habrá ninguna necesidad de todo eso —dijo simplemente ella.

Sam la interrogó con la mirada y por un momento Ava pensó que no podría resistirse al efecto que causaban sobre ella aquellos ojos de cachorro malherido.

—Quiero decir que no veo la necesidad de alargar una relación que nunca debería haberse producido. Reconozco que tu marcha acelera un final que tal vez de otra forma no hubiera tenido la voluntad o el sentido común de buscar lo suficientemente pronto —dijo ella, evitando mirar a Sam.

—No entiendo una palabra de lo que estás diciendo...

—No me sorprende. Nos ha pasado siempre. Es un motivo más para dar esto por finalizado. Pido disculpas por haberte incitado a tener una relación poco ética y en todo momento desaconsejada y prohibida por el reglamento del gremio. Espero que pueda quedar entre nosotros. Las consecuencias que podría tener si se hiciera pública serían devastadoras profesionalmente para ambos.

—¡Consecuencias profesionales! ¿De qué demonios estás hablando? No puedo creerme que seas así de fría. ¿Has olvidado ya todo lo que ha pasado en este cuarto? —preguntó él, alzando la voz.

—No soy fría, soy pragmática y racional. Nuestra relación nunca debería haber sucedido. Mi responsabilidad como jefa era evitarla. No cumplí con mis obligaciones pero ha llegado el momento de hacerlo. Y ahora por favor sal de mi habitación. El hecho de que estés aquí dentro es antiprotocolario —dijo ella procurando mantener la compostura e indiferencia en todo momento.

Sam se quedó mirándola fijamente unos instantes sin moverse. Buscaba los ojos de ella y quería apelar a aquella parte de su cuerpo, de su mente que había sido incapaz de resistirse a él en el pasado. Pero Ava estaba trabajando con todas sus fuerzas para contenerse, para reprimir sus sentimientos hacia él. Para refrenar todo lo que la mirada de él provocaba en su interior y mantener una fachada de calma y desafecto absolutos.

Se acercó más a ella, buscando la proximidad física, sometiéndola a la cercanía de su cuerpo y su olor. Hizo el gesto de ir a acariciarla nuevamente, pero Ava lo impidió. Mirándolo a los ojos con desafío y poniendo su mano derecha extendida entre su cuerpo y el de él para indicarle que no la tocara. Sam se quedó mirándola unos instantes más, buscando en los ojos de ella un atisbo de esperanza, de sentimiento, sin éxito.

Cuando finalmente Sam salió de la habitación y la puerta se cerró tras suyo, ella se desplomó en el suelo, agotada por el esfuerzo físico que había tenido que realizar. Pensó en todas las conversaciones que habían estado posponiendo a lo largo de aquel día y que nunca llegarían a tener. Evocó con anhelo el contacto del cuerpo de él y aquella deliciosa disculpa que había diseñado y jamás podría poner en práctica. Notó el nudo cada vez mayor que se había formado en su garganta y en aquella ocasión no hizo nada para contener las lágrimas. No soportaba la idea de seguir escuchando la música que él había escogido y sonaba desde su llegada a la habitación —Artista: Tobias Jesso Jr., tema: Without You— pero la dejó puesta con la esperanza de que pudiera ocultar el sonido de sus sollozos.

DÍA 42

Los últimos días en Deckard habían sido miserables. Ava nunca había sido partidaria de utilizar calificativos con connotaciones tan melodramáticas y exageradas como aquel pero miseria era la etiqueta que más se adecuaba a lo que había sentido durante la última semana.

Había continuado atendiendo a las sesiones con Celia, con la sensación de no estar haciendo demasiados progresos con la joven. Sam había estado ausente en la mayoría de los casos, aduciendo la necesidad de empezar con los preparativos para su traslado. Sabía que Sam había continuado reuniéndose con Celia después de las sesiones reglamentarias y Ava había procurado mantener a Luka ajeno a aquella información. Estaba convencida de que las conversaciones con Sam sólo podían favorecer la integración de Celia y no quería privar a otra persona más de la compañía de él.

Keeley la había tratado con una indiferencia de la que Ava no la había creído capaz jamás. Era cierto que la pelirroja la había advertido que aquello podía pasar, le había dicho que no le hiciera daño a su amigo. Pero de alguna forma Ava había supuesto que ella también merecía compasión. Keeley nunca intentó saber cuál era su versión de los hechos. No acudió a ella para preguntarle qué había pasado y se limitó a ponerse del lado de Sam. Ava lo prefirió así, sabía que no hubiera encontrado la energía para explicarle a Keeley el porqué de su decisión. Además tenía la sensación de que Sam necesitaba a Keeley más que ella.

*

El joven había pasado un día de lo más insatisfactorio. Había comido con los Welland, esperando que después de aquello podría llevarse a May a dar una vuelta por el parque. Quería tenerla sólo para él, decirle lo cautivadora que le había parecido la noche anterior y lo orgulloso que estaba de ella, quería presionarla para apresurar su matrimonio. Pero la señora Welland le había recordado firmemente que ni siquiera habían llegado a hacer la mitad de visitas familiares y, cuando él dejó entrever que quería adelantar la fecha de la boda, ella alzó las cejas reprobatoriamente y suspiró:

–Dos docenas de todo... bordado a mano.

Apretujados en el landó familiar, rodaron de una casa tribal a la siguiente. Archer, cuando la ronda de aquella tarde estuvo acabada, se separó de su prometida con el sentimiento de que lo habían exhibido como si fuera un animal salvaje maliciosamente atrapado. Supuso que sus lecturas en antropología habían causado que tuviera un punto de vista tan desabrido de lo que no era más que una muestra simple y natural de sentimientos familiares. Pero cuando recordó que los Welland no esperaban que la boda se produjera hasta el siguiente otoño y vio lo que su vida sería hasta entonces, un abatimiento arrebató su espíritu.

Ava cerró el libro bruscamente y sólo hacerlo pensó que debería tratar con un poco más de delicadeza aquel ejemplar vigesimónico si quería seguir manteniéndolo en perfecto estado. Pero las palabras de Edith Wharton al describir los sentimientos de su protagonista masculino habían conseguido afectarle nuevamente más que en ocasiones anteriores. Siempre había juzgado aquella obra como un ejemplo de las restricciones e impedimentos que un código social anacrónico había impuesto sobre sus coetáneos. Ava había cuestionado la rectitud con la que los protagonistas de aquellas páginas habían seguido aquella doctrina en detrimento de su propio bienestar. Ni siquiera el hecho de que hubieran vivido dos siglos antes que ella y que entonces las tradiciones debieran respetarse sin ser cuestionadas le había parecido motivo suficiente para la abnegación de Newland Archer o la condesa Olenska. Hasta que, de repente, ella también se sintió como una especie de animal salvaje atrapado por las constricciones de la sociedad en la que vivía.

Una llamada entrante en su tarjeta de identificación interrumpió sus reflexiones. Sin mirar quién era el remitente, Ava aceptó la llamada dándose cuenta cuando ya era demasiado tarde de que no tenía ganas de interactuar con nadie. Al desplegarse su pantalla virtual, vio a Luka en ella.

–Quería hablar contigo –dijo él sólo verla y, por un momento, a Ava le extrañó que él hubiera escogido aquella forma para comunicarse. Hubiera sido mucho más sencillo que simplemente se pasara directamente a decirle lo que fuera que quería o que le enviara un mensaje para que se encontraran en algún lugar. Hasta que se percató de que ella y Luka, y tantas otras personas en realidad, siempre se habían comunicado de la forma en la que él estaba haciéndolo.

–Dime –respondió Ava con presura.

–Quería saber cómo estabas.

–Perfectamente bien –dijo ella, contándole a él la misma mentira que llevaba días haciéndose creer a sí misma–. ¿Por qué?

–Tu ánimo me ha parecido no adecuarse a los calificativos de jovial y equilibrado con los que sé que te gusta definir todo aquello que haces.

—Estoy bien —dijo ella con sequedad e impaciencia.

—No estoy de acuerdo —respondió Luka.

—¿Qué te hace decir tal cosa?

—Tengo indicios para pensar que recientemente has finalizado una relación de tipo sexual, y posiblemente también sentimental, con tu ayudante.

—No tienes ningún derecho a inmiscuirte en mi vida de esta forma y presuponer lo que haya pasado o cómo me afecten o no las cosas —dijo Ava, sin poder evitar alzar la voz al hacerlo y notándose enrojecer de la rabia.

—Somos amigos —intentó razonar él

—Claro que somos amigos pero eso no tiene nada que ver con toda esta sarta de impertinencias.

—Sé que no te gusta aceptar la ayuda de los demás y siempre lo he respetado pero quiero asegurarme de que estés bien.

—Ya te he dicho que lo estoy —dijo Ava con impaciencia, lamentando haber respondido a aquella llamada y preguntándose cuán inapropiado sería darla por finalizada sin decir adiós.

—Para mí esta conversación también está siendo incómoda y poco agradable —dijo Luka, visiblemente contrariado—. Sólo insisto porque sé que cuando nos conocimos en San Francisco hacía unos pocos años que habías perdido a alguien importante. Nunca te ha gustado hablar sobre ello y lo respeto, pero tengo la sensación de que todos estos años has estado curándote de lo que fuera que te pasó. Eres sensible y débil y no me gustaría que volviera a pasarte algo así. Por eso te ofrezco mi ayuda.

Ava estuvo tentada de enviar a Luka a paseo y dar por terminada aquella conversación de una vez. Pero entendió que, a pesar de sus ademanes cargantes y molestos, lo único que pretendía era ayudarla y asegurarse de que estuviera bien. Sus intenciones eran buenas aunque sus formas fueran completamente erróneas y no tuviera idea de lo que estaba hablando. Estaba poniéndose en contacto con ella no para ofrecerle consuelo, sino convencido de que ella no podía lidiar con una separación sentimental. Además quería hacerle entender que malgastaba su tiempo, y su inteligencia, primando la pasión sobre la razón. Para él Ava no hubiera debido ponerse jamás en la situación de tener que acabar lidiando con una ruptura afectiva.

Finalmente Ava pudo deshacerse de él convenciéndolo de que estaba bien y podía contender con cualquier cosa. Al terminar la llamada, ella pensó que en realidad no debería haber envidiado tanto la relación de amistad que tenían Sam y Keeley. Ella también tenía un amigo fiel. El problema era que Ava había dejado de hablar el mismo idioma que Luka y tenía la sensación de que debería buscarse a otra persona que pudiera entenderla.

*

Afortunadamente seguía teniéndose a sí misma y aquello debería bastarle. Al menos por el momento. No entendía cómo podía llevar tanto tiempo sin salir a dar una vuelta, de la forma como le gustaba hacerlo a ella. Se conectó al aparato de recreación virtual que tenía en su cuarto y unos segundos más tarde conducía en dirección oeste por Melrose Avenue. Si hubiera escogido un horario más nocturno para su vuelta en coche por el Los Ángeles de principios de milenio, el tráfico hubiera sido mucho mejor. Pero siempre había preferido los colores del atardecer y el tráfico nunca la había molestado especialmente. Puso música –Artistas: Billy Bragg & Wilco, tema: California Stars– y condujo sin rumbo, ni objetivo. Asegurándose sólo de desviarse cada vez que quería pasar por alguno de sus rincones preferidos y de que la luz del crepúsculo estuviera en el horizonte.

Como nativa californiana se había sentido obligada a aprender a conducir, aunque fuera un conocimiento completamente innecesario en una sociedad donde los coches se llevaban solos y las delimitaciones geográficas o las palabras como California hubieran dejado de tener sentido. Había aprendido a hacerlo con Josh. O él había aprendido a hacerlo con ella. Suponía que habían aprendido a conducir juntos. También habían aprendido a amar juntos.

No se permitía pensar en él tanto como le gustaría. Tenía la sensación de que, de hacerlo, nunca se hubiera recuperado de aquella pena que todavía le estrujaba las entrañas y hacía que se atragantara cuando lo recordaba. También le provocaba sonrisas, como cuando revivía alguno de los momentos que habían compartido y por unos breves segundos olvidaba que no volvería a verlo. Era consciente de que sin Josh no había vuelto a ser la misma. Se había esforzado en desaprender casi todo lo que había compartido con él.

Mientras esperaba a que el semáforo en Doheny Drive se pusiera verde y admiraba la elegancia de aquella calle de casas bajas con jardín y majestuosas palmeras, se secó las lágrimas que le caían mejilla abajo.

Un ciclista se paró junto a su coche y la sorprendió llorando, ofreciéndole aliento y consuelo con la mirada. Ella apartó sus ojos al instante y subió la ventanilla. Había algo en aquel extraño, su gesto, su aspecto, su forma de abordarla tan directamente en la calle, que hizo que recordara a Sam. Pero aquel no era el momento de pensar en él. No cuando estaba recordando a Josh.

Y sin embargo aquella no era la primera vez que pensaba en ambos a la vez. A pesar de que no tuvieran ni un solo rasgo en común. Absolutamente nada. Ni un sólo ápice de convergencia entre ambos. Ni un parecido. Nada, excepto que ambos la habían conocido. Eso y aquella sensación de que Ava, el animal enjaulado, no se permitiría aprender a amar una segunda vez.

DÍAS 43 Y 44

Ella y Sam habían hecho objetivamente todo lo posible para evitarse el uno al otro activamente. Ella había dejado incluso de ir a correr a la Grande Promenade, resignándose a tener que hacerlo en la cinta para ejercitar de su habitación. De modo que a la miseria de aquellos días debía añadir el sentimiento de tedio absoluto. No descartaba que él hubiera estado usando aquel entramado de pasillos en desuso de Deckard donde sabía que jamás podría tropezarse con ella. Las conjeturas de Ava al respecto se debían al hecho de que apenas hubiera visto a Sam por la nave desde que lo echó de su habitación y dio por finalizada su relación. Ava agradecía los esfuerzos de su ayudante para eludirla, no tenía ganas de verlo bajo ningún concepto.

Pero allí estaban nuevamente juntos. Sentados uno frente al otro en la nave transportadora que los tenía que trasladar a la Tierra. Celia los acompañaba en aquel silencio incómodo e insoportable. Estaban llevándola de vuelta a Avron para que pudiera preparar su marcha definitiva al sistema gremial.

—No quiero entrometerme —dijo Celia tímidamente, quebrando la quietud—, pero me gustaría saber lo que os ha pasado.

—No lo trataremos como una intromisión, sino como una lección más en tu preparación como futura ciudadana del sistema de gremios —dijo Sam. Pese a que Ava no lo estuviera mirando, podía notar los ojos de su ayudante clavados en ella mientras hablaba—. Ve con cuidado. Vigila a quién amas. No olvides la absoluta incapacidad emotiva que la mayoría de ellos suele padecer.

—Sam, aquí no. Ahora no —se limitó a decir Ava.

—De acuerdo, dime cuándo y dónde. Pero creo que me merezco una explicación más allá de que nuestra relación no encaje en el código.

—No lo entiendo —dijo Celia.

—Somos dos —continuó Sam mirando todavía a Ava—. Al parecer los miembros del sistema gremial pueden suprimir y acallar sus sentimientos en cualquier momento en caso de conflicto profesional o si alguien considera que no están respetando un reglamento estúpido.

—No es eso. No es sólo eso —dijo Ava, que no quería hablar de aquello delante de Celia pero no pudo evitar responderle a Sam.

—Es cierto. Las cosas habrían dejado de ser fáciles para ti. No sé cómo puedes hacerlo. Yo es que tengo esto —dijo Sam dándose un golpe con el puño cerrado en la zona del pecho donde estaba situado su corazón—. Creía que tú también tenías uno pero no eres más que un cuerpo al servicio de su cerebro. De vez en cuando sientes un arrebato momentáneo de deseo que te encargas de satisfacer a tu antojo hasta que las cosas se complican.

—¡Sam! —exclamó Ava, indignada por las palabras de él. ¿Realmente era aquello lo que Sam opinaba de ella? ¿Había hecho creerle de verdad que no había sentido absolutamente nada por él y que para ella él había sido sólo una forma de satisfacer sus necesidades fisiológicas?

Los ojos de Sam y Ava se encontraron durante unos momentos. Al hacerlo ella notó una sensación cálida y agradable que llevaba días sin experimentar: aquella emoción que la embargaba cuando él la miraba y hacía que sintiera que no había nadie más a su alrededor, que eran sólo ella y él y lo demás nada importaba.

—Creo que es mejor que haga el resto del trayecto en la cabina de mandos —dijo Sam, levantándose y dejando a Ava sintiendo el vacío de su ausencia.

—Ni siquiera sé si es seguro que viaje allí o si hay un sitio donde sentarse con un cinturón de seguridad —dijo Ava cuando él se hubo marchado.

—No entiendo por qué estás tan determinada a rechazarlo cuando es evidente que te importa tanto —dijo Celia.

—Es complicado.

—Sam me ha hablado de su traslado —dijo Celia, demostrando que sabía a qué se refería Ava con las complicaciones—. Creo que le hubiera gustado seguir con vuestra relación a pesar de ello. Para él no es un impedimento y con el tiempo había pensado buscar una fórmula para que volvierais a estar juntos, trabajando en el mismo sitio. Creo que nunca llegó a poder decírtelo. Me dijo que no le diste muchas oportunidades de explicarse.

—No —se sonrojó Ava sin entender por qué Celia parecía saber tantas cosas sobre Sam.

—Sé que hay muchas cosas sobre los gremios que desconozco o que no entiendo. Sé que no soy más que una adolescente ignorante que ha vivido toda su vida en una pequeña comunidad apartada del mundo real —

empezó Celia.

—No digas eso —protestó Ava.

—Deja que termine —prosiguió Celia—. Tengo la sensación de que sé bastante más que tú sobre cómo vivir mi vida siendo feliz. Tú en cambio, pareces empeñada en vivir según unos principios de entereza y profesionalidad que van a conseguir que estés eternamente insatisfecha.

—¿Ha sido Sam quien te ha pedido que me dijeras esto?

—Sabes perfectamente que él nunca me hubiera pedido que dijera algo así —protestó Celia—. Deja que te devuelva el favor que me hiciste una vez hace semanas y las atenciones que me has demostrado desde entonces. Prométeme que vas a intentar ser feliz.

—No es tan sencillo —se limitó a decir Ava.

—Sí que lo es —dijo Celia con una sonrisa—. Promételo y entonces tendrás que preocuparte por encontrar la manera de cumplirlo.

—De acuerdo. Prometo que intentaré ser feliz —dijo Ava, agotada por aquella conversación—. ¿Te das cuenta de que el verbo intentar debilita bastante el acuerdo que me has forzado a aceptar, verdad?

Celia sonrió.

—¿Sigues sin saber todavía cuál será tu profesión? —dijo Ava, cambiando de tema.

—Sigo pensando en ello sí.

—Avísame cuando vayas a empezar tu periodo de integración. Hay alguien con quien quiero que hables. Se trata de mi tutora de comportamiento social. Creo que serías una antropóloga excelente y quiero una segunda opinión.

*

—No puedo creerme que volvamos a estar aquí —dijo Ava contemplando la litera estrecha e incómoda del barracón para huéspedes.

Desde su llegada a Avron Ava había procurado simular la más completa normalidad pero cada vez le parecía una tarea más difícil. Sam no le dirigía la palabra y ni siquiera la miraba. Serila había vuelto a acompañarlos hasta su litera habitual en una tienda de campaña para huéspedes que volvía a estar repleta. Ava había intentado fingir civismo y gratitud tan bien como había sabido pese a la actitud de Sam.

Cuando Serila se retiró, Sam se limitó a sentarse en la cama de abajo mientras se quitaba las botas del uniforme y se disponía a meterse bajo la manta. Ella hizo lo mismo. Quitándose las botas de pie intentando mantener el equilibrio y trepando hasta la litera superior procurando no invadir el espacio personal de él.

Estirada en aquella cama incómoda y fría no podía dejar de pensar en la última vez que ella y Sam habían dormido en aquel lugar. Recordó con envidia aquel par de personas que sin duda habían sido más felices que las que en aquellos momentos reposaban de nuevo en el mismo sitio.

–Siento la incomodidad que sé que esto te produce pero quería ser cortés con Celia y demostrarle que agradecemos su hospitalidad –dijo Ava entonces sin saber exactamente por qué, queriendo excusar su aceptación de la invitación de Celia para que pasaran allí la noche. Tal vez lo único que quería en realidad era intentar volver a encontrar la complicidad de la conversación que ambos habían compartido allí hacía unos días.

Pero Sam no respondió y se limitó a hacer un movimiento en la litera de abajo que hizo que toda la estructura se tambaleara. Ava pensó que lo mejor sería resignarse a agarrarse a aquella manta maloliente cuanto antes e intentar dormir.

*

Todo intento fue en vano. No podía dejar de recordar aquella dichosa sonrisa con la que Celia la había mirado cuando le había prometido que intentaría ser feliz. ¿Iba a perseguirla aquella sonrisa para siempre? ¿Cuál era la naturaleza de aquel pacto que Ava había sellado verbalmente con Celia y que entonces le había parecido inofensivo?

Aunque se temía que lo que en realidad la mantenía despierta era sentir la presencia de él tan cerca de ella pero tan lejos a la vez. Debía reconocer que la excitaba la idea de pensar que él estaba estirado apenas un metro debajo suyo. Conectados como lo estaban por aquella estructura de metal, ella notaba cada uno de los movimientos de Sam. Pero la frustraba pensar que tanto daba aquella proximidad momentánea. El cuerpo de él había dejado de estar a su alcance y había sido ella quien lo había dispuesto así. Creía que incluso podía distinguir su delicioso olor entre el mar de esencias desagradables que abundaban en el interior de aquella tienda. Ava se llevó las manos a la cabeza, cerrando los ojos e intentando deshacerse de aquellos pensamientos.

Había logrado dormir unas pocas horas, despertándose a ratos a causa de la incomodidad de la cama y el frío que sentía, hasta que hubo algo que la hizo despertar del todo. Una determinación. El cumplimiento de una promesa a la que no podía faltar.

Descendió de su cama procurando hacer el mínimo ruido posible para no despertar a ninguno de sus vecinos. Sam dormía. Estaba estirado de lado en la minúscula cama, encogido en posición fetal. Ella se le acercó, dio un toque leve sobre las rodillas de él y con el gesto acabó consiguiendo que Sam estirara las piernas. Ava se metió bajo la manta que lo cubría, tumbándose también de costado junto a él, sorprendida de que quedara espacio para ella. Su cara estaba a medio centímetro de la de él. Inhaló su aroma. Contempló aquel rostro hermoso. Su dedo índice recorrió el perfil de él: la frente, la nariz, los labios carnosos. Sus párpados seguían cerrados. Ava se detuvo en el labio inferior de Sam, resiguiéndolo con las yemas y casi sintiendo las cosquillas que él debía estar notando en sueños. Hasta que los ojos de Sam se abrieron encontrándose con los de ella.

Se quedaron completamente quietos durante unos segundos, buscando en el interior de los ojos del otro. Sam parecía entre perplejo y complacido por la presencia de ella en su cama. No había ni rastro del desaire con el que la había tratado durante las últimas horas.

Ava se acercó un poco más a él y dejó que sus labios se encontraran con los de Sam. Sintió la lengua húmeda y cálida de él en su boca. Notó la mano robusta de Sam agarrando su cintura y buscando su piel entre la ropa. Entrelazó sus piernas con las de él y sintió el escalofrío que la recorría al saberse rodeada por Sam. Sentía los movimientos de él para aferrarse a su cuerpo y la sacudió una bocanada de oxígeno, como cuando sacaba la cabeza del agua para respirar durante una sesión de natación.

No sabía cuánto tiempo debieron estar besándose, mirándose, acariciándose, tocándose mientras intentaban no hacer ruido y que nadie los viera. No pudieron ser más de diez minutos, cinco en realidad, cuando sonó la alarma general de Avron. Sólo escuchar aquel sonido, Ava se apresuró a volver a cubrirse con la ropa que él había retirado buscando su piel y salió de la cama antes de que nadie pudiera verla allí. Su respiración era entrecortada y estaba agitada.

—Me voy a la ducha —acertó a decir, dejando a Sam en la cama.

*

Se lavó con el agua más fría que fue capaz de soportar. Esperando que cada sonido que escuchaba en el baño comunitario fuera Sam, que había decidido interrumpirla en su cabina de ducha. Pero él no apareció.

Ava se secó rápidamente y se dispuso a salir. Tenía la esperanza de extraviarse en aquel recinto y acabar topándose de nuevo con él semidesnudo, como en su visita anterior, pero la fortuna no le sonrió en aquella ocasión y tuvo que resignarse a orientarse y esperarlo a la salida.

Necesitaba hablar con él. No quería que él creyera que aquello había sido sólo una muestra más de su supuesto apetito sexual aséptico y desprendido. Necesitaba explicarle muchas cosas. Pensó en el trayecto que les esperaba hasta Deckard y respiró aliviada. Sin duda tendrían tiempo para hablar entonces, para encontrar una forma de arreglar las cosas. Quedaban dos días antes del traslado de Sam. Reflexionó sobre todos los momentos que todavía podían compartir antes de que él se fuera.

Se le ocurrió volver a entrar al recinto de duchas comunitarias a buscarlo pero supuso que no estaría solo. Muchos de los habitantes y huéspedes de Avron estaban frecuentando los baños. Seguía sintiendo el latido de su corazón a flor de piel. No había cesado desde aquella mañana a primera hora.

Sam salió finalmente, pero no iba solo. Malm lo acompañaba de cerca.

—No te hemos visto dentro —dijo Malm en forma de saludo y lanzando una mirada en dirección a Ava que ella prefirió ignorar.

—Necesito hablar con Sam —dijo ella a modo de toda respuesta—. A solas. Ahora.

—De acuerdo. Os espero a la salida de Avron. No quiero que os vayáis sin mí —dijo el pacificador antes de irse.

Ava prefirió ignorar por completo lo que Malm había dicho. Había cosas más urgentes que necesitaba aclarar.

—Tengo que hablar contigo. Tenemos que hablar —dijo Ava con dificultades notando la aceleración de su ritmo cardíaco mientras lo hacía—. No quiero que malinterpretes lo que ha pasado. Quiero decir que no ha sido un accidente. Quiero decir que no ha sido solo hedonismo.

—Me encantaría tener esta conversación pero no sé si éste es el mejor momento o el mejor lugar para ello —respondió Sam, mirándola a los ojos con una ternura que no había mostrado hacia Ava en días—. Nuestro transporte está esperando y no quiero arriesgarme a que volvamos a quedarnos tirados aquí. Además parece que Malm va a aprovechar el trayecto. Tiene un compromiso profesional en Deckard y el gremio ha pensado que lo más apropiado es que vayamos todos juntos.

—Sí claro —respondió Ava, consciente de lo ecológico y económico de la situación pero harta de tener que ser prudente y responsable por todo cuando lo único que le apetecía en aquellos momentos era estar con Sam, a solas.

—¿Hablamos en Deckard? —dijo Sam.

—Cuando quieras —respondió Ava—. Pero vas a tener que decirle tú a Malm que si se le ocurre abrir la boca para decir una sola sílaba durante nuestro trayecto a Deckard me encargaré personalmente de meterlo en una cápsula de emergencia y dejarlo flotando en el espacio. No quiero oír ni una palabra.

—¿Estás segura de que necesitas mi ayuda? ¿No prefieres tratar tú misma con él? —dijo Sam en lo que a Ava le pareció advertir indicios de su sentido del humor irreverente habitual.

—Prefiero que lo hagas tú —dijo ella.

*

Malm pareció entender las instrucciones de Sam a la perfección. Se situó en uno de los asientos para pasajeros de la nave transportadora, se abrochó el cinturón de seguridad y minutos más tarde se le oía respirar profundamente mientras dormía.

Ava escogió el sitio que quedaba justo enfrente de Sam para sentarse. Hicieron el trayecto en silencio. Mirándose, compartiendo medias sonrisas, gestos de complicidad, risas calladas. Apartando la mirada cuando los albergaba el rubor por sentir los ojos penetrantes del otro, el deseo. Disfrutaron juntos de aquella calma, llenos de cosas que decir, sin poder decir nada. Buscando respuestas en el interior de la mirada ajena.

Pese a la ausencia de palabras, pese a no poderlo tocar, Ava sintió una atadura invisible entre ambos, un vínculo que no había percibido antes y que no sabía cuándo o cómo se había forjado.

*

Malm despertó cuando aterrizaron en Deckard.

—Os tenía por mejores conversadores —dijo mientras se desperezaba.

—A veces lo somos —se limitó a decir Sam, mientras se levantaba de su asiento con la mirada todavía fija en Ava.

Sam esperó a que ella saliera primero de la nave y la siguió de cerca.

—Tengo un par de reuniones pero, ¿podríamos vernos esta noche para alguna actividad recreativa? —dijo Malm, intentando seguir el paso rápido de los antropólogos por el hangar de Deckard.

—No —respondieron Ava y Sam al unísono, sin disminuir el ritmo y sin girarse para mirar atrás.

—¿Por qué? ¿Tenéis una fiesta privada? —gritó Malm para que pudieran oírlo.

—Sí —se limitó a decir Ava.

—¿Alguna opción de que me incluyáis?

—Ninguna —concluyó ella, con la mirada fija en Sam.

Caminaron a aquel ritmo rápido durante unos minutos más, Ava no acababa de estar segura del rumbo que llevaban ni si había estado antes en aquella parte de la nave. Al subir una nueva tanda de escalinatas estrechas él la agarró del brazo e hizo que parara.

—Creo que lo hemos perdido —dijo Sam.

Ava estaba convencida de que se habían deshecho de Malm hacía rato.

—Tengo una reunión —dijo él de nuevo.

Ella no recordaba que hubiera nada programado en el horario del B-8416 y entonces se dio cuenta de que Sam ya no formaba parte de su equipo.

—Claro —dijo ella.

—Empieza ahora —continuó Sam y a Ava le pareció apreciar cierta división o contrariedad en él–. Puedo anularla...

—No –lo interrumpió Ava–. Hablaremos luego.

—Creo que es mejor que la anule.

—No –repitió ella–. Tenemos que acostumbrarnos a la idea de que ya no trabajamos en el mismo equipo.

Sam llevó su mano izquierda hacia el rostro de ella. Ava se anticipó a la sensación de los dedos de él retirando uno de sus mechones de pelo y deslizándose suavemente por su cuello, predijo la sacudida que sentiría al notar la boca de él acariciando sus labios, mordiéndolos. Pero la tarjeta de identificación de él empezó a sonar antes de que hubiera podido rozarla siquiera. Él cerró los ojos en un gesto de frustración mientras silenciaba la tarjeta con su mano.

—Vete, no quiero que hagas tarde –le dijo Ava.

—Nos vemos luego –alcanzó a decir él antes de tener que salir prácticamente corriendo.

Ava se quedó parada en medio de la nada mientras él se alejaba, con la vista fija en él. A diferencia de en ocasiones anteriores su objetivo no era contemplar la perfecta simetría de la espalda triangular de él en movimiento, al menos no su único objetivo. Sam no la defraudó y unos metros más adelante detuvo sus pasos y se giró hacia a ella, obsequiándola con una mirada de perdón, de reconciliación y de deseo.

*

Era un edificio moderno, sin carácter distintivo pero con muchas ventanas y balcones agradables en su fachada de color crema. En uno de los balcones superiores, que se alzaba muy por encima de las copas redondeadas de los castaños de Indias de la plaza, los toldos seguían bajos, como si el sol acabara de dejarlos.

—Me pregunto qué piso será –conjeturó Dallas y, yendo hacia el pórtico, metió la cabeza en la garita del portero y salió diciendo–. El quinto. Debe ser el que tiene los toldos.

Archer no se movió, mirando hacia las ventanas superiores como si hubieran llegado al final de su peregrinaje.

—Sabes, ya son casi las seis –le recordó su hijo.

El padre desvió la mirada hacia un banco vacío bajo los árboles.

—Creo que me voy a sentar allí un momento –dijo.

—¿Por qué?¿No te encuentras bien? –exclamó su hijo.

—Oh, perfectamente. Pero me gustaría que, por favor, subieras sin mí.

Dallas se detuvo delante suyo, visiblemente desconcertado.

—Pero, papá; ¿quieres decir que no vas a subir?

—No lo sé –respondió Archer lentamente.

—Ella no entenderá que no subas.

—Sube, hijo mío, a lo mejor te sigo.

Dallas lo miró largamente a través de la luz del atardecer.

—Pero ¿qué demonios voy a decir?

—Mi querido amigo, ¿no sabes siempre lo que hay que decir? –añadió el padre con una sonrisa.

—Muy bien. Diré que eres un anticuado y prefieres subir cinco pisos a pie porque no te gustan los ascensores.

El padre volvió a sonreír.

—Di que soy un anticuado; eso bastará.

Había vuelto a terminar de leer aquella historia y su final la había frustrado una vez más. Era como sí, a causa de algún ardid misterioso o fantástico, esperara que en aquella ocasión por fin sí Newland se diera cuenta de que no era demasiado tarde y subiera a ver a Ellen. No lograba comprender qué lo intimidaba tanto. Podía llegar a comprender que hubiera decidido casarse con May años atrás... No, de hecho tampoco había comprendido nunca aquella decisión. Él había encontrado a Ellen, a la condesa Olenska. ¿Quién querría seguir obedeciendo las normas de una sociedad anacrónica en detrimento de su propia felicidad?

Estaba estirada en la cama de su habitación, dándole vueltas a todas aquellas ideas con la música a todo volumen —Artista: Macy Gray, tema: I try— mientras esperaba. Quería asegurarse de que él estuviera allí cuando llegara.

Antes de salir se permitió una última mirada del basto espacio que se extendía ante sí a través del cristal de su habitación. La Luna estaba especialmente bella aquella noche. Tenía que reconocer que el paisaje había acabado siendo uno de los atractivos de formar parte de aquella estación espacial. No el principal.

Avanzaba por los pasillos de Deckard con un único objetivo en mente. Arreglar las cosas. Le daba igual cuáles fueran los detalles del trato. Aquello eran minucias. Le era indiferente si ella y Sam tenían que conformarse con verse de vez en cuando, si se encontrarían en realidades virtuales o si se limitarían a hablar por su pantalla virtual. Le resultaba irrelevante si después de seis meses de relación se daban cuenta de que en realidad no se soportaban y no tenían nada en común. Le importaba muy poco tener que seguir manteniendo la relación oculta para no meterse en problemas con el gremio. Le daba todo igual. Lo único que quería era darse una oportunidad de ser feliz junto a él e intentar aprender su idioma.

Ya no era sólo una atracción física, ni siquiera era solo aquella conmoción que Sam producía en su interior cada vez que ella se daba cuenta de lo vulnerable que era él. Si no fuera porque no acababa de estar segura de cómo lo debía haber hecho, se atrevería a decir que él había conseguido seducir incluso su parte más racional, su mente.

Tendría que investigar sobre ello, pensó con una sonrisa en los labios mientras dejaba que sus nudillos dieran unos golpes secos en la puerta de la habitación de él. Ava no era ninguna anticuada.

***

www.ingramcontent.com/pod-product-compliance
Lightning Source LLC
Chambersburg PA
CBHW060927120626
46557CB00003B/906